古典詩歌研究彙刊

第七輯

龔鵬程 主編

第8冊

唐末五代諷刺詩研究（下）

黃 致 遠 著

國家圖書館出版品預行編目資料

唐末五代諷刺詩研究（下）／黃致遠 著 — 初版 — 台北縣永和市：花木蘭文化出版社，2010〔民 99〕

目 2+196 面；17×24 公分

（古典詩歌研究彙刊 第七輯；第 8 冊）

ISBN 978-986-254-123-4（精裝）

1. 隋唐五代詩 2. 諷刺文學 3. 詩評

820.9104 99001783

ISBN - 978-986-2541-23-4

古典詩歌研究彙刊

第七輯 第八冊 ISBN：978-986-254-123-4

唐末五代諷刺詩研究（下）

作　　者 黃致遠

主　　編 龔鵬程

總 編 輯 杜潔祥

出　　版 花木蘭文化出版社

發 行 所 花木蘭文化出版社

發 行 人 高小娟

聯絡地址 台北縣永和市中正路五九五號七樓之三

電話：02-2923-1455／傳眞：02-2923-1452

網　　址 http://www.huamulan.tw 信箱 sut81518@ms59.hinet.net

印　　刷 普羅文化出版廣告事業

初　　版 2010 年 3 月

定　　價 第七輯 20 冊（精裝）新台幣 28,000 元

唐末五代諷刺詩研究（下）

黃致遠　著

目次

上冊

第五章　唐末五代諷刺詩之主題取向

清代文學家趙翼有這樣一句詩:「國家不幸詩家興」,這裏的「詩」,所指就是反映民生疾苦和作者強烈的批判態度之作品。諷刺詩伴隨著時代而興起。唐代諷刺詩和唐詩的鼎盛期並不一致，加之，中唐後期的元、白提出的諷諭理論，也促成了諷刺詩在唐末五代的興盛。

中國傳統的文學觀念，認爲文學起源於人類心靈與外物交感，人感受外在環境物態的刺激而產生情感，再形諸語文，發爲文學。陸機〈文賦〉云：

> 遵四時以歎逝，瞻萬物而思紛。悲落葉於勁秋，喜柔條於芳春。心懍懍以懷霜，志眇眇而臨雲。詠世德之駿烈，誦先人之清芬。遊文章之林府，嘉麗藻之彬彬，慨投篇而援筆，聊宣之乎斯文。〔註1〕

秋天見樹葉黃落而悲傷，春天見枝條嫩綠而喜悅；想到寒霜就心情肅然，面對雲霞就意志高遠，情感激動當然要感物吟志，透過文學加以宣洩。南朝劉勰《文心雕龍》有關「感物吟志」的意見，更是隨處可見：

> 人稟七情，應物斯感，感物吟志，莫非自然。(明詩)〔註2〕
>
> 登山則情滿於山，觀海則意溢於海。我才之多少，將與風

〔註1〕蕭統：《文選》，台北：藝文印書館，1989年1月第11版，頁245。

〔註2〕劉勰：《文心雕龍注》，台北：台灣開明書店，1971年5月台9版，卷2，頁1。

雲而並驅矣。(神思)〔註3〕

春秋代序，陰陽慘舒，物色之動，心亦搖焉。……是以獻歲發春，悅豫之情暢；滔滔孟夏，鬱陶之心凝；天高氣清，陰沈之志遠；霰雪無垠，矜肅之慮深。歲有其物，物有其容；情以物遷，辭以情發。一葉且或迎意，蟲聲有足引心；況清風與明月同夜，白日與春林共朝哉！(物色)〔註4〕

自然環境變遷，予人情感盪漾，不能自已，爲情而造文，激發藝術創作。所謂「緣景生情，發爲吟詠」，於是有了文學作品的產生。生活週遭事物，與詩歌創作有著密切關係，鍾嶸《詩品．序》云：

氣之動物，物之感人，故搖蕩性情，形諸舞詠。……若乃春風春鳥，秋月秋蟬，夏雲暑雨，冬月祁寒，斯四候之感諸詩者也。嘉會寄詩以親；離群託詩以怨。〔註5〕

把「物」擴展到社會生活方面，說明文學創作的來源，是外界事物一股強大力量，它震撼人心而與人的性情相契合，將這份契合的感應，形諸於筆墨，文學作品因而誕生。

自然景物及客觀事物對於人類感情的微妙作用，都可以作爲詩文創作之題材內容。因爲作家之創作，多將其生活事件或生活現象提煉至作品中，因此一篇作品之完成，必表現一定之主題思想，而生活素材多成了作品之題材。

題材是作者將人物、器用、歷史、神話等社會素材，以及植物、動物、風霜等人文素材，就其人生經驗中所感知的，進行選擇、提煉、加工、改造之後，呈現於作品之中。洪順隆認爲：

題材乃指作家用以表現作品主題思想之素材，也是文學作品中組織生活主題的單元，它具有決定文體的作用，更與文學體裁有不可分割之關係，題材不同，所表現的生活內

〔註3〕 同上註，卷6，頁1。

〔註4〕 劉勰：《文心雕龍注》，台北：台灣開明書店，1971年5月台9版，卷10，頁1。

〔註5〕 鍾嶸：《詩品》，台北：地球出版社，1994年，頁1～3。

容自然不同，體裁樣式亦相異。〔註6〕

透過題材，可以了解作者的心靈，作品感染力因而更為強烈。美國作家哈特在《諷刺論》進一步指出：

> 一般地說，諷刺的題材沒有特別規定。作家們過去創作諷刺，有的選取最重大的主題；有的則選取最瑣細的主題；有的選取最嚴肅的主題；有的則選取最淫蕩的主題；有的選取最聖潔的主題；有的則選取最卑污的主題；有的選取最有趣的主題；有的則選取最討厭的主題。諷刺家不能把握的主題極少極少。雖說如此，我們還必須說，諷刺偏愛的那類題材（或主題）總是具體的，總是時評式的，並且總是帶有人身攻擊色彩的。

以諷刺的寫作手法而言，其主題選擇是多元化的，且偏愛具體、有時代意義的，採取攻擊的方式呈現。

「主題」這個用語，約當於英語的「Theren」。在西方文學研究，「Theren 」的含義與用法是相當分歧而沒有定論的。本文使用「主題」及其相關概念，乃以我們研究的問題爲中心，並參考西方文學理論中「Theren」的相關意義。〔註7〕

日本人丸山學《文學研究法》對「主題」的看法是：

> 於文學的場合，把成爲作者製作之出發點的原始的題目，稱爲主題。主題原來是抽象的，富於彈性的一種觀念。他是一種胚芽似的東西，其自身渺小，視之漠然，但它卻是含著規定作品的將來的力量的主要種子。〔註8〕

主題指作者創作文學作品具體表現的根本意念，原本是抽象的概念，主題亦是文學作品的出發點，因此透過主題的分析，可以了解作者在

〔註6〕洪順隆：〈六朝題材詩系統論〉，見魏晉南北朝文學國際學術研討會抽印本，南京：南京大學中文系，1995年11月。

〔註7〕Werner Sollors：“Theme”as a Theme,，收錄 Werner Sollors ed. ,The Return of Thematic Criticism，頁1～20。

〔註8〕丸山學著；郭虛中譯：《文學研究法》，台北：臺灣商務印書館，1966年，頁144。

作品內所要表達的根本意思。因此依循作者所選取的題材，以及以何種方式處理這種題材的軌跡，是探求主題的途徑。

唐末五代是中國歷史上一個極爲黑暗的時期。無論政治、經濟、社會生活，還是思想、文學等方面，都呈現出一種不同於前期的風貌。時代特徵在決定文學的主題上，佔有極重的份量。法國著名學者丹納認爲：

> 悲傷既是時代的特徵，他在事物中所看到的當然是悲傷。不但如此，藝術家原來就有誇張的本能與過度的幻想，可以他還擴大特徵，推之極端。特徵印在藝術家心上，藝術家又把特徵印在作品上，以致他所看到所描繪的事物，往往比當時別人所看到所描繪的色調更陰暗。〔註 9〕

由於唐末五代是一個多災多難的時期，余成教認爲：「國體傷變，氣候改色，人多商聲，亦愁思之感。」〔註 10〕於是便形成了唐末五代詩歌哀傷、絕望的基調。但是，唐代是詩歌發展的高峰期。初、盛時期文人的蓬勃與飛揚，中唐時期文人「中興」的熱情與希望，當歷史的軌跡邁入了唐末五代，文人的心理不自覺地產生了一股悲涼，他們感受到了唐帝國滅亡前的絲絲寒意，詩人們只能無奈地適應著眼前這個悲涼的社會。唐代王玄認爲：「詩者，在心爲志，發言爲詩，時明則詠，時暗則刺之。」〔註 11〕晚唐伊始，唐王朝已是滿目瘡痍、民不聊生；政局混亂，君主已少有勵精圖治的能力，並且更加窮奢極欲，使得社會矛盾更加激化。腐敗的政治局面與混亂的社會秩序，固然消泯了唐末文人拯時救國的政治熱情，但在自身或親歷亂離或逃避世事的人生遭遇中，則又不能不引起對國事人生的深重憂慮，因此，在唐

〔註 9〕丹納著；傅雷譯：《藝術哲學》，合肥：安徽人民出版社，1994 年，頁 36～37。

〔註 10〕余成教：《石園詩話》見蔡鎭楚編《中國詩話珍本叢書》第 18 冊，北京：北京圖書館出版社，2004 年 12 月，頁 239。

〔註 11〕趙永紀編：《古代詩話精要》，天津：天津古籍出版社，1989 年 9 月，頁 148。

末文人普遍的落寞心態中，實際上包含著深刻的憂患意識，在詩歌創作實踐中具體地呈現，影響面甚爲廣泛。

唐末五代的衰世末年，生於這樣的社會背景下，士人們紛紛創作詩歌來諷時刺世。此時諷刺詩的題材涉及社會生活等各層面，從上層的昏庸腐朽，到社會世道不公不正的醜惡現象，在詩人筆下具體地呈現。縱觀唐末五代的諷刺詩，痛心、憎惡、嘲笑的口吻始終彌漫於其間，茲以羅隱、鄭谷爲例，略加說明下：

《舊五代史‧羅隱傳》云：「詩名於天下，尤長於詠史，然多所譏諷。」，〔註 12〕《唐才子傳》亦云：「詩文凡以諷刺爲主，雖荒祠木偶，莫能免者。」〔註 13〕可知羅隱的詩歌以諷刺爲主，而其詩歌題材，大多取自於現實社會、經濟、政治各層面，並經由其思想、人格以及詩觀的整體運作而形成。羅隱以詩作來反映民生疾苦、抨擊時政、譏諷當道，則其諷刺時的主題傾向是顯而易見的。〔註 14〕

另一詩人鄭谷，嚴壽澂等人於《鄭谷詩集箋注》前言云：「黃巢起義後，唐末重大的政治軍事動亂，幾乎都能從鄭谷漂流江湖的一葉破舟中，直接或間接地得到反映」。〔註 15〕這是極其高明而難能可貴的看法。劉秀芬認爲：

> 占《雲台編》三分之一多的奔亡傷亂之作，客觀地記錄了唐末政權內部之爭，描繪了日趨激烈的各種社會矛盾，折射出當時社會的黑暗面貌，故稱之爲唐末咸通以後的一部詩史並不過分。〔註 16〕

〔註 12〕薛居正：《舊五代史》，台北：台灣中華書局，1981 年 6 月，卷 24，頁 4。

〔註 13〕辛文房：《唐才子傳校箋》，傅璇琮主編，北京：中華書局，1987 年 5 月，第 4 冊，卷 9，頁 123。

〔註 14〕黃致遠：《羅隱及其詩研究》，台北：中國文化大學中國文學研究所碩士論文，2003 年 12 月，頁 134。

〔註 15〕嚴壽澂、黃明、趙昌平：《鄭谷詩箋注》，上海：上海古籍出版社，1991 年 5 月，頁 5。

〔註 16〕劉秀芬：〈誰識傷心鄭都官，蒼蒼煙雨遍江蘺——試論晚唐巨擘鄭谷及其詩歌〉，河南《鄭州大學學報》哲學社會科學版，2004 年 1 月，鄭谷執著於儒家精神，對社會具備責任感，其作品對災難體驗深刻，老愁窮困中亦不曾改變。

大凡文學藝術之作，均有其創作「動機」，所謂「動機」（Motive）或「驅力」（Drive），係指引起個體活動，維持該種活動，並導使該種活動朝向某一目標進行的一種內在的歷程。〔註17〕此種「內在歷程」可以藉此觀察詩人何以要創作諷刺詩篇？若自細部再探究，應該還有其他的創作要素相輔，如法國學者泰納（Taine）在其《英國文學史》中標出種族、時代、環境三大要素來解釋一切文藝作品。而朱光潛則主張三大要素之外，作者的「個性」也不可一概抹煞。〔註18〕因爲同樣題材的諷刺詩，不同的作者依其個性，詮釋的角度不同，所呈現的主題也就不盡相同了。

所謂諷刺詩，主要是指以現實社會爲主題的寫實詩歌，包含關懷民瘼與諷刺時事之作。晚唐五代詩人，不論被歸屬於那個詩風、派別，多少都會有一些諷刺之作。畢竟國勢動亂如此，即使想逃避現實，也不可能完全無感於心。時代風氣之影響，社會習俗之移人，沛然難禦。劉勰〈時序篇〉云：「歌謠文理，與時推移，風動於上，而波震於下者也。」時代社會影響文風，往往會產生集體之風格。他在〈時序〉論建安文學：

> 自獻帝播遷，文學蓬轉，建安之末，區宇方輯。魏武以相王之尊，雅愛詩章；文帝以副君之重，妙善辭賦；陳思以公子之豪，下筆琳琅；並體貌英逸，故俊才雲蒸。仲宣委質於漢南，孔璋歸命於河北，偉長從宦於青土，公幹徇質於海隅；德璉綜其斐然之思；元瑜展其翩翩之樂。文蔚、休伯之儔，于叔、德祖之侶，傲雅觴豆之前，雍容衽席之上，灑筆以成酣歌，和墨以藉談笑。觀其時文，雅好慷慨，良由世積亂離，

第37卷第一期，頁132。

〔註17〕張春興、楊國樞：《心理學》，台北：三民書局，1970年9月，頁120。

〔註18〕朱光潛：《文藝心理學》，見《朱光潛全集》合肥：安徽教育出版社，1987年8月，卷1，頁405。

風衰俗怨，並志深而筆長，故梗概而多氣也。〔註19〕

此論建安時期，由於曹氏父子雅好詩賦，故文風鼎盛，正所謂「風動於上，而波震於下者也。」當時文士多具激昂悲歎之風，實緣久遭離亂之苦，風俗衰微，人心哀怨，作家往往志思蓄憤而筆致深長，故作品慷慨而多意氣。時代社會左右文風，此爲明證。

時代的主題，在很大程度上決定著文學的主題。唐末五代的作家，所銘心刻骨的，就在於軍閥混戰而造成的種種不幸和災難，以及他們在戰火紛飛中，輾轉流徙的切膚之痛，因而戰亂和流離，就必然地成爲當時作家普遍關注的現實問題。諸如皮日休、陸龜蒙、杜荀鶴、羅隱、聶夷中、于濆等詩人。

本文有關主題取向分類標準乃以「詩題」爲主要分類依據，輔以詩歌內容，以釐清重疊性過高之詩，例如：杜荀鶴〈山中寡婦〉，依詩題看既屬生民疾苦又是統治者肆意剝削之作，其內容主要從兵役、賦稅、無衣無食三個生活側面，詳盡描述了山中寡婦的悲慘遭遇，深刻揭露了晚唐百姓貧苦的根源，故列入哀憐生民疾苦一類。又如：羅隱〈感弄猴人賜朱紱〉，依詩題看既是統治者昏庸無能，又是吏治問題之詩，觀其內容，是對於最高統治者表明批判的態度，則列入批判昏庸統治者一類。必須附帶提出，由於古典詩歌是一種濃度極高的文學作品，同時具多義性，在詩歌主題取向之分類上，自有其困難度與侷限性，因此本文的歸納分類標準並非絕對，但就呈現唐末五代諷刺詩主題而言，相信是最恰當的方式。

第一節　批判昏庸統治者

唐末五代朝政十分腐敗，首先具體呈現在最高統治者的腐敗昏聵上。帝王們除了生活上的荒淫放縱，政治上亦復昏庸糊塗。在王綱解

〔註19〕劉勰：《文心雕龍注》，台北：台灣開明書店，1971年5月台9版，卷9，頁24。

紐期間，在國家社會混亂殘破之時，也正是處士橫議，百家爭鳴之日。而唐末五代，面對著一個輝煌王朝行將結束，社會人民所面對的是整個時代的動亂殘破、疏離與傷痛，昔日強大的唐王朝，已因無法平息混亂與危機而苟延殘喘。各種弊端、矛盾叢生，統治者的昏庸無能，荒淫奢侈，實難辭其咎。

對於君王昏庸無能，荒淫奢侈以至於失政敗德的批判，是唐末五代諷刺詩中頗為特殊的議題，為歷代所僅見。此乃肇因於唐代的史學思想已由西漢以來的天人感應、君權神授，轉移至統治階級負有國家興亡盛衰之權責的歷史觀念；〔註 20〕就統治者本身而言，也有借鑑於史事，以作為施政參考之傳統。

唐末共經歷了懿、僖、昭、哀等帝王，但專制統治者，對於問題層出不窮的國家社會，以及許多一觸即發的矛盾與衝突，身為最高統治者，卻無法發揮任何作為與影響，這雖然與唐代後期宦官專擅，把持朝政有關，但唐末君主本身的昏庸無能、荒淫奢侈，亦屬罕見。如懿宗在位十四年，因佞佛而怠政，甚至「削軍賦而飾伽藍，困民才而修淨業」〔註 21〕懿宗剝奪民財以建造佛寺，並於咸通十四年迎佛骨入京，其奢靡之程度，尤甚於元和年間迎佛骨的憲宗，而且又遊宴無節，習於淫靡，為了揮霍，導致賦斂過度。懿宗之後是僖宗，即位時年方十二，政事完全委由奸宦田令孜，皇帝終日嬉戲。於是唐末五代詩人們，徹底擺脫儒家傳統的君臣之道，衝破了相沿成習批評貪官污吏，而不抨擊皇帝的戒律，將批判的矛頭指向了帝國最高的統治者。或直接抨擊統治者的昏庸，所導致的社會荒亂；或認為統治者應對政治、社會的動盪不安擔負政治責任。詩人乃借助於史事，以諷今或直刺當朝君主。

唐末五代的文人敏感而脆弱，被「山雨欲來風滿樓」〔註 22〕的

〔註 20〕潘志宏：《晚唐三家詠史詩研究》，新竹：國立清華大學文學研究所碩士論文，1992 年第二章第三節。

〔註 21〕劉昫等編：《舊唐書》，台北：鼎文書局，1992 年，卷 19，〈懿宗紀〉頁 117。

〔註 22〕彭定求等編：《全唐詩》，北京：中華書局，2003 年 7 月，許渾〈咸

末日臨近感所籠罩。詩人們在感歎歷史興衰的同時，借歷代的昏君奸佞，以抒發對當朝統治者的諷刺。詩人們已不再奢望李唐會再出現聖君，反倒有可能是陳後主、隋煬帝之類亡國之君，擔心當今皇帝步其後塵。因此，唐末五代詩人諷刺的矛頭，首先指向了最高統治者的荒淫誤國。以下分別就批判國君昏庸無能荒淫奢侈、不惜民力肆意剝削、對君王責任的要求等方面加以分析。

一、昏庸無能荒淫奢侈

唐末五代的詩人，處於衰世末期，往往從歷史上朝代興亡的法則中，借古以諷今，希望提醒當朝統治者，能夠從前朝的淪亡中汲取教訓，唐末五代詩人，思考歷代歷朝興亡更替的法則，表現於詩作之中，是對歷史上亡國之君的檢討。這些詩作中，詩人所吟詠多爲南朝、隋朝，這些歷史上的短命王朝，一則距離唐代不遠，其次，這些王朝都是由國君昏庸無能荒淫奢侈，而導致失敗。

皮日休對君王只顧賞玩，沉緬於酒色，卻不管百姓死活，多所抨擊，有〈哀隴民〉、〈館娃宮懷古〉及〈館娃宮懷古〉五言絕句五首等，其〈館娃宮懷古〉五絕第一首云：

> 綺閣飄香下太湖，亂兵侵曉上姑蘇。
> 越王大有堪羞處，祇把西施賺得吳。（《全唐詩》卷 615）

館娃宮以西施得名，是春秋時期吳王夫差建造的宮殿，難道吳、越的興亡眞就是由西施一個女子來決定的麼？顯然不是。詩人故意運用指桑罵槐的曲筆。

陸龜蒙抨擊國君昏庸，被朝中讒邪小人矇蔽，其〈雜諷〉之四（《全唐詩》卷 619），詩人痛恨小人如豺狼般，巧弄簧舌，製造是非，其利口難以防堵，「非是既相參，重瞳亦爲瞽。」無怪乎國君被其矇蔽了。在〈感事〉（《全唐詩》卷 619）中再次爲小人讒言殺人，設計陷害忠良的卑劣行徑提出諫言：「君聞悅耳音，盡日聽不足。初因起毫

陽城東樓〉，卷 533 頁 6085。

髮，漸可離骨肉。」復對國君聽信讒言的昏庸，感慨不已。其〈鶴媒歌〉有：「而況世間有名利，外頭笑語中猜忌。」的警語，而〈離騷〉更是感歎深重：

天問復招魂，無因徹帝閽。

豈知千麗句，不敵一讒言。(《全唐詩》卷 627)

「天問復招魂，無因徹帝閽。」昏庸的君王，小人的讒言，詩人不禁感慨，縱使屈原復生又奈何。

另一詩人羅隱，其詩歌中最引人注目的部分，是對最高統治者，加以嘲諷和批判，羅隱〈江南〉詩云：

玉樹歌聲澤國春，纍纍輜重憶亡陳。

垂衣端拱渾閒事，忍把江山乞與人。(《全唐詩》卷 665)

羅隱對於陳後主好色昏聵以及荒嬉奢靡作直切的諷刺，在今昔對比的景物中，不斷地提出為什麼就這樣把好好的江山拱手讓人呢？

安史之亂，羅隱認為應歸罪於明皇，這在當時，確屬高人一籌之見解，其〈華清宮〉詩云：

樓殿層層佳氣多，開元時節好笙歌。

也知道德勝堯舜，爭奈楊妃解笑何。(《全唐詩》卷 664)

羅隱在「也知道德勝堯舜，爭奈楊妃解笑何」二句，諷刺玄宗的不知振作，好色誤國，語氣甚為尖銳。其另一首〈帝幸蜀〉詩曰：

馬嵬山色翠依依，又見鑾輿幸蜀歸。

泉下阿蠻應有語，這迴休更怨楊妃。(《全唐詩》卷 664)

羅隱記述其事，諷刺唐皇的治國無方，不能怨怪他人，貴妃更是非戰之罪。可見羅隱在質疑「女色禍水」的傳統觀點。

羅隱從現實生活事件中，敢於對最高統治者表明批判的態度，其〈感弄猴人賜朱紱〉詩云：

十二三年就試期，五湖煙月奈相違。

何如買取胡孫弄，一笑君王便著緋。(《全唐詩》卷 665)

在國家殘破、民不聊生的時候，唐僖宗竟然因為喜愛一隻馴善，能跟朝臣們一起上班的猴子，而賜給玩猴伎人一件五品緋袍。

司空圖對晚唐朝政昏暗、江河日下的國勢的批判。其〈華清宮〉詩云：

帝業山河固，離宮宴幸頻。
豈知驅戰馬，只是太平人。(《全唐詩》卷632)

此詩對酒色天子唐玄宗荒淫誤國作了歷史性的鞭笞。類似的尚有〈南北史感遇〉十首之三云：

天風斡海怒長鯨，永固南來百萬兵。
若向滄洲猶笑傲，江山虛有石頭城。(《全唐詩》卷633)

司空圖身處晚唐，眼見風雨飄搖之中的帝國，即將崩潰垮塌而喟歎，其沉重的使命感是揮之不去的。其〈劍器〉詩云：

樓下公孫昔擅場，空教女子愛軍裝。
潼關一敗吳兒喜，簇馬驪山看御湯。(《全唐詩》卷633)

公孫大娘的劍器舞是盛唐氣象，而司空圖此詩旨趣則轉向對玄宗誤國的反思和批判。

鄭谷對於上位者之驕奢淫逸，有深刻之描述，其〈錦〉二首之一云：

布素豪家定不看，若無文彩入時難。
紅迷天子帆邊日，紫奪星郎帳外蘭。
春水濯來雲雁活，夜機挑處雨燈寒。
舞衣轉轉求新樣，不問流離桑柘殘。(《全唐詩》卷675)

此詩諷刺整個上層貴族驕奢淫逸之頹風，將達官貴人的豪奢淫逸與貧苦百姓的辛勞饑寒，作了鮮明的對比，豪門只圖安逸享樂，卻不顧民貧時亂，戰爭方亟，百姓流離，桑柘摧殘之醜陋面貌烘托而出。

吳融〈華清宮〉二首、〈華清宮〉四首，合計六首詩皆以唐玄宗與楊貴妃之事爲主軸，或批判、或諷刺。其〈華清宮〉四首之二云：

漁陽烽火照函關，玉輦匆匆下此山。
一曲羽衣聽不盡，至今遺恨水潺潺。(《全唐詩》卷685)

此詩對唐玄宗提出嚴厲的批判，吳融批判玄宗竟然感歎〈霓裳羽衣曲〉尚未一曲終了，殊不知大唐帝國從此一蹶不振。又〈華清宮〉二首之一云：

四郊飛雪暗雲端，唯此宮中落旋乾。

綠樹碧簷相掩映，無人知道外邊寒。(《全唐詩》卷 684)

詩中描述四郊大雪紛飛，然而在華麗溫暖的華清宮內，竟然雪花落下旋即溶化，可以想見宮內的玄宗、貴妃和大臣們生活是如何的奢侈。

其〈華清宮〉四首之二云：

漁陽烽火照函關，玉輦匆匆下此山。

一曲羽衣聽不盡，至今遺恨水潺潺。(《全唐詩》卷 685)

吳融批判玄宗竟然感歎〈霓裳羽衣曲〉尚未一曲終了，殊不知大唐帝國從此一蹶不振，國勢因而沉淪。

韋莊追憶懿宗在位十四年間，那貌似承平實寓危機的時代，統治階層感覺到不久即將大禍臨頭，因而瘋狂地及時享樂。其〈咸通〉詩云：

咸通時代物情奢，歡殺金張許史家。

破產競留天上樂，鑄山爭買洞中花。

諸郎宴罷銀燈合，仙子遊迴璧月斜。

人意似知今日事，急催弦管送年華。(《全唐詩》卷 695)

韋莊撫今追昔，反思咸通時期社會風氣，其痛心疾首可想而知。而〈官莊〉及〈虎跡〉兩首詩揭露了統治階級的殘暴。

貫休借古諷今，對帝王沉溺於道教煉丹之術對於皇帝迷信煉丹，以祈求長生不老進行抨擊，其〈了仙謠〉云：

海中紫霧蓬萊島，安期子喬去何早。遊戲多爲白騏驎，鬚髮如銀未曾老。亦留仙訣在人間，齧鏃終言藥非道。始皇不得此深旨，遠遣徐福生憂惱。紫朮黃精心上苗，大還小還行中寶。若師方術棄心師，浪似雪山何處討。(《全唐詩》卷 826)

另一首〈陳宮詞〉云：

緬想當時宮闕盛，荒宴椒房懱堯聖。

玉樹花歌百花裡，珊瑚窗中海日迸。

大臣來朝酒未醒，酒醒忠諫多不聽。

陳宮因此成野田，耕人犁破宮人鏡。(《全唐詩》卷826)

貫休影射最高統治者的腐化墮落，只顧欣賞「玉樹花歌」，而不聽忠諫之言。

齊己認爲統治者的驕奢淫逸，任意地搜刮造成了百姓痛苦的根源。其〈暮春久雨作〉詩云：

積雨向春陰，冥冥獨院深。

已無花落地，空有竹藏禽。

簷溜聲何暴，鄰僧影亦沉。

誰知力耕者，桑麥最關心。(《全唐詩》卷842)

曹鄴用鮮明的語言對貪官污吏作了辛辣的諷刺，矛頭直指最高統治者。其〈官倉鼠〉詩云：

官倉老鼠大如斗，見人開倉亦不走。

健兒無糧百姓飢，誰遣朝朝入君口。(《全唐詩》卷592)

官倉鼠是吮吸人民血汗的貪官污吏；詩人有意地引導讀者去探索造成這一不合理現象的根源，把矛頭指向了最高統治者。另一首〈捕魚謠〉詩云：

天子好征戰，百姓不種桑。天子好年少，無人薦馮唐。天子好美女，夫婦不成雙。(《全唐詩》卷592)

詩人激切直率地直接怒斥皇帝的種種倒行逆施。將最高統治者無道，卻殃及天下蒼生的罪過，客觀地敘述。

唐彥謙能夠巧妙地抒發詩人託物寄興的情懷，其〈垂柳〉詩云：

絆惹春風別有情，世間誰敢鬥輕盈。

楚王江畔無端種，餓損纖腰學不成。(《全唐詩》卷672)

詩人採取了迂迴曲折、託物寄興的手法，矛頭直指皇帝及其爲首的官僚集團。

二、不惜民力肆意剝削

唐王朝的衰微不僅由於孱弱昏庸的統治者，和皇帝以外的各級官員，所組成的上層集團之腐敗，有著直接的關係。唐末五代時期，各地藩鎮橫行霸道，朝廷官吏更是文恬武嬉，爲虎作倀，他們諂上欺下，朋比爲奸而又爾虞我詐。

皮日休對農民的辛勤，卻被嚴重地剝削，反映了茶農的無奈。其〈茶灶〉詩云：

南山茶事動，灶起巖根傍。
水煮石髮氣，薪然杉脂香。
青瓊蒸後凝，綠髓炊來光。
如何重辛苦，一一輸膏粱。(《全唐詩》卷 611)

另一首〈路臣恨〉反映晚唐市井小民力役之苦。唐代的驛站中設有路臣，在服役時遭到殘暴的對待，詩人除抨擊官吏外，也說出了服役者心中之怨恨。

陸龜蒙諷刺當時官府剝削的無所不至，其〈新沙〉云：

渤澥聲中漲小堤，官家知後海鷗知。蓬萊有路教人到，應亦年年稅紫芝。(《全唐詩》卷 629)

敘述官府對農民敲骨吸髓的賦稅剝削，這首詩採用高度誇張，尖刻的諷刺方式。此外尚有〈南涇漁父〉、〈刈獲〉、其〈藥魚〉詩云：

香餌綴金鉤，日中懸者幾。盈川是毒流，細大同時死。
不唯空飼犬，便可將貽蟻。苟負竭澤心，其他盡如此。(《全唐詩》卷 620)

凶悍的官吏，橫徵暴歛之下導致百姓衣不蔽體，食不果腹，憤懣之情，充斥於筆鋒。

羅隱對豪門巨室肆無忌憚地橫徵暴歛，發出了不平之鳴，其〈蜂〉詩云：

不論平地與山尖，無限風光盡被占。
采得百花成蜜後，爲誰辛苦爲誰甜。(《全唐詩》卷 662)

此詩緊扣蜜蜂的特點來寫，辛勤採蜜的蜂，不正是千千萬萬平民百姓的化身，他們終年辛勤所得，卻被權貴巧取豪奪，這是多麼不公平的現實。

羅隱甚至對提拔自己的恩人錢鏐，強使西湖漁人，每天繳納鮮魚數斤，名曰「使宅魚」，苛刻剝削勞苦百姓，強烈地抨擊，其〈題磻溪垂釣圖〉詩云：

呂望當年展廟謨，直鉤釣國更誰如。

若教生在西湖上，也是須供使宅魚。(《全唐詩》卷665)

羅隱這一首詩，致使錢鏐不得不立刻停止徵收這種魚稅。這類為民生疾苦而抱不平之鳴，尚有〈雪〉、〈錢〉、〈所思〉、〈鸚鵡〉及〈寄侯博士〉等作品。

農民生活困難，只得廢棄耕稼，逃往山中避禍，可是統治者的魔爪，卻仍不放過，最具代表性的〈山中寡婦〉詩云：

夫因兵死守蓬茅，麻苧衣衫鬢髮焦。

桑柘廢來猶納稅，田園荒後尚徵苗。

時挑野菜和根煮，旋斫生柴帶葉燒。

任是深山更深處，也應無計避征徭。(《全唐詩》卷692)

此詩刻劃出這位山中寡婦的形象，她是當時苦難百姓的一個縮影，詩人不下斷語，確任憑事實證明。

杜荀鶴在〈亂後逢村叟〉揭露了統治者絲毫不體恤民情，有沉痛的描述：

經亂衰翁居破村，村中何事不傷魂。

因供寨木無桑柘，為著鄉兵絕子孫。

還似平寧徵賦稅，未嘗州縣略安存。

至於雞犬皆星散，日落前山獨倚門。(《全唐詩》卷692)

此詩通篇直陳，描述戰亂後得以倖存的老翁，家破人亡的不幸遭遇，統治者居然仍以繁重的賦稅剝削人民。此外尚有〈旅泊遇郡中叛亂示同志〉及〈送人宰吳縣〉等作品。

鄭谷抨擊統治者對人才的壓制與迫害，其〈送許棠先輩之官涇縣〉云：

白頭新作尉，縣在故山中。

高第能卑宦，前賢尚此風。

蕪湖春蕩漾，梅雨晝溟濛。

佐理人安後，篇章莫廢功。(《全唐詩》卷 674)

統治者對人才的迫害，作者抨擊了統治者的昏庸與腐朽。

韋莊為保護平民的利益，振筆直書，其〈官莊〉詩云：

誰氏園林一簇煙，路人遙指盡長歎。

桑田稻澤今無主，新犯香醪沒入官。(《全唐詩》卷 697)

本詩獲得官方回應，浙帥遂改酒法，不入財產。其〈虎跡〉反映人民被剝削的命運，詩云：

白額頻頻夜到門，水邊蹤跡漸成群。

我今避世棲巖穴，巖穴如何又見君。(《全唐詩》卷 700)

韋莊揭露了統治階級的殘暴，敘述人民被剝削，無處可逃的悲慘處境。

貫休以戍邊戰士思念家鄉之苦悶，與帝王荒淫的生活成了強烈的對比，其〈古塞下曲〉四首之三云：

日向平沙出，還向平沙沒。飛蓬落軍營，驚鵰去天末。帝鄉青樓倚霄漢，歌吹掀天對花月。豈知塞上望鄉人，日日雙眸滴清血。(《全唐詩》卷 827)

帝王不惜民力，安樂地享受著醉生夢死的生活，更加突顯了邊塞戰士思鄉之痛。

齊己雖是出家人，卻能直接面對現實，具體地指出人民苦難產生的根源。其〈耕叟〉詩云：

春風吹蓑衣，暮雨滴箬笠。

夫婦耕共勞，兒孫飢對泣。

田園高且瘦，賦稅重復急。

官倉鼠雀群，共待新租入。(《全唐詩》卷 847)

官吏層層啄噬，剝削者像一群鼠雀，吞噬著勞動者的辛勤果實，這就是造成農民痛苦的根源源。統治者為了聚斂財富，還是拚命地開鑿地下礦藏，其〈寓言〉云：

造化安能保，山川鑿欲翻。

精華銷地底，珠玉聚侯門。

始作驕奢本，終爲禍亂根。

亡家與亡國，云此更何言。(《全唐詩》卷 838)

統治者谷粟堆滿倉廩，金銀珠玉積盈箱篋，於是更加驕橫奢侈。其〈暮春久雨作〉詩云：

積雨向春陰，冥冥獨院深。

已無花落地，空有竹藏禽。

簷溜聲何暴，鄰僧影亦沉。

誰知力耕者，桑麥最關心。(《全唐詩》卷 842)

齊己抨擊統治者的驕奢淫逸，任意地搜刮造成了百姓痛苦的根源。

聶夷中諷刺上層官吏的腐敗已經到了無可救藥的地步。指出農民生活的無望及由此所引起的嚴重後果，其〈田家〉二首，廣爲傳誦，〈田家，二首之一〉云：

父耕原上田，子斸山下荒。

六月禾未秀，官家已修倉。(《全唐詩》卷 636)

農家辛勤忘我的工作，而官府卻無止盡的剝削，形成了尖銳的對比。

曹鄴目睹唐王朝日漸衰頹，難免憂憤抑鬱而歎惋不已，其〈吳宮宴〉感歎吳帝孫皓荒淫奢侈，不恤國事，以致樂極生悲，身死國滅。另一首〈秦後作〉對統治者窮兵黷武，不體恤人民，滅絕人性的作爲，毫不留情地加以抨擊。而唐彥謙〈宿田家〉反映了統治者對人民的欺凌、壓榨和盤剝，造成「良民懼官府，聽之肝膽碎。」

三、對統治者要求責任

唐末五代戰禍接連不斷，社會動盪不安，農村殘破不全，人民生活難以爲繼。詩人在面對各種社會或民生問題時，除了對君王本身因敗德失政、荒淫無道，因而導致國家的敗亡加以指責外，也將問題的癥結，直接指向最高統治者，抨擊其沒有承擔起應負之責任。一些詩人對君王此時依舊勞民傷財提出警告，也有詩人對帝王漠視人民苦難，依舊放佚享樂，加以諷刺。透過尖銳的要求、批判、抨擊的語句，更凸顯了君王應負的責任。

皮日休諫誡君王當效法古代聖王重賢才、輕金玉。其〈賤貢士〉詩云：

南越貢珠璣，西蜀進羅綺。到京未晨旦，一一見天子。如何賢與俊，爲貢賤如此。所知不可求，敢望前席事。吾聞古聖人，射宮親選士。不肖盡屏跡，賢能皆得位。所以謂得人，所以稱多士。歎息幾編書，時哉又何異。(《全唐詩》卷 608)

用對比的手法批判最高統治者，只重視珠璣、綺羅等貢品，至於參加考試各地的俊賢，尙得經過層層考試，方有機會蒙天子召見，皮氏對天子好珍品卻漠視人才的態度，有極深的感慨。

皮日休抨擊因濫賞官吏而造成貪官遍地，百姓遭殃的嚴重惡果，其〈貪官怨〉詩云：

國家省闥吏，賞之皆與位。素來不知書，豈能精吏理。大者或宰邑，小者皆尉史。愚者皆混沌，毒者如雄虺。傷哉堯舜民，肉袒受鞭箠。吾聞古聖王，天下無遺士。朝庭及下邑，治者皆仁義。國家選賢良，定制兼拘忌。所以用此徒，令之充祿仕。何不廣取人，何不廣歷試。下位既賢哉，上位何如矣。胥徒賞以財，俊造悉爲吏。天下若不平，吾當甘棄市。(《全唐詩》卷 608)

抨擊朝廷選官制度弊端，導引出天子應當選擇賢良爲官吏的見解。

皮日休認爲居上位者掌握權柄卻禍國殃民，將如何解民於倒懸呢？其〈農父謠〉及〈貪官怨〉對於尸位素餐之庸臣，加以諷刺。

羅隱希望官吏能照顧在飽經戰亂，飢寒交迫的情況下的百姓，其〈送溪州史君〉詩云：

兵寇傷殘國力衰，就中南土藉良醫。
鳳銜泥詔辭丹闕，雕倚霜風上畫旗。
官職不須輕遠地，生靈只是計臨時。
灞橋酒醆黔巫月，從此江心兩所思。(《全唐詩》卷 662)

在朋友走馬上任時，他勸告朋友要清明正直，所要考慮的是百姓的生計問題。

羅隱認為個人的進退用捨、成敗榮辱，和社會原因關係密切，因為出身寒賤，想在唐末官場爭得一個席位，當然會四處碰壁，因為科舉制度腐敗已到極點，種種的不公不平，讓羅隱〈東歸〉中意識到「難將白發期公道」，功名既不可得，遂有歸隱之念頭，欲借酒澆愁，卻落得「淚滿巾」的地步。不禁懷疑，朝廷，為何不要求統治者重視人才選拔。

杜荀鶴歷經人世滄桑，卻不願作一個庸碌之人，它具備儒家淑世濟民的精神，但詩人手中並無實權，只好轉而要求當官執政者不要蹂躪百姓，壓迫人民，其〈送人宰吳縣〉詩云：

海漲兵荒後，為官合動情。
字人無異術，至論不如清。
草屨隨船賣，綾梭隔水鳴。
唯持古人意，千里贈君行（《全唐詩》卷 691）

司空圖深受戰亂殺伐之苦，因而在〈亂前上盧相〉詩云：

虜黠雖多變，兵驕即易乘。
猶須勞斥候，勿遣大河冰。（《全唐詩》卷 632）

詩中提醒執掌兵符的大臣，應未雨綢繆，作好抵禦亂賊的準備工作，才可避免無辜的百姓受害。

表聖熱愛君國之思，於慨歎於戰禍亂離之際，目睹國勢衰危，民陷水火，憂思塡膺，因而要求國君對於人才要加以重視，其〈歌〉詩云：

處處亭台只壞牆，軍營人學內人妝。
太平故事因君唱，馬上曾聽隔教坊。（《全唐詩》卷 633）

顯然對於唐代中衰的歷史作出反思，隱含著對玄宗不重人才、歌舞昇平的譏刺。

鄭谷對統治階層的昏庸腐朽，對社會的嚴重貧富不均予以反映，充滿著無限的痛惜、感傷之情。其〈順動後藍田偶作〉云：

小諫升中諫，三年侍玉除。
且言無所補，浩歎欲何如。

宮闕飛灰燼，嬪嬙落里閭。

藍峰秋更碧，霑灑望鑾輿。(《全唐詩》卷 674)

詩人悲歎皇帝不聽取臣下意見，卻一意孤行，而導致傾覆的可悲下場。

吳融以精煉、委婉的筆法，提醒統治者，其〈題湖城縣西道中槐樹〉寄寓感傷於其中，詩曰：

零落欹斜此路中，盛時曾識太平風。

曉迷天仗歸春苑，暮送鸞旗指洛宮。

一自煙塵生薊北，更無消息幸關東。

而今只有孤根在，鳥啄蟲穿沒亂蓬。(《全唐詩》卷 687)

詩人筆下的槐樹由「零落欹斜」到「只有孤根」直至「鳥啄蟲穿沒亂蓬」，正是唐帝國衰亡走向的預測與揭示。吳融爲樹悲痛，實則替唐帝國的衰微而悲。

吳融以無奈悲傷的情緒，藉著淒淒吟嘯，聊以解除家國之悲。其〈廢宅〉詩云：

風飄碧瓦雨摧垣，卻有鄰人與鎖門。

幾樹好花閒白晝，滿庭荒草易黃昏。

放魚池涸蛙爭聚，棲燕梁空雀自喧。

不獨淒涼眼前事，咸陽一火便成原。(《全唐詩》卷 686)

借廢宅直寫貴臣家之衰敗，全詩不言屋宇原本興盛之景，卻處處可見今昔之歎。

貫休認爲國君不應該靠作戰來擴充領土，其〈古塞上曲〉之六云：

地角天涯外，人號鬼苦邊。

大河流敗卒，寒日下蒼煙。

殺氣諸蕃動，軍書一箭傳。

將軍莫惆悵，高處是燕然。(《全唐詩》卷 830)

統治者應該是靠仁德來感懷遠方之民或國家來歸附。對於皇帝迷信煉丹，以祈求長生不老，在〈了仙謠〉一詩，貫休借古諷今，抨擊帝王沉溺於道教煉丹之術，因而喪身或自欺欺人的無知行爲。

其〈寄當陽張明府〉詩云：

玉泉神運寺，寒磬徹琴堂。
有境靈如此，爲官興亦長。
吏愁清白甚，民樂賦輸忘。
聞說巴山縣，今來尚憶張。(《全唐詩》卷 841)

齊己認爲，官吏清白，賦稅減輕，是政治清明，人民安樂的最

要條件。然而宮吏由朝廷任命，必須朝廷有聖明之君。其〈月下作〉云：

良夜如清晝，幽人在小庭。
滿空垂列宿，那箇是文星。
世界歸誰是，心魂向自寧。
何當見堯舜，重爲造生靈。(《全唐詩》卷 840)

「何當見堯舜，重爲造生靈。」齊己多麼希望明君再現來重造生靈。在〈宿沈彬進士書院〉詩中，希望聖君賢臣平治天下。而〈寄監利司空學士〉則認爲官吏只要寬容農民的賦稅，不橫徵暴斂，農村很快就可恢復生機。

曹鄴激切直率地直接怒斥皇帝的種種倒行逆施，其〈捕魚謠〉詩云：

天子好征戰，百姓不種桑。天子好年少，無人薦馮唐。天子好美女，夫婦不成雙。(《全唐詩》卷 592)

詩人用生動潑辣的民謠形式，將最高統治者無道，卻殃及天下蒼生的罪過，客觀地敘述。其〈官倉鼠〉、〈吳宮宴〉曹鄴把矛頭指向了最高統治者。

唐彥謙〈垂柳〉含蓄蘊藉地寄託了詩人憤世嫉俗之情，「楚王江畔無端種，餓損纖腰學不成」，採取了迂迴曲折、託物寄興的手法，矛頭直指皇帝及其爲首的官僚集團。

第二節　政治問題的反思

中國古代政治的運作，分爲中央政府與地方政府，中央政府是國

家政治運作的中樞機構，朝廷的朝臣大夫位高權重，接近皇帝與權力核心，是國家政策的建議者與制定者；地方政府則遍布於全國各地，是政策的實際執行者，而地方官員雖然官位不高，卻與百姓關係密切，地方官吏之良窳，實際上且深刻影響當地人民生活。唐末五代政治的黑暗同時發生於朝廷與地方，朝廷有奸佞弄權，地方有貪官污吏橫行於鄉里，茲分述如下。

一、司法不公

唐末五代諷刺詩的創作，揭露了當時政治社會上所孕育的危機與矛盾，因此在司法問題上，唐末五代諷刺詩亦表現出它的現實性與批判性。當時對於地方刺史縣令選任的不重視，導致地方吏治日見敗壞，地方上貪官污吏橫行於鄉里，在吏治大壞之下，官僚士大夫驕奢淫逸，貪婪成性，以至於趨謅權門，鑽營拍馬的宵小之徒，到處橫行。

唐末五代社會特權階級，不受司法機關，及法令拘束的情形，無形中強化了特權階級與農民階層的對立，農民與統治階層在法律之前的不平等，使得農民生活更加黑暗，而階級對立的情形也更顯緊繃。劉允章認爲：「冤不得理，屈不得伸。」，〔註23〕便說明了不平等的司法體制帶給人民的傷害。在這種情形下，諷刺詩人們，採取和執法者對立的立場，揭露了唐末五代司法的眞正面目。

司法問題根源，從執法者心態，便可窺知，執法官吏在決獄之時，不但不哀矜體恤犯罪的原因，導源於教化之不行，竟將案情當業績，以獲得獎賞而高興，執法官吏有此心態，則循情枉法，以卑劣手段達到升官目的者所在多有，故司法問題之層出不窮實屬必然。

官吏執法採取雙重標準，一味地欺壓老百姓，但對高官貴人卻不敢觸碰，甚而反遭其踐踏，對唐末五代那種法律蕩然無存，刑不上大夫，犯法還可用金錢贖罪的不良做法，其所產生的司法問題，是諷刺

〔註23〕董誥等編：《全唐文》，北京：中華書局，1987年2月，卷804，頁8450。

詩作家們所無法忽視的焦點之一，由於司法不公，亦將民怨推到最高點。唐末五代諷刺詩作家們以強烈的憤慨，抨擊了這些問題，卻也無力撥亂反正，對問題製造之行政司法單位，在詩歌中無所顧忌、無所拘束的批評，但卻無法消弭執法不公的既成事實。然而，這正是唐末五代人民之所以起兵的原因之一，因爲再多的諷刺也無濟於事，使得下層社會的人民認爲只得以武力來解決問題了。

羅隱對宦官的紊亂朝政，加以激烈諷刺，其〈中秋不見月〉詩云：

陰雲薄暮上空虛，此夕清光已破除。

只恐異時開霽後，玉輪依舊養蟾蜍。（《全唐詩》卷665）

用託物以言方式，諷刺宵小幸佞之輩，對於宦官權高勢大，無法剷除而憂心，語雖婉轉，但諷刺意味甚爲深切。

羅隱不斷於詩中傳達對於奸宦亂國的激憤與憂心，其〈螢〉詩云：「不思因腐草，便擬倚孤光。若道能通照，車公業肯長。」（《全唐詩》卷661）又〈詠史〉詩云：「未必片言資國計，只應邪說動人心。」（《全唐詩》卷662）〈鎮海軍所貢（題不全）〉詩云：「他日丁寧柿林院，莫宣恩澤與閒人。」（《全唐詩》卷665）〈北邙山〉詩云：「何必更尋無主骨，也知曾有弄權人。」（《全唐詩》卷664）等，這些詩作都是羅隱有感於朝政日非，而屢發諷諫，對弄權人的戲謔和警告。

吳融憂傷時事，但又無法力挽狂瀾，只有悽苦吟嘯，其〈風雨吟〉（《全唐詩》卷687）詩中對於官逼民反，將臣怕死，宦官亂政，朋黨爲禍表達了他最深的憂慮，又對於忠良不行，文教不興的情況感到憂愁，深刻揭示了朝廷內外諸多方面的弊端痼疾。於詩歌中流露出對世政時局的無奈。

韋莊〈官莊〉抨擊不肖的地方官吏，利用這條法律來斂財，詩云：

誰氏園林一簇煙，路人遙指盡長歎。

桑田稻澤今無主，新犯香醪沒入官。（《全唐詩》卷697）

韋莊爲保護平民的利益，振筆直書，也因而獲得地方官回應，遂改酒法，不入財產。

齊己具體地指出人民苦難產生的根源是官吏層層啄噬。其〈耕叟〉詩云：

春風吹蓑衣，暮雨滴箬笠。

夫婦耕共勞，兒孫飢對泣。

田園高且瘦，賦稅重復急。

官倉鼠雀群，共待新租入。（《全唐詩》卷847）

農民耕作辛勞，而食不果腹。官府卻賦稅繁重，官吏更層層啄噬，剝削者像一群鼠雀，吞噬著勞動者的辛勤果實，這就是造成農民痛苦的根源源，齊己眞切地反映剝削者與勞動者的嚴重對立。其〈西山叟〉（《全唐詩》卷847）及〈讀峴山碑〉（《全唐詩》卷839）對官吏的貪污剝削加以抨擊。

曹鄴〈奉命齊州推事畢寄本府尙書〉詩人揭露了官吏貪贓枉法，魚肉百姓的血淋淋的事實，一針見血地道出朝政敗壞，民生凋敝的根源。曹鄴同情農民被剝削被壓迫之詩篇，如：〈四怨三愁五情詩〉共十二首（《全唐詩》卷592）。

二、吏治敗壞

唐代自開國後，採取「關中本位政策」。據陳寅恪在對唐代關中本位政策之論述中推論，凡操控關中主權之政府，即可以宰制全國。〔註24〕因此，自唐初以來，士人便有重內輕外的觀念，一旦刺史縣令之選任未受到重視，地方吏治便日漸趨於敗壞。

唐代地方行政區劃爲州（郡）、縣兩級制，除了州、縣外，還有府、道，但府是州的同級單位，道則是州之上的虛級單位。因此，州、縣實際上與人民生活密切相關。州的長官是刺史（改稱郡時則稱太守），州、府之下均有轄縣，縣令爲一縣之最高長官。〔註25〕

唐代吏治，中唐以後極爲嚴重不良，地方官早已失去了父母官的

〔註24〕陳寅恪：《唐代政治史述論稿》，台北：里仁書局，1994年8月，頁201。

〔註25〕王壽南：《隋唐史》，台北：三民書局，1986年12月，頁509。

意味，不僅不能愛民如子，反而成了吞噬百姓的野獸，宣宗即瞭解當時「刺史多非其人，爲百姓害。」〔註26〕可見當時地方吏治的敗壞，已是上下皆知的事。僖宗時因黃巢之亂，將更多的官吏除授權授與藩鎮。而在地方，這些官吏的選任條件，多是賄賂禁軍中尉而得的，若賄路時缺少資本，則多舉債，待至任所後，再加以償還。如何償還呢？當然便是「膏血疲民以償之」。〔註27〕孫樵在〈書褒城驛壁〉中，指出其弊病：

> 凡與天子共治天下者，刺史縣令而已，以其耳目接於民，而政令速於行也。今之朝廷命官，既已輕任刺史縣令，而又促數於更易。且刺史縣令，遠者三歲一更，近者一二歲再更。故州縣之政，苟有不利於民，可以出意革去其甚者，在刺史曰：「明日我即去，何用如此。」在縣令亦曰：「明日我即去，何用如此。」當愁醉醲，當饑飽鮮，囊帛櫝金，笑與秩終。〔註28〕

正因爲刺史、縣令之任期，長則三年一任，短則一兩年更換一次，地方官吏易動頻繁，所以任期內無不搜刮殆盡人民的財帛，用以償還之前賄賂的付出，吃飽喝足，卻毫無建樹，至任期終了，笑嘻嘻的離職。地方官吏素質之低落，自此可見一斑。

地方官吏之所以假借種名義，向人民課徵重稅，肇因於地方官吏向朝廷「進獻」，以討好皇帝，爲個中原因之一。中唐在兩稅法實行後，地方上其他賦稅仍未停止徵收，因爲中央政府重要財源之一，即是由地方官員以「進獻」爲名，在固定的節慶之日向皇帝內藏庫進貢，而進獻之物是賦稅之外的貢物。這樣的貢獻在設立兩稅法以前不久曾被廢除，但馬上又恢復，並成爲更多非法賦稅義務的一項來源，而地

〔註26〕司馬光：《資治通鑑》，北京：中華書局，1997年11月，卷249，宣宗大中12年10月，頁8431。

〔註27〕劉昫等編：《舊唐書》，台北：鼎文書局，1992年，高瑀傳，卷162。

〔註28〕董誥等編：《全唐文》，北京：中華書局， 1987年2月，卷795，頁8336。

方官員也以此來博得皇帝的恩寵。〔註 29〕然而兩稅是唯一的正稅，則進獻之物從何而來，其間的貪污聚斂可想而知，因此，地方官吏在其所管轄之範圍，便從人民身上加以榨取，隨意課徵的繇役，與加徵的稅名目繁多。

繇役與徵稅，都是爲了要從人民身上榨取金錢勞力的藉口。政府連年征戰，也成爲地方官吏用以徵收各種軍用稅賦的理由，但是，「且以爲助軍之賦，豈一一於軍哉？今十未有二三，及於戎費，餘悉爲外用，又黠吏貪官，盈縮萬變，去無所之。往無所資，非敢懷生，奈不死何！」〔註 30〕人民對地方官吏的暴行並非不知，但也只能忍受，但當忍無可忍之時，聽聞有起義之聲，人民便揭竿而起。

到了唐末五代，這些與人民生活有密切關係，被稱爲人民父母官的地方官吏，卻是貪婪、賄賂、怠職、弄權的鷹犬，於是唐末五代諷刺詩人們，在試圖對貪官污吏毫無掩飾地加以揭露之同時，也悟出了唐末五代走向混亂衰敗的問題癥結之所在。

皮日休把貪官狡吏敲詐、盤剝人民的盜賊行徑，淋漓盡致地揭穿，其〈橡媼歎〉（《全唐詩》卷 608）一詩，透過「橡媼」這一老婦進而具體描寫，詩人寫出了橡媼身受貪官汙吏的勒索，「如何一石餘，只作五鬥量」官吏從中剝削之嚴重。

皮日休〈農父謠〉（《全唐詩》卷 608）作了沉痛的控訴，江淮一帶盛產稻米，官吏盡情地搜刮，轉運大量米糧至長安，轉運途中，其危險艱苦、浪費損耗，難以估計，甚至發生沉船事件。

陸龜蒙〈藥魚〉抨擊官場風氣敗壞，官吏們更是無所不用其極搜括民脂民膏，橫徵暴歛之下導致百姓衣食無。其〈新沙〉揭露了官家本質，他們竟搶在海鷗前面盯住了這片新沙。這當然是極度的誇張，

〔註 29〕崔瑞德（twitchett denis crispin）編：《劍橋中國隋唐史》，北京：中國社會科學出版社，1990 年 12 月，頁 692。

〔註 30〕董誥等編：《全唐文》，北京：中華書局，1987，年 2 月，卷 867 頁 9087。

當官府第一個發現新沙，並打算搾取賦稅時，這片新沙還是人跡未到的不毛之地呢！連剝削對象尚不存在，就興起搾取賦稅的如意算盤。其〈奉酬襲美苦雨見寄〉則是揭發軍隊的殘酷，詩中敘述「去歲王師東下急，輸兵粟盡民相泣。」戰亂造成了民窮財盡的惡果，揭露唐王朝軍隊屠殺無辜百姓的血腥暴行，概括地寫出了武力鎮壓帶給人民的災難。而朝廷官員對利祿貪得無饜，其〈雜諷〉之一，詩人尖銳地諷刺官吏的貪婪，撈取起來不擇手段，錙銖必較，不顧性命，甚至敢「蛟龍在怒水，拔取牙角弄。」他們只知聚斂財富，其〈雜諷〉之二，對官吏尸位素餐，無拯救災荒，補救朝政缺漏之術，平亂無方，卻視戰爭爲兒戲，致使「年來橫干戈，未見拔城邑。」在盜賊橫行之下，百姓飢寒交迫，甚至暴屍野外，令人慘不忍睹。陸龜蒙對地方官吏爲了考績，對賦稅的追索無度，在〈蠶賦〉一文中提出控訴，對於官吏之貪、官吏之害，溢於言表。

羅隱抨擊貪得無饜的骯髒嘴臉。其〈金錢花〉詩云：

占得佳名繞樹芳，依依相伴向秋光。

若教此物堪收貯，應被豪門盡斸將。(《全唐詩》卷 656)

辛辣地諷刺豪門大肆搜括民脂民膏，凡有收藏價値，無不搜括殆盡，如果金光閃閃的金錢花，能像金錢一樣被收藏起來，勢必將被豪門貴族砍盡採光。

羅隱其餘如〈貴遊〉詩云：「館陶園外雨初晴，繡轂香車入鳳城。八尺家僮三尺箠，何知高祖要蒼生。」(《全唐詩》卷 663)又〈錢〉詩云：「朱門狼虎性，一半逐君回。」(《全唐詩》卷 659)〈塞外〉詩云：「漢王第宅秦田土，今日將軍已自榮。」(《全唐詩》卷 662)、〈蜂〉(《全唐詩》卷 662)、〈黃河〉(《全唐詩》卷 655)、〈塞外〉(《全唐詩》卷 662)等作品，對官僚士大夫進行批判。

杜荀鶴對於地方官吏的憎恨，對百姓的憐憫，類似的題材最具代表性的是〈再經胡城縣〉詩云：

去歲曾經此縣城，縣民無口不冤聲。

今來縣宰加朱紱，便是生靈血染成。(《全唐詩》卷693)

詩題說「再經」，描寫過去與現在兩次路過胡城縣的經驗，吏治的黑暗，官軍之凶殘，卻總以老百姓的鮮血，染紅他們的「朱紱」；以群眾的頭顱，奠定他們的功勳。這首詩揭露官場的黑暗，官僚對百姓的殘酷壓迫。

杜荀鶴在寫給朋友的詩中，囑託要關心百姓生活，要體諒民生疾苦，對於那些能行仁政的官吏倍加讚揚。其〈送人宰德清〉詩云：

亂世人多事，耕桑或失時。
不聞寬稅斂，因此轉流離。
天意未如是，君心無自欺。
能依四十字，可立德清碑。(《全唐詩》卷691)

司空圖感慨奸臣弄權誤國，殘害生靈，故直陳其弊以警之，其不畏強權，憂國憂民之心，於此可見。其〈效陳拾遺子昂感遇〉二首之一云：

高燕飛何捷，啄害恣群雛。
人豈玩其暴，華軒容爾居。
強欺自天稟，剛吐信吾徒。
乃知不平者，矯世道終孤。(《全唐詩》卷633)

首句以「高燕」喻權臣之居高位而勢盛。二句權臣欺壓，人民幽怨之聲，隱約可聞。表聖認爲自古以來，豪家常位據要津，使賢俊之士同悲，蓋悲豪家弄權徇私，攪亂國故，而使生民塗炭。

鄭谷則對大批朝臣的淪亡和唐王朝的覆滅表達沈痛的哀悼。其〈黯然〉云：

搢紳奔避復淪亡，消息春來到水鄉。
屈指故人能幾許，月明花好更悲涼。(《全唐詩》卷677)

鄭谷認爲統治階級的覆亡，是自然規律，不可避免，也絕不可能挽回。寫得異常傷感。

吳融反映官吏之作，如〈平望蚊子二十六韻〉則以蚊蚋喻貪得無饜的地方官吏，寫了這首充滿諷諭性的詩歌。極寫蚊子囂張的行徑，其實隱喻地方官吏對人民戕害，已到了肆無忌憚、胡作非爲的地步。

〈贈戍兵〉詩云：

漢皇無事暫遊汾，底事狐狸嘯作群。
夜指碧天占晉分，曉磨孤劍望秦雲。
紅旌不卷風長急，畫角閒吹日又曛。
止竟有征須有戰，洛陽何用久屯軍。（《全唐詩》卷 696）

韋莊批判將領不聽君王指揮，而軍隊紀律敗壞，時有所聞，其〈睹軍迴戈〉詩云：

關中群盜已心離，關外猶聞羽檄飛。
御苑綠莎嘶戰馬，禁城寒月搗征衣。
漫教韓信兵塗地，不及劉琨嘯解圍。
昨日屯軍還夜遁，滿車空載洛神歸。（《全唐詩》卷 696）

韋莊對官軍中竟然有打著平定叛亂的正義旗號，卻遂行搶掠民間女子之卑鄙事件，表達了作者的驚異、憤慨。類似主題的詩歌尚有〈聞官軍繼至未睹凱旋〉、〈北原閑眺〉、〈重圍中逢蕭校書〉、〈喻東軍〉等。

貫休對貧富懸殊的現實社會悲憤不已，他認爲酷吏的巧取豪奪，是根本原因，對酷吏魚肉百姓，不顧民生疾苦的行徑進行揭露，其〈酷吏詞〉云：

霰雨灂灂。風號如斸。有叟有叟。暮投我宿。吁歎自語。云太守酷。如何如何。掠脂斡肉。吳姬唱一曲。等閒破紅束。韓娥唱一曲。錦段鮮照屋。寧知一曲兩曲歌。曾使千人萬人哭。不惟哭。亦白其頭。飢其族。所以祥風不來。和氣不復。蝗乎蠈乎？東西南北。（《全唐詩》卷 825）

詩人透過歷經滄桑的老叟之口，將上層社會醉生夢死的生活，與下層百姓飢寒交迫作尖銳的對比，揭露了地方官吏的殘酷。對於酷吏的巧取豪奪，貫休詩中多所揭露，其〈偶作〉五首之一，表達了蠶婦對賦稅之重和酷吏之恨。「誰信鬢上絲，莖莖出蠶腹」及「冤梭與恨機，一見一霑衣」二聯最是令人鼻酸，只剩下「冤梭與恨機」陪伴著辛勞的蠶婦。黎民百姓生不如死，是因爲統治階層的驕奢淫逸，酷吏的巧取豪奪，貫休在詩中，關於這方面的批評，主要體現在詠史一類的詩篇之中，如〈陳宮詞〉等。

齊己認爲官吏只要寬容農民的賦稅，而不橫徵暴斂，農村很快就可恢復生機，其〈寄當陽張明府〉詩云：

玉泉神運寺，寒磬徹琴堂。
有境靈如此，爲官興亦長。
吏愁清白甚，民樂賦輸忘。
聞說巴山縣，今來尚憶張。（《全唐詩》卷 841）

官吏清白，賦稅減輕，是政治清明，人民安樂的最要條件。然而宮吏由朝廷任命，必須朝廷有聖明之君，才有可能任用才德兼備的官吏。其〈讀峴山碑〉藉古代羊叔子祜，爲官清廉儉約，死後人民爲之建「墮淚碑」，反諷而當時爲官者貪污奢侈，背棄羊公之道。

聶夷中譏刺權貴驕奢淫逸，指出了上層官吏的腐敗已經到了無可救藥的地步。其〈公子行，二首之二〉云：

花樹出牆頭，花裡誰家樓。一行書不讀，身封萬户侯。美人樓上歌，不是古涼州。（《全唐詩》卷 636）

詩人對權貴豪族飛揚跋扈、寡廉鮮恥、氣燄囂張，不但加以憤怒地批判，而且揭露了官僚只會縱情享受，道盡了晚唐腐敗的吏治。類似主題的尚有：〈空城雀〉（《全唐詩》卷 636）、〈公子家〉（《全唐詩》卷 636）、〈大垂手〉（《全唐詩》卷 636）、〈過比干墓〉（《全唐詩》卷 636）等詩歌。

曹鄴任天平節度使推官時，作〈奉命齊州推事畢寄本府尚書〉詩云：

越鳥棲不定……州民言刺史，蠹物甚於蝗。受命大執法，草草是行裝。僕隸皆分散，單車驛路長。四顧無相識，奔馳若投荒。重門下長鎖，樹影空過牆。……獄吏相對語，簿書堆滿床。敲枷打鎖聲，終日在目旁。……走馬歸汶陽。（《全唐詩》卷 592）

詩人不僅敘述了自己不顧個人安危，隻身前往齊州，細心查明案情，嚴懲貪官污吏，爲民申雪冤屈的經過，而且揭露了官吏貪贓枉法，魚肉百姓的血淋淋的事實。

三、用人不當

在專制時代，下層文人若想改變命運、步入仕途，只能依靠科舉，而唐初的科舉取士，一定程度上也確實使一些下層文人，獲得參政機會。然而懿宗咸通以來，在腐敗現實政治的滲透下，科場風氣急速惡化。因此，晚唐科舉制度雖已建立，但事實上，門閥制度卻依然橫行。在門閥庇蔭之下，達官子弟任官甚易，武宗時李德裕曾宣稱：「朝廷顯官須是公卿子弟」。〔註 31〕然而顯官子弟卻未必有才華，其年少未經歷練者更乏才幹。驕奢淫逸的權貴子弟享有世襲之特權，這是生活於社會底層的唐末五代詩人，所不平與憤懣的。

在傳統儒家立功、立業、兼濟天下的理想下，詩人們原先抱持著積極入世的思想，期望有朝一日能夠實現自己為國為民的抱負與理想，在歷經多年寒窗苦讀後，卻極難進士及第，一展凌雲壯志。馬端臨也曾慨言道：「進士科當唐之晚節，尤為浮薄，世所共患。」〔註 32〕由於科場重門路，舞弊成風，下層文人的仕進之路被堵塞了。然而，公卿子弟卻是不需努力，在門閥庇蔭之下，順利獲得機遇與地位。

溯自中唐以後，科場競爭愈演愈烈，晚唐科舉制度更腐敗到了極點，竟為權豪所把持，士子及第，或依恃門第高貴，或靠親友援引，或賴顯宦提攜，或事先內定，更有甚者以賄賂請託，甚至賣身投靠，然而，冰凍三尺，非一日之寒，以上這種種情況，早在玄宗開元時期就已發生。一般寒士投效無門，仕途斷絕。

此外，在世家大族的世襲特權制度外，因政治角力的關係，皇族、朝官、藩鎮、宦官等各方勢力，都必須力爭、並吸引知識份子納入自己陣營，以致造成了另一種內部矛盾、錯綜複雜的政治勢力共生體。〈唐摭言〉云：

伏以國家設文學之科，求貞正之士，所宜行敦風俗，義本

〔註 31〕劉昫等編：《舊唐書》，台北：鼎文書局，1992 年，〈武宗紀〉會昌四年 12 月，卷 18。

〔註 32〕馬端臨：《文獻通考》，台北：台灣商務印書館，1987 年，卷 29。

君親，然後申於朝廷，必爲國器。豈可懷賞拔之私惠，忘教化之根源！自謂門生，遂成膠固。所以時風浸薄，臣節何施？樹黨背公，靡不由此。

但是，這些政治集團透過吸收知識份子以樹黨，所考慮的對象必須有一定的政治背景，吸收此人，往往可以拉攏更多的人，達到磁吸效應。其次，被吸收者，必須死心塌地爲其所屬集團效力，否則只能像李商隱那樣潦倒一生。〔註 33〕

唐末這種任用人才的方式，使得懷抱理想的知識份子，試圖以通過科舉來發揮理想，卻有著不得其門而入之遺憾與冤屈，但對於那些顯貴子弟，或有著黨派政治群體所提攜的人，取得任用機會，卻是唾手可得，面對這種狀況，仕進的幻滅，使知識份子深刻感受到人才任用制度的缺失與矛盾，一方面所用非才，另一方面人才卻無用武之地，這對憂時憂君且自視甚高的詩人們是特別苦悶的。於是以詩歌作爲批判的工具，嚴厲地抨擊人才任用的危機。

在專制社會，國家的長治久安取決於皇帝的英明決策，但更離不開賢相名臣的輔佐，范祖禹認爲：「天下治亂，係於用人。」〔註 34〕政府單位在用人政策上不推舉賢才，這比盜賊危害更甚，盜賊只不過偷盡一室之財，而不舉用賢才，任用賢人，則將招致國家之敗亡。至於各種政治集團，爲吸納集團的人才而樹黨，更是一種謀取自家私利的可恥行徑。唐末五代之黨派互殘，南北司鬥爭，忠良被貶，奸佞當道、人才良莠選擇不當等痼疾，均出自於人才任用問題之弊端，而當人才任用，不再是爲國家、爲人民，僅爲一己之私時，政治的崩解也就爲期不遠了。

皮日休藉蚊子逞兇屢嚼貧士，反襯失意文人的窮困潦倒，以諷刺賢能、愚笨之顛倒和社會的不公。其〈蚊子〉詩云：

〔註 33〕勾承益：〈晚唐雜文的社會背景〉，成都《成都大學學報》社會科學版第四期，1987 年，頁 92～96。

〔註 34〕范祖禹：《唐鑒》，上海：上海古籍出版社，1984 年 10 月，卷 8。

隱隱聚若雷，噆膚不知足。
皇天若不平，微物教食肉。
貧士無絳紗，忍苦臥茅屋。
何事覓膏腴，腹無太倉粟。（《全唐詩》卷608）

透過樸素淺白的文字，描寫動物習性以隱射諷諭對象，字裏行間寄託詩人不平而鳴之感慨。

其〈喜鵲〉一詩，在比喻中夾雜著對當時諂媚佞人不滿的議論：

棄羶在庭際，雙鵲來搖尾。欲啄怕人驚，喜語晴光裡。何況佞倖人，微禽解如此。（《全唐詩》卷608）

詩人形容佞人的嘴臉，就如同鵲鳥這種禽鳥般，諷刺世間花言巧語，諂媚得寵的佞人，賦予這首詩深刻的內涵。

皮日休諫誡君王當效法古代聖王重賢才、輕金玉。其〈賤貢士〉（《全唐詩》卷 608）批判最高統治者，只重視珠璣、綺羅等貢品，皮氏對天子好珍品卻漠視人才的態度，有極深的感慨。

國君不重視賢才，貪官橫行，百姓飽受荼毒，其〈貪官怨〉（《全唐詩》卷608）抨擊朝廷選官制度弊端，因濫賞官吏而造成貪官遍地，百姓遭殃的嚴重惡果，導引出天子應當選擇賢良爲官吏的見解。對於尸位素餐之庸臣，加以諷刺，其〈頌夷臣〉詩云：

夷師本學外，仍善唐文字。吾人本尚捨，何況夷臣事。所以不學者，反爲夷臣戲。所以尸祿人，反爲夷臣忌。吁嗟華風衰，何嘗不由是。（《全唐詩》卷608）

詩人藉外夷官員，能知曉唐朝文字之事例，作出明顯對比譏刺那些不學無術的官僚，可謂入木三分。

陸龜蒙抨擊朝中讒邪小人，痛恨小人如豺狼般，巧弄簧舌，製造是非，其利口難以防堵，其〈雜諷〉之四：

赤舌可燒城，讒邪易爲伍。詩人疾之甚，取俾投豺虎。長風吹窾木，始有音韻吐。無木亦無風，笙簧由喜怒。女媧鍊五石，天缺猶可補。當其利口銜，罅漏不復數。元精遺萬類，雙目如牖户。非是既相參，重瞳亦爲瞽。（《全唐詩》卷619）

「非是既相參，重瞳亦為瞽。」無怪乎國君被其矇蔽了。而〈離騷〉更是感歎深重：

天問復招魂，無因徹帝閽。豈知千麗句，不敵一讒言。(《全唐詩》卷 627)

詩人以屈原的不幸來比況自身的遭遇，因為「天問復招魂，無因徹帝閽。」昏庸的君王，小人的讒言，詩人不禁感慨，縱使屈原復生又奈何。

羅隱的坎坷遭遇，是當時大多數知識份子的共同命運，詩人傾吐了他們的痛苦和不幸，對晚唐社會，人才進退用捨的不合理，加以揭發、批判和抗爭。其〈黃河〉詩云：

莫把阿膠向此傾，此中天意固難明。
解通銀漢應須曲，纔出崑崙便不清。
高祖誓功衣帶小，仙人占斗客槎輕。
三千年後知誰在，何必勞君報太平。(《全唐詩》卷 655)

整首詩雖然句句明寫黃河，卻又是句句都在暗射專制王朝，對科舉制度和上層貴族集團加以抨擊，罵得非常尖刻，比喻也十分貼切。

羅隱屢次科場失意，其〈偶題〉一詩諷刺科舉制度，詩云：

鍾陵醉別十餘春，重見雲英掌上身。
我未成名君未嫁，可能俱是不如人。(《全唐詩》卷 662)

詩人所諷刺的是科舉制度，而不是諷刺「雲英」和自我貶抑，表面委婉幽默，實在內心憤激。

羅隱意識到科舉制度腐敗已到極點。在〈東歸〉詩云：

仙桂高高似有神，貂裘敝盡取無因。
難將白髮期公道，不覺丹枝屬別人。
雙闕往來慚請謁，五湖歸後恥交親。
盈盤紫蟹千卮酒，添得臨岐淚滿巾。(《全唐詩》卷 658)

科舉制度的腐敗，種種的不公不平，不禁懷疑，朝廷，為何不重視人才選拔，在〈寄三衢孫員外〉詩云：

小敷文伯見何時，南望三衢渴復飢。
天子未能崇典誥，諸生徒欲戀旌旗。

風高綠野苗千頃，露冷平樓酒滿卮。

盡是數旬陪奉處，使君爭肯不相思。（《全唐詩》卷 657）

羅隱意識到李唐王朝的統治者，已自生難保，根本就顧不得選拔人才。

羅隱爲人才的進退用捨而抗爭的作品，尚有〈七夕〉詩云：「銅壺漏報天將曉，惆悵佳期又一年。」（《全唐詩》卷 656）又〈寄黔中王從事〉詩云：「今日舉觴君莫問一，生涯牢落鬢蕭疏。」（《全唐詩》卷 662）及〈過廢江寧縣〉詩云：「漫把文章矜後代，可知榮貴是他人？」（《全唐詩》卷 665）其餘如〈江邊有寄〉（《全唐詩》卷 658）、〈東歸途中作〉（《全唐詩》卷 658）、〈西京道德里〉（《全唐詩》卷 655）、〈出試後投所知〉（《全唐詩》卷 656）、〈所思〉（《全唐詩》卷 655）、〈送顧雲下第〉（《全唐詩》卷 663）、〈書懷〉（《全唐詩》卷 663）等，俱是諷刺人才進退失據之作。

杜荀鶴爲了求取功名，希冀仕途有成，「求名日辛苦，日望日榮親」（〈入關歷陽道中卻寄舍弟〉（《全唐詩》卷 691），又說：「一名一宦平生事，不放愁侵易過身」（〈登城有作〉（《全唐詩》卷 692），雖有遠大的抱負，但卻仕途失意，在作品中反映著複雜的感慨。溯自中唐以後，科場競爭愈演愈烈，晚唐科舉制度更腐敗到了極點，竟爲權豪所把持，冰凍三尺，非一日之寒，杜荀鶴爲求進士及第，謀得官職而朝夕用功，詩中敘述對於仕途之嚮往。其〈行次滎陽卻寄諸弟〉詩云：

難把歸書說遠情，奉親多闕拙爲兄。

早知寸祿榮家晚，悔不深山共汝耕。

枕上算程關月落，帽前搜景嶽雲生。

如今已作長安計，祇得辛勤取一名。（《全唐詩》卷 692）

杜荀鶴既非顯宦子弟，又是孤寒士子無人薦引，在屢試不第之後，有著無限的感傷與悲歎，在〈寄從叔〉詩云：

三族不當路，長年猶布衣。

苦吟天與性，直道世將非。

雁夜愁痴坐，漁鄉老憶歸。

爲儒皆可立，自是拙時機。（《全唐詩》卷 692）

詩人雖苦心鑽營，但仰望青雲仍遙不可及，在窮愁潦倒之時，抒發心情，「無況青雲有恨身，眼前花似夢中春」〈感春〉（《全唐詩》卷 693）、「丈夫三十身如此，疲馬離鄉懶著鞭」〈離家〉（《全唐詩》卷 693）、「男兒三十尚蹉跎，未遂青雲一桂科」〈辭鄭員外入關〉（《全唐詩》卷 692）等作品。

司空圖生於唐代末葉，其時綱紀廢弛，強藩互相攻伐，故禍亂頻仍，民不聊生，表聖不僅耳聞目睹且躬逢災難，其〈有感〉二首之二云：

古來賢俊共悲辛，長是豪家拒要津。

從此當歌唯痛飲，不須經世爲閒人。（《全唐詩》卷 633）

詩人尖銳地揭露了政治的黑暗，發出慨歎，表聖認爲自古以來，豪家常位據要津，使賢俊之士同悲。

司空圖目睹國勢衰危，民陷水火，憂思塡膺，因而要求國君對於人才要加以重視，其〈歌〉詩云：

處處亭台只壞牆，軍營人學內人妝。

太平故事因君唱，馬上曾聽隔教坊。（《全唐詩》卷 633）

由不同的層面展開詠歎，顯然對於唐代中衰的歷史作出反思，隱含著對玄宗不重人才、歌舞昇平的譏刺。

鄭谷初任諫官時，盡職盡責，也曾上疏力勸，其〈順動後藍田偶作〉云：

小諫升中諫，三年侍玉除。

直言無所補，浩歎欲何如。

宮闕飛灰燼，嬪嬙落里閭。

藍峰秋更碧，霑灑望鑾輿。（《全唐詩》卷 676）

「直言無所補，浩歎欲何如。」詩人雖具正義感然齷齪的官場，卻迫使他逐漸收斂鋒芒，初居諫官之職卻無補於時政，以致心中受盡煎熬。

鄭谷表達了對宦官用事的憤恨，其〈蜀江有弔〉詩云：

孟子有良策，惜哉今已而。

徒將心體國，不識道消時，

折檻未爲切，沈湘何足悲。

蒼蒼無問處，煙雨遍江蘺。（《全唐詩》卷 676）

詩人抒發了對孟昭圖的高度敬仰與惋惜之情。雖以憑弔爲題，但內心悲痛，由「心體國」、「道消時」兩句，逐漸宣染擴散，形成一股對整個時代傷痛悲哀氛圍。

齊己認爲，官吏清白，賦稅減輕，是政治清明，人民安樂的最要條件。其〈寄當陽張明府〉詩云：

玉泉神運寺，寒磬徹琴堂。
有境靈如此，爲官興亦長。
吏愁清白甚，民樂賦輸忘。
聞說巴山縣，今來尚憶張。（《全唐詩》卷 841）

然而宮吏由朝廷任命，必須朝廷有聖明之君，才有可能任用才德兼備的官吏，而百姓才可安居樂業。其〈月下作〉云：

良夜如清晝，幽人在小庭。
滿空垂列宿，那箇是文星。
世界歸誰是，心魂向自寧。
何當見堯舜，重爲造生靈。（《全唐詩》卷 840）

「何當見堯舜，重爲造生靈。」齊己多麼希望明君再現來重造生靈。

貫休在〈陳宮詞〉（《全唐詩》卷 826）中，直指最高統治者，認爲肇因於帝王的荒淫，任用奸臣，聽信讒言所致。

秦韜玉其〈貧女〉一詩，以語意雙關、含蘊豐富而爲人傳誦。其詩云：

篷門未識綺羅香，擬托良媒益自傷。
誰愛風流高格調，共憐時世儉梳妝。
敢將十指誇偏巧，不把雙眉鬥畫長。
苦恨年年壓金線，爲他人作嫁衣裳。（《全唐詩》卷 670）

「爲他人作嫁衣裳」，則反映了社會貧寒士人不爲世用的憤懣和不平。

第三節　諷刺社會不公平

晚唐因連年的戰亂，許多農民棄鄉逃亡，造成土地兼併日益嚴重，在那民生凋弊的社會，貧者已無立錐之地、安身之計，而富者卻是田疇千畝，日日歌舞昇平。社會風氣頹靡，貧富差距日益懸殊，經濟資源分配不均等，造成唐末五代各種民生經濟問題，成爲諷刺詩人關注的議題，茲分爲哀憐生民疾苦，批判豪門奢華，關注戰爭議題及抨擊趨炎附勢等四面加以分析。

一、哀憐生民疾苦

唐末五代由於軍事紛擾，政治混亂，導致經濟凋敝，百業蕭條，民生極其痛苦；尤以農業一再遭受兵災，人民遭受黃河決堤、乾旱、蟲害等天災肆虐，加以丁壯從軍，老弱轉徙，農村生產制度完全遭到破壞，以致饑饉連年，餓莩無數，衣不蔽體，食亦不足以裹腹，民生窮困下，導致社會問題叢生。懿宗時翰林學士劉允章〈直諫書〉道出了當時民生之苦：

> 今天下蒼生，凡有八苦，陛下知之乎？官吏苛刻，一苦也；……天下百姓，哀號於道路，逃竄於山澤，夫妻不相活，父子本相救。百姓有冤，訴於州縣，州縣不理；訴於宰相，宰相不理；訴於陛下，陛下不理，何以歸哉！〔註35〕

唐末五代諷刺詩的作者們，因爲極少數能進入權力核心，參與中央決策，其中有任職於地方者，或隱居於農村，因而多能貼近社會基層，接近民間，觀察社會，故而這些作者創作詩歌的態度，與對自身角度的建構與認知，是站在社會觀察者、怨憤者、甚至抨擊者的角度，反思著國運衰敗、人民痛苦形成的種種原因。

皮日休反映了社會底層人民貧苦生活情狀，其〈三羞詩〉第三首，用客觀冷靜之敘述；簡明強烈之對比來表達內心愛憎，「荒村墓鳥宿，空屋野花籬。兒童齧草根，倚桑空羸羸。」呈現一幅饑民流徙之災民圖。又在《正樂府》十篇，第一首〈卒妻怨〉（《全唐詩》卷608）爲

〔註35〕董誥等編：《全唐文》，北京：中華書局，1987年2月，卷804，頁110654。

死難者之家屬，作了聲淚俱下的哭訴，反映民眾之苦難，寫戍卒之苦只用「死鋒刃」，其餘筆墨都極寫其妻在家的憂愁之狀。

陸龜蒙對繇役之深重，作出沉痛的指控，其〈築城詞〉二首之一云：

> 城上一培土，手中千萬杵。築城畏不堅，堅城在何處。(《全唐詩》卷 627)

詩中對百姓築城之辛苦，表達同情。另一首〈村夜〉之二（《全唐詩》卷 627），陸龜蒙返鄉耕種，卻不得溫飽，「萬戶膏血窮，一筵歌舞價。安知勤播植，卒歲無閒暇。」反映人民辛苦的勞動和悲慘的生活。

陸龜蒙〈丁隱君歌〉(《全唐詩》卷 621)「去歲猖狂有黃寇，官軍解散無人鬥。」詩人寫出當時社會的背景，是那麼的昏亂及腐敗，述說黎民百姓苦於苛刻賦稅，無衣無食，窘迫無告之苦，歷歷如在目前。

羅隱對平民百姓，飢餓卻不得食，寒冷卻不得衣，發出了不平之鳴，其〈蜂〉詩云：

> 不論平地與山尖，無限風光盡被占。
> 采得百花成蜜後，爲誰辛苦爲誰甜。(《全唐詩》卷 662)

此詩緊扣蜜蜂的特點來寫，爲誰辛苦爲誰甜？辛勤採蜜的蜂，不正是千千萬萬平民百姓的化身。

羅隱爲民生疾苦而抱不平之鳴的作品甚多，有〈雪〉詩云：「盡道豐年瑞，豐年事若何。長安有貧者，爲瑞不宜多。」（《全唐詩》卷 659）又〈錢〉詩云：「朱門狼虎性，一半逐君回。」（《全唐詩》卷 659）及〈所思〉詩云：「長恐病侵多事日，可堪貧過少年時。」（《全唐詩》卷 659）其餘如〈鸚鵡〉(《全唐詩》卷 656)、〈寄侯博士〉(《全唐詩》卷 659)、）等，俱是此類諷刺之作。

杜荀鶴哀憐生民疾苦的詩歌甚多，農民生活困難，只得廢棄耕稼，逃往山中避禍，可是統治者的魔爪，卻仍不放過，其〈山中寡婦〉詩云：

夫因兵死守蓬茅，麻苧衣衫鬢髮焦。
桑柘廢來猶納稅，田園荒後尚徵苗。
時挑野菜和根煮，旋斫生柴帶葉燒。
任是深山更深處，也應無計避征徭。(《全唐詩》卷 692)

此詩刻劃出這位山中寡婦的形象，她是當時苦難百姓的一個縮影，詩人不下斷語，確任憑事實證明。

在〈亂後逢村叟〉也有這種沉痛的描述：

經亂衰翁居破村，村中何事不傷魂。
因供寨木無桑柘，爲著鄉兵絕子孫。
還似平寧徵賦稅，未嘗州縣略安存。
至於雞犬皆星散，日落前山獨倚門。(《全唐詩》卷 692)

此詩通篇直陳，描述戰亂後得以倖存的老翁，家破人亡的不幸遭遇。

在〈田翁〉對農民生活的艱難困苦，表達深切的同情：

白髮星星筋力衰，種田猶自伴孫兒。
官苗若不平平納，任是豐年也受飢。(《全唐詩》卷 693)

杜荀鶴對於被壓迫、被剝削，生活悲慘，內心悲痛的下層百姓，給予深沉的憐憫，在〈蠶婦〉詩云：

粉色全無飢色加，豈知人世有榮華。
年年道我蠶辛苦，底事渾身著苧麻。(《全唐詩》卷 693)

蠶婦臉上全無粉色，卻呈現著因飢餓而日益增加的憔悴，整年無休止地勞動，卻仍得忍受飢餓，又怎能相信人間尚有富貴榮華呢？

杜旬鶴在〈贈秋浦張明府〉詩中寫著：「農夫背上題軍號，賈客船頭插戰旗」(《全唐詩》卷 692)，戰火波及下，致使田無禾麥，邑無煙火。干戈擾攘，使得「四海十年人殺盡」〈哭貝韜〉(《全唐詩》卷 693)、「幾州戶口看成血」〈將入關安陸遇兵寇〉(《全唐詩》卷 692)，滿目瘡痍，十室九空，白骨遍地，戰禍慘烈恐怖之狀，已到了無可復加的地步，杜荀鶴以上這些悲痛的哭泣，也是震天的控訴。連年戰禍，田園荒盡，產業蕩然，家徒壁立，而賦稅不減，人民將何以維生呢？

司空圖詩文中反映戰亂的詩文很多，其〈華下〉詩云：

日炎旱雲裂，併爲千道血。

天地沸一鑊，竟自烹妖孽。

堯湯遇災數，災數還中輟。

何事姦與邪，古來難撲滅。(《全唐詩》卷 632)

戰亂不已，旱災嚴重，奸邪爲禍，許多黎民百姓處於饑餓之中，困苦地掙扎於死亡邊緣，處境慘不忍睹。

司空圖〈狂題〉十八首之十八詩云：

曾聞劫火到蓬壺，縮盡鼇頭海亦枯。

今日家山同此恨，人歸未得鶴歸無。(《全唐詩》卷 634)

「海亦枯」喻戰火之熾盛，其後果必爲斷垣殘壁，遍地燒殺，骨肉流離之慘狀。

鄭谷書寫歷經烽火蹂躪後的荊州一帶，江城依舊，故園荒涼，其〈渚宮亂後作〉詩云：

鄉人來話亂離情，淚滴殘陽問楚荊。

白社已應無故老，清江依舊繞空城。

高秋軍旅齊山樹，昔日漁家是野營。

牢落故居灰燼後，黃花紫蔓上牆生。(《全唐詩》卷 675)

「牢落故居灰燼後，黃花紫蔓上牆生」，反映江陵兩度遭遇兵火，呈現殘破悽涼的破敗景象，廣大人民被迫四處流亡。其〈順動後藍田偶作〉(《全唐詩》卷 676) 鄭谷在送別朋友的詩作裏，不斷地描繪亂後都城，一片殘廢荒涼的景象，表現無限的痛惜之情。

另一首〈長安感興〉(《全唐詩》卷 674)「落日狐兔徑，近年公相家。」充分現現出黃巢亂後，城市蕭條悽涼的景象。在〈偶書〉(《全唐詩》卷 676) 感歎辛苦的百姓，卻必須忍受飢餓，努力勞動，辛勤耕作，卻衣食無著。

吳融〈隋堤〉詩云：

搔首隋堤落日斜，已無餘柳可藏鴉。

岸傍昔道牽龍艦，河底今來走犢車。

曾笑陳家歌玉樹，卻隨後主看瓊花。

四方正是無虞日，誰信黎陽有古家。(《全唐詩》卷 687)

詩人以今昔對比，襯托繁華一去不歸的感慨，暗示了現實的蕭條凋敝。

韋莊用作品記錄了戰爭爲國家和人民造成的巨大傷痛，其〈又聞湖南荊渚相次陷沒〉詩云：

幾時聞唱凱旋歌，處處屯兵未倒戈。

天子只憑紅旆壯，將軍空恃紫髯多。

屍塡漢水連荊阜，血染湘雲接楚波。

莫問流離南越事，戰餘空有舊山河。(《全唐詩》卷 696)

「屍塡漢水連荊阜，血染湘雲接楚波。」概括了死亡之眾，人民流離失所，田園一片荒蕪。

韋莊的懷古詩，如〈臺城〉、〈上元縣〉、〈金陵圖〉等，在對南朝史跡的憑弔中，寄寓看詩人對唐末五代社會動亂的哀歎，情調淒婉。其〈臺城〉詩云：

江雨霏霏江草齊，六朝如夢鳥空啼。

無情最是臺城柳，依舊煙籠十里堤。(《全唐詩》卷 697)

基於對人民遭遇的深刻瞭解和同情，其〈憫耕者〉詩云：

何代何王不戰爭，盡從離亂見清平。

如今暴骨多於土，猶點鄉兵作戍兵。(《全唐詩》卷 700)

詩人沉痛地譴責不義的戰爭，對戰亂中人民所遭受的苦難，「如今暴骨多於土，猶點鄉兵作戍兵」，深表同情。

韋莊對一般平民生活能夠體察其辛酸，同情他們的遭遇，其〈女僕阿汪〉(《全唐詩》卷 700)、〈官莊〉(《全唐詩》卷 697)、〈虎跡〉(《全唐詩》卷 700)，均有類似之反映。

貫休對於沉重的賦稅使得民不聊生，詩中多所揭露。其〈偶作〉五首之一云：

誰信心火多，多能焚大國。誰信鬢上絲，莖莖出蠶腹。嘗聞養蠶婦，未曉上桑樹。下樹畏蠶飢，兒啼亦不顧。一春膏血盡，豈止應王賦。如何酷吏酷，盡爲搜將去。蠶蛾爲蝶飛，僞葉空滿枝。冤梭與恨機，一見一霑衣。(《全唐詩》

卷 828）

蠶婦頭上的白髮，正是一根根蠶絲所化成，顯現其命運之苦難，留在紡梭和織機上的，不是雪口的絲，而是無限的冤恨，無盡的血淚。另一首〈杞梁妻〉詩云：

秦之無道兮四海枯，築長城兮遮北胡。築人築土一萬里，杞梁貞婦啼嗚嗚。上無父兮中無夫，下無子兮孤復孤。一號城崩塞色苦，再號杞梁骨出土。疲魂飢魄相逐歸，陌上少年莫相非。（《全唐詩》卷 826）

家中婦人「上無父兮中無夫，下無子兮孤復孤。」承受了悲慘的喪夫之痛。

齊己出身於佃農家庭，對於農民的苦難，更是瞭若指掌，雖身居禪寺，卻無時不關心農民之苦樂。其〈野步〉詩云：

城裡無閒處，卻尋城外行。
田園經雨水，鄉國憶桑耕。
傍澗蕨薇老，隔村岡隴橫。
何窮此心興，時復鷓鴣聲。（《全唐詩》卷 838）

他在野外散步，亦隨時關心農事。人民的苦難，就是詩人的焦慮，人民的炎熱或寒冷，就是詩人的憂煩。其〈苦熱行〉詩云：

離宮劃開赤帝怒，喝出六龍奔日馭。
下土熬熬若煎煮，蒼生惶惶無處處。
火雲崢嶸焚沉寥，東皋老農腸欲焦。
何當一雨蘇我苗，爲君擊壤歌帝堯。（《全唐詩》卷 847）

從冷熱寒暑到天氣的變化，都可看出作者的心，與人民息息相關。若春雨下得太多或太大，也是齊己所擔憂的，其〈暮春久雨作〉詩云：

積雨向春陰，冥冥獨院深。
已無花落地，空有竹藏禽。
簷溜聲何暴，鄰僧影亦沉。
誰知力耕者，桑麥最關心。（《全唐詩》卷 842）

這種對農民的關懷和同情，在齊己許多詩篇中流露出來。

齊己用他的如椽之筆深刻地描繪了那一幅幅令人傷心欲絕的慘

象。類似的詩作有〈丙寅歲寄潘歸仁〉(《全唐詩》卷838)、〈庚午歲九日作〉(《全唐詩》卷846)、《岳陽道中作》(《全唐詩》卷843)、《夜次湘陰》(《全唐詩》卷841)、〈亂後經西山寺〉(《全唐詩》卷845)、〈戊辰歲江南感懷〉(《全唐詩》卷841)、〈秋日錢塘作〉(《全唐詩》卷839)、〈耕叟〉(《全唐詩》卷847)、〈西山叟〉(《全唐詩》卷847)、〈寓言〉(《全唐詩》卷838)、〈過鹿門作〉(《全唐詩》卷839)、〈寄監利司空學士〉(《全唐詩》卷841)等均忠實地紀錄當時社會現實的亂象,同情貧困人民,其反映社會現實的詩作寫得沈鬱而感傷。

聶夷中的諷刺詩,廣泛地揭露了晚唐社會統治集團與廣大農民之間的矛盾。這種矛盾,最明顯的就是農民生活的困苦。其〈詠田家〉詩云:

二月賣新絲,五月糶新穀。
醫得眼前瘡,剜卻心頭肉。
我願君王心,化作光明燭。
不照綺羅筵,只照逃亡屋。(《全唐詩》卷636)

詩歌充滿作者對田家的同情。「賣青」是將尚未成熟的農產品預先賤價抵押,「綺羅筵」與「逃亡屋」構成鮮明對比,暗示農家賣青破產的原因。農民生活無望及由此所引起的嚴重後果,其〈田家,二首之一〉云:

父耕原上田,子斸山下荒。
六月禾未秀,官家已修倉。(《全唐詩》卷636)

農民無衣無食,終年辛勤耕作,卻落的掙扎於飢餓邊緣的結果,又還有什麼希望可言呢?農家辛勤忘我的工作,而官府卻無止盡的剝削,形成了尖銳的對比。

聶夷中同情農民的詩歌尚有〈贈農〉(《全唐詩》卷636)、〈古興〉(《全唐詩》卷636)、〈客有追歎後時者作詩勉之〉(《全唐詩》卷636)等作品。

韓偓〈自沙縣抵龍溪縣值泉州軍過後村落皆空因有一絕〉詩云:

水自潺湲日自斜，盡無雞犬有鳴鴉。

千村萬落如寒食，不見人煙空見花。（《全唐詩》卷 681）

詩人反映農村亂敗景象，寫亂世中軍隊擾民，寓時事於寫景之中，諷刺是婉曲而深刻的。

曹鄴出身寒微，在中進士之前生活境況並不寬裕，這使他有機會接觸下層群眾，瞭解他們的困苦。離鄉後的十年京城應考，接觸了更爲廣闊的社會，其〈四望樓〉詩云：

背山見樓影，應合與山齊。

座上日已出，城中未鳴雞。

無限燕趙女，吹笙上金梯。

風起洛陽東，香過洛陽西。

公子長夜醉，不聞子規啼。（《全唐詩》卷 592）

詩人對貧富不均，苦樂懸殊的現實感到痛苦。另一首〈官倉鼠〉詩云：

官倉老鼠大如斗，見人開倉亦不走。

健兒無糧百姓飢，誰遣朝朝入君口。（《全唐詩》卷 592）

「健兒無糧百姓飢」，由「鼠」寫到「人」，以強烈的對比，官倉裏的老鼠被養得又肥又大，前方守衛邊疆的將士和後方終年辛勞的百姓卻仍然在挨餓！

曹鄴同情農民被剝削被壓迫之詩篇，如：〈四怨三愁五情詩〉共十二首，其〈四怨三愁五情詩十二首之四：怨〉：詩云：「手推嘔啞車，朝朝暮暮耕。未曾分得穀，空得老農名。」（《全唐詩》卷 592）、〈賀雪寄本府尚書〉：「麥根半成土，農夫泣相對。」（《全唐詩》卷 592）、〈奉命齊州推事畢寄本府尚書〉、〈甲第〉（《全唐詩》卷 592）、其〈築城〉三首之三云：

築人非築城，圍秦豈圍我。

不知城上土，化作宮中火。（《全唐詩》卷 592）

曹鄴借秦築長城之事，抒寫人民爲勞役所苦，其中蘊含思婦無盡的哀怨及輾轉呻吟痛苦哀嚎。其餘描寫戰禍之慘狀，生民遭受困苦，生不生不如死的尚有〈怨歌行〉（《全唐詩》卷 593）、〈南征怨〉（《全唐詩》

卷 593）、〈贈道師〉（《全唐詩》卷 593）等詩歌。

于濆在爲數不多的詩中，反映社會現實和民生疾苦的詩卻占了相當比例。其〈古宴曲〉詩云：

> 雉扇合蓬萊，朝車回紫陌。重門集嘶馬，言宴金張宅。燕娥奉卮酒，低鬟若無力。十戶手胼胝，鳳凰釵一隻。高樓齊下視，日照羅衣色。笑指負薪人，不信生中國。（《全唐詩》卷 599）

詩人以描寫宴會爲中心，借古事以寫時事，主旨在於諷刺過著奢華生活的達官貴人們，對民生疾苦的無知。酒醉飯飽，不免要遊目騁懷一番，當樵夫從高樓附近經過時，貴官們帶笑指點著議論起來，不相信國中竟然還有這樣的窮苦百姓。

詩人深刻地反映了社會中的不合理現象，另一首〈苦辛吟〉其詩云：

> 壠上扶犁兒，手種腹長飢。
> 窗下抛梭女，手織身無衣。
> 我願燕趙姝，化爲嫫母姿。
> 一笑不值錢，自然家國肥。（《全唐詩》卷 599）

前四句表現下層人民的饑寒，後四句表現上層社會的浪費；兩相對照，表現了食、衣兩方面的不合理情況。

于濆關心民生疾苦、反映社會現實，類似主題的尚有：〈里中女〉（《全唐詩》卷 599）、〈野蠶〉（《全唐詩》卷 599）、〈燒金曲〉（《全唐詩》卷 599）、〈擬古諷〉（《全唐詩》卷 599）、〈秦富人〉（《全唐詩》卷 599）、〈思歸引〉（《全唐詩》卷 599）、〈織素謠〉（《全唐詩》卷 599）、〈山村叟〉（《全唐詩》卷 599）、〈田翁歎〉（《全唐詩》卷 599）等詩作。

劉駕的詩不多，僅六十九首，但反映的社會層面卻非常廣泛。對於貧富懸殊，苦樂不均的現象加以揭露，其〈苦寒行〉詩云：

> 嚴寒動八荒，刺刺無休時。陽烏不自暖，雪壓扶桑枝。歲暮寒益壯，青春安得歸。朔雁到南海，越禽何處飛。誰言貧士歎，不爲身無衣。（《全唐詩》卷 585）

詩人將嚴寒眞得逼眞，「誰言貧士歎，不爲身無衣」，貧士們「無衣無褐何以卒歲」。類似主題的尚有：〈且可憐行〉（《全唐詩》卷585）、〈曲江春霽〉（《全唐詩》卷585）、〈春臺〉（《全唐詩》卷585）、〈有感〉（《全唐詩》卷585）、〈豪家〉（《全唐詩》卷585）等。

劉駕對於農民、婦女、商賈的不幸生活和遭遇表達同情，其著名的〈賈客詞〉詩云：

> 賈客燈下起，猶言發已遲。高山有疾路，暗行終不疑。寇盜伏其路，猛獸來相追。金玉四散去，空囊委路岐。揚州有大宅，白骨無地歸。少婦當此日，對鏡弄花枝。（《全唐詩》卷585）

「少婦當此日，對鏡弄花枝。」賈客屍骨已拋棄荒山僻野，妻子猶對鏡梳妝打扮，呈現其命運之可悲可憐。類似主題的尚有：〈反賈客樂〉（《全唐詩》卷585）、〈早行〉（《全唐詩》卷585）、〈桑婦〉（《全唐詩》卷585）、〈棄婦〉（《全唐詩》卷585）、〈效古〉（《全唐詩》卷585）等詩作。

唐彥謙寫民生艱苦的有五古〈宿田家〉（《全唐詩》卷671）等、其〈採桑女〉詩云：

> 春風吹蠶細如蟻，桑芽才努青鴉嘴。
> 侵晨探采誰家女，手挽長條淚如雨。
> 去歲初眠當此時，今歲春寒葉放遲。
> 愁聽門外催里胥，官家二月收新絲。（《全唐詩》卷671）

「侵晨探採誰家女，手挽長條淚如雨。」春寒桑葉發芽較晚，寫出了採桑女辛勤勞動而又悲切愁苦的形態。

秦韜玉其〈貧女〉一詩，以語意雙關、含蘊豐富而爲人傳誦。其詩云：

> 蓬門未識綺羅香，擬托良媒益自傷。
> 誰愛風流高格調，共憐時世儉梳妝。
> 敢將十指誇偏巧，不把雙眉鬥畫長。
> 苦恨年年壓金線，爲他人作嫁衣裳。（《全唐詩》卷670）

詩人刻畫貧女形象，最後發出「苦恨年年壓金線，爲他人作嫁衣裳」的慨歎。另一首〈織錦婦〉《全唐詩》卷 670）：「祗恐輕梭難作匹，豈辭纖手遍生胝。」述說織婦的辛勞。

二、批判豪門奢華

中唐元白一派詩人，常以暴露窮苦百姓被壓抑剝削的生活爲主題，或是利用尖銳的貧富對比來諷刺富人生活的奢華。到了唐末五代，有一批諷刺詩作卻不採取元白的表達方式，而是將諷刺的矛頭，直接指向豪門貴族，露暴他們驕奢荒逸的生活。

自唐末以來，社會風俗習於奢靡，打毬、賞花、鬥雞、原都是朝野一時盛行的娛樂，羅香林〈唐人鬥雞考〉指出，鬥雞的風氣在唐朝尤爲盛行，〔註 36〕唐人又喜愛賞花，對牡丹尤爲鍾愛，每年三月五日，花主各出其心愛之花，供人觀賞，鬥勝爭奇，是日長安兩街看牡丹，車馬奔走，其花有一束至數萬錢者，雖然唐人喜愛牡丹甚深，但豪門貴族傾盡千金買花的情形，卻備受唐末五代詩人的批評。

在階級的不平等前提下，亂世中的社會，自然是貧者愈貧而富愈者愈富，而唐末五代富貴豪門率皆爲富不仁，巧取豪奪，豪門的奢靡貪斂而本質上儘是些不學無術、蠻橫無理的傢伙。

羅隱將諷刺矛頭，直接指向豪門貴族，其〈秦中富人〉詩云：

> 高高起華堂，區區引流水。糞土金玉珍，猶嫌未奢侈。
> 陋巷滿蓬蒿，誰知有顏子。（《全唐詩》卷 660）

描寫富人奢華、舒適的生活，揮金如土卻意猶未盡的心態，「陋巷滿蓬蒿，誰知有顏子。」詩人以寒士作對比，突顯了這種不合理現象。

對於官僚貴族的奢侈和貪婪，羅隱其〈金錢花〉詩云：

> 占得佳名繞樹芳，依依相伴向秋光。
> 若教此物堪收貯，應被豪門盡斸將。（《全唐詩》卷 656）

辛辣地諷刺豪門大肆搜括民脂民膏，凡有收藏價値，無不搜括殆盡，

〔註 36〕羅香林：《唐代文化史研究》，上海：上海文藝出版社，1989 年，頁 24。

充分呈現其貪得無饜的骯髒嘴臉。

鄭谷〈感興〉詩云：

禾黍不陽艷，競栽桃李春。

翻令力耕者，半作賣花人。(《全唐詩》卷 674)

詩人表面上寫百姓迎合時俗去種花，實則借此對權貴富豪之家的奢華生活，作了眞實的披露。

吳融〈賣花翁〉隱含了尖銳的諷刺，由賣花翁引出豪門貴族的貪婪霸道，壟斷獨占的罪惡，其詩曰：

和煙和露一叢花，擔入宮城許史家。

惆悵東風無處說，不教閒地著春華。(《全唐詩》卷 685)

詩人對富貴人家壟斷春色的批判，他們不僅要佔有財富，佔有權勢，連春天大自然的美麗也要攫爲己有。詩中蘊含著的尖銳諷刺，吳融直指重心地表達了終年辛苦卻衣不蔽體、食不果腹的廣大人民的艱困情形。

韋莊批判唐末五代豪門貴族崇尚奢靡，貴族公子們恣意玩樂，過著醉生夢死的生活。其〈貴公子〉詩云：

大道青樓御苑東，玉欄仙杏壓枝紅。

金鈴犬吠梧桐月，朱鬣馬嘶楊柳風。

流水帶花穿巷陌，夕陽和樹入簾櫳。

瑤池宴罷歸來醉，笑說君王在月宮。(《全唐詩》卷 695)

「瑤池宴罷歸來醉」，述說著貴公子的縱情享樂，其另一首〈觀獵〉詩云：

苑牆東畔欲斜暉，傍苑穿花兔正肥。

公子喜逢朝罷日，將軍誇換戰時衣。

鶻翻錦翅雲中落，犬帶金鈴草上飛。

直待四郊高鳥盡，掉鞍齊向國門歸。(《全唐詩》卷 695)

透過作者筆下再現「貴公子」奢靡的生活，與當時國運的每況愈下，令人感慨奢華場面背後隱藏的危機。

聶夷中譏刺權貴驕奢淫逸，上層官吏的腐敗已經到了無可救藥的地步。其〈公子行，二首之二〉云：

花樹出牆頭，花裡誰家樓。一行書不讀，身封萬户侯。美人樓上歌，不是古涼州。(《全唐詩》卷 636)

詩人對權貴豪族飛揚跋扈、寡廉鮮恥、氣燄囂張，揭露了官僚只會縱情享受，「一行書不讀」胸無點墨之輩。類似主題的尚有：〈空城雀〉(《全唐詩》卷 636)、〈公子家〉(《全唐詩》卷 636)、〈大垂手〉(《全唐詩》卷 636)、〈過比干墓〉(《全唐詩》卷 636) 等詩歌。

曹鄴譴責達官貴人奢侈荒淫的生活，其〈貴宅〉詩云：

入門又到門，到門戟相對。玉簫聲尚遠，疑似人不在。公子厭花繁，買藥栽庭内。望遠不上樓，窗中見天外。此地日烹羊，無異我食菜。自是愁人眼，見之若奢泰。(《全唐詩》卷 592)

「此地日烹羊，無異我食菜。」對顯貴權要們，浪費奢侈之生活，寫得尖銳深刻，充滿了強烈的諷刺性。其〈四望樓〉詩云：

背山見樓影，應合與山齊。座上日已出，城中未鳴雞。無限燕趙女，吹笙上金梯。風起洛陽東，香過洛陽西。公子長夜醉，不聞子規啼。(《全唐詩》卷 592)

「公子長夜醉，不聞子規啼。」道出權貴們笙歌狂歡，紙醉金迷的行徑。

于濆採用諷刺的手法，控訴了社會的分配不公、苦樂不均的不合理現象。其〈古宴曲〉詩云：

雉扇合蓬萊，朝車回紫陌。重門集嘶馬，言宴金張宅。燕娥奉卮酒，低鬟若無力。十户手胼胝，鳳凰釵一隻。高樓齊下視，日照羅衣色。笑指負薪人，不信生中國。(《全唐詩》卷 599)

詩人借古事以寫時事，主旨在於諷刺過著奢華生活的達官貴人們，對民生疾苦的無知。

于濆深刻地反映了社會中的不合理現象，另一首〈苦辛吟〉詩云：

壠上扶犁兒，手種腹長飢。

窗下拋梭女，手織身無衣。

我願燕趙姝，化為嫫母姿。

一笑不值錢，自然家國肥。(《全唐詩》卷 599)

詩人以下層人民的饑寒，上層社會的浪費；兩相對照，藉以批判上層社會的腐敗。

秦韜玉譴責達官貴人奢侈荒淫的生活，諸如：「按徹清歌天未曉，飲回深院漏猶賒。四鄰池館吞將盡，尚自堆金為買花。」〈豪家〉、「渥洼奇骨本難求，況是豪家重紫騮。膔大宜懸銀壓胯，力渾欺著玉銜頭。」〈紫騮馬〉、「階前莎毬綠不捲，銀龜噴香挽不斷。亂花織錦柳撚線，妝點池臺畫屏展。主人公業傳國初，六親聯絡馳朝車。鬥雞走狗家世事，抱來皆佩黃金魚。卻笑儒生把書卷，學得顏回忍飢面。」〈貴公子行〉等詩作（以上見《全唐詩》卷 670），或詠物以寄託感情，或借歷史以諷諭現實。

三、關注戰爭議題

唐末五代為中國繼魏晉南北朝後，又一吹大動亂，大分裂之黑暗時期。社會動盪不安，肇因於連年不斷的戰爭。唐末的內憂外患，比起中唐更嚴重，人民的生活也因戰爭而民不聊生，流離失所。無止盡的戰爭，使詩人的心靈疲乏，表現在詩中，多屬亡國哀音，以及對於戰爭罪惡的反省，以諷刺詩人表現得最為激烈。

唐末的戰爭，可謂內憂外患交相逼迫。就邊防而言，西北河湟一帶對吐蕃的爭戰，南方的南詔則勢力日益強大，並屢犯邊境，一度危及成都。就境內戰爭而言，自宣宗起，各地大小變亂不斷，宣宗大中十三年（859 年），浙東爆發了裘甫之亂；懿宗咸通九年（868 年），徐泗地區爆發龐勛領兵作亂；僖宗乾符元年（874 年），王仙芝起兵山東作亂；僖宗乾符元年（875 年），黃巢起兵作亂。尤以黃巢軍隊規模浩大，渡江而南，擾浙東，掠江西，破福州，入嶺南，又回竄江浙一帶，復北上攻破兩京，僖宗匆忙出奔，幸成都；黃巢入京師後，盡殺唐朝百官宗室，自稱「大齊皇帝」，雖旋於德宗中和四年（884年）兵敗被殺，而前後十年之禍患，蹂躪州縣無數，屠殺劫掠至慘。黃巢亂方遭平定，其黨秦宗權復繼起，橫行關東、江、淮地區，達五年之久，焚殺虜掠無數，其殘暴又甚於巢。〔註37〕

唐末藩鎮彼此火拼亦愈演愈烈，其中尤以平定黃巢之宣武節度使朱全忠、河東節度使李克用最爲驕橫，後朱全忠篡位自立，自朱氏篡唐至後周滅亡止，此一時期形式上乃中央政權之轉移，實際仍是唐末軍閥割據混戰之延續。

唐末五代戰事頻繁，由於此時國力日衰，而戰爭又常常成爲武將藉以獵取功名富貴的途徑，關於王朝對於戰事處理的不當以及戰亂帶給人民的苦果，就成爲唐末五代詩人關注的焦點，此時詩中戰爭題材的作品已無初、盛唐時的昂揚和和豪邁，作品主題也轉趨於沉痛的控訴與刺諷。

皮日休在其〈三羞詩〉第二首（《全唐詩》卷 608）具體地描寫戍邊戰爭，帶給百姓毀滅性的災難，詩人路過許州，目睹人民因政府用兵安南所受徵兵之苦：「昨朝殘卒回，千門萬戶哭。哀聲動閭里，怨氣成山谷。」家屬悲哭聲動城郭，邊疆戰禍犧牲了無辜的人民。

皮氏《正樂府》十篇，第一首〈卒妻怨〉（《全唐詩》卷608）描述戰爭兵災，爲死難者之家屬，作了聲淚俱下的哭訴，丈夫被徵往河湟邊境作戰，「一半多不回」，卻苦了獨守空房的妻子。此詩寫戍卒之苦只用「死鋒刃」，其餘筆墨都極寫其妻在家的憂愁之狀，反映戰禍頻仍的悲劇。

羅隱有感於朝政日非，而屢發諷諫，對藩鎮擁兵自重，保境不戰，加以諷刺，其〈塞外〉詩云：

塞外偷兒塞內兵，聖君宵旰望升平。

〔註37〕司馬光：《資治通鑑》，僖宗中和 4 年「時黃巢雖平，秦宗權復熾，命將出兵，寇掠鄰道……其殘暴又甚於巢。」北京：中華書局，1997年11月，卷256。

碧幢未作朝廷計，白梃猶驅婦女行。

可使御戎無上策，只應憂國是虛聲。

漢王第宅秦田土，今日將軍已自榮。（《全唐詩》卷 662）

將軍只是固守一己之封地，謀取個人榮華，那管「聖君宵旰望昇平」，「只應憂國是虛聲」，他們無法保衛國家的尊嚴，卻無恥地將「和親」奉爲上策，竟將國家之安危寄託於婦女。

杜荀鶴對戰爭議題的關注是多方面的，詩人生逢亂世，耳聞目睹唐代歷史上最慘烈的一次戰禍，其傷痛、震撼及驚懼是刻骨銘心的，而詩人終其一生幾乎都在兵荒馬亂中度過，故其詩中經常有「戰亂」、「兵災」等字，其〈題所居村舍〉詩云：

家隨兵盡屋空存，稅額寧容減一分。

衣食旋營猶可過，賦輸長急不堪聞。

蠶無夏織桑充寨，田廢春耕犢勞軍。

如此數州誰會得，殺民將盡更邀勳。（《全唐詩》卷 692）

詩人具體描述戰亂後農村殘破景象，在民不聊生，稅收無著之下，士兵竟濫殺無辜的百姓以邀功。

在晚唐紛亂時局，塞上邊防不時出現緊張，杜荀鶴關心政治，對邊塞戰士展現極大的同情心，有〈塞上〉兩首、〈塞上傷戰士〉等作品，其〈塞上〉詩云：

旌旗鬣鬣漢將軍，閒出巡邊帝命新。

沙塞旋收饒帳幕，犬戎時殺少煙塵。

冰河夜渡偷來馬，雪嶺朝飛獵去人。

獨作書生疑不穩，軟弓輕劍也隨身。（《全唐詩》卷 692）

杜荀鶴當時以書生身分隨軍，面對「時殺」之敵人犬戎，爲防意外，也只得「軟弓輕劍也隨身」嚴加戒備了。另一首〈塞上傷戰士〉詩云：

戰士說辛勤，書生不忍聞。

三邊遠天子，一命信將軍。

野火燒人骨，陰風捲陣雲。

其如禁城裡，何以重要勳。（《全唐詩》卷 691）

此詩敘述防守邊塞的戍卒苦況，鮮明生動地表達，呈現了杜荀鶴邊塞詩的另一特色。外有征夫，內必有怨婦，其〈望遠〉詩云：

門前通大道，望遠上高台。

落日人行盡，窮邊信不來。

還聞戰得勝，未見敕招回。

卻入機中坐，新愁織不開。（《全唐詩》卷 691）

此詩描述婦女思念遠戍邊塞的丈夫。他登上高台遠望，望穿秋水，親人音訊仍然渺茫。

滿目瘡痍，十室九空，白骨遍地，戰禍慘烈恐怖之狀，已到了無可復加的地步，人民求生不能，求死不得。表現同一主題的尚有：〈長林山中聞賊退寄孟明府〉（《全唐詩》卷 691）、「兵戈到處弄性命，禮樂向人生是非。」〈亂後逢李昭象敘別〉（《全唐詩》卷 692）、「遍搜寶貨無藏處，亂殺平人不怕天」〈旅泊遇郡中叛亂示同志〉（《全唐詩》卷 692）、〈塞上〉（《全唐詩》卷 691）、〈塞上傷戰士〉（《全唐詩》卷 691）等，皆反映戰亂所帶給人民的沉重苦難。

對於戰爭的悲慘造成了「九土如今盡用兵，短戈長戟困書生。」〈亂後書事寄同志〉（《全唐詩》卷 692），「四海十年人殺盡，似君埋少不埋多。」〈哭貝韜〉（《全唐詩》卷 693）多年戰亂，帶給廣大社會的傷痛「生靈寇盜盡，方鎮改更貧」、「幾州戶口看成血。」〈將入關安陸遇兵寇〉（《全唐詩》卷 692）而上位者的仕途卻是「皇澤正霑新將士，侯門不是舊公卿。」〈亂後書事寄同志〉（《全唐詩》卷 692）在沒有正義公理的社會下，難怪使晚唐出現了反戰聲浪。

司空圖親身經歷戰亂、飽受顛沛流離之苦，體驗深刻。詩文中反映戰亂、避亂、逃難和亂後社會現實的詩文很多，〈秦關〉詩云：

形勝今雖在，荒涼恨不窮。

虎狼秦國破，狐兔漢陵空。（《全唐詩》卷 632）

表聖目睹秦宮殿的殘垣和漢陵墓的荒廢，寄託著詩人的興廢之感。詩中描述無限荒涼、滿目瘡痍的戰後情景，雖然，「形勝今雖在」但已是「荒涼恨不窮」了，僅一句「狐兔漢陵空」，便逼眞地道出戰亂帶給社會的巨大災難。其〈淅上〉詩云：

西北鄉關近帝京，煙塵一片正傷情。
愁看地色連空色，靜聽歌聲似哭聲。
紅蓼滿村人不在，青山繞檻路難平。
從他煙棹更南去，休向津頭問去程。（《全唐詩》卷632）

詩人以逃難者的身份而親受其苦，從另一個側面反映戰爭的災禍，詩歌裏凄慘場景，使得人們「靜聽歌聲似哭聲」。其〈避亂〉詩云：

離亂身偶在，竄跡任浮沈。
虎暴荒居迥，螢孤黑夜深。（《全唐詩》卷632）

「虎暴荒居迥，螢孤黑夜深」整首詩生動地呈現了戰亂頻仍對生產的破壞。另一首〈華下〉詩云：

日炎旱雲裂，併爲千道血。
天地沸一鑊，竟自烹妖孽。
堯湯遇災數，災數還中輟。
何事姦與邪，古來難撲滅。（《全唐詩》卷632）

司空圖避亂華陰所作。當時戰亂不已，旱災嚴重，奸邪爲禍，許多黎民百姓處於饑餓之中，困苦地掙扎於死亡邊緣，處境慘不忍睹。

司空圖類似關注戰爭的詩歌有：〈南至〉四首之一（《全唐詩》卷633）：「故國燒來有幾家」，繁華的國都，經過戰亂的摧殘，僅剩下寥寥可數的幾戶人家；其〈丁巳重陽〉（《全唐詩》卷632）戰亂使得詩人頓失依靠，手頭不濟，諸事拮据；其〈漫題〉敘述亂後滿目瘡痍，人在異鄉，每逢佳節倍思親。其「丁未歲歸王官谷」（《全唐詩》卷632）刻劃兵禍之慘狀，入微逼眞，對於戰爭的災禍、政局的灰心無奈和歸隱之意，都有更深一層的敘述；其〈山中〉（《全唐詩》卷632）說明戰亂不僅帶給人民深重的苦難，而且對整個社會也產生了極大的破壞。其餘如〈與都統參謀書有感〉（《全唐詩》卷633）、〈狂題〉十八首之十八（《全唐詩》卷634）、〈亂後〉三首之一（《全唐詩》卷632）、〈河湟有感〉（《全唐詩》卷633）等詩作。

鄭谷對黃巢之亂與亂後造成的一片殘敗景象進行詠歎，漂泊不定、奔逃流離了大半生，詩人抒寫在艱難時世中不安的心靈。其〈登杭州城〉云：

漠漠江天外，登臨返照間。
潮來無別浦，木落見他山。
沙鳥晴飛遠，漁人夜唱閒。
歲窮歸未得，心逐片帆還。(《全唐詩》卷674)

從鄭谷的詩作中，彷彿看到了一個鬢髮斑白的老書生，站在一片亂後殘垣斷壁、荊棘叢生的荒地裏，痛惜那逝去的繁華，追念在災亂中死去的故人。另一首〈錦〉二首之一云：

布素豪家定不看，若無文彩入時難。
紅迷天子帆邊日，紫奪星郎帳外蘭。
春水濯來雲雁活，夜機挑處雨燈寒。
舞衣轉轉求新樣，不問流離桑柘殘。(《全唐詩》卷675)

「舞衣轉轉求新樣，不問流離桑柘殘。」二句將豪門只圖安逸享樂，卻不顧民貧時亂，戰爭方亟，百姓流離，桑柘摧殘之醜陋面貌烘托而出。

吳融對於朝廷錯估情勢，輕率用兵之事，委婉的表達批判。其〈金橋感事〉詩云：

太行和雪疊晴空，二月春郊尚朔風。
飲馬早聞臨渭北，射雕今欲過山東。
百年徒有伊川歎，五利寧無魏絳功。
日暮長亭正愁絕，哀笳一曲戍煙中。(《全唐詩》卷686)

此詩首聯寫景，將太行山的雪景壯闊與二月的春寒料峭，表現得淋漓盡致。末聯以夕陽、長亭、戍煙等景，表現了哀愁之情，尤其是「戍煙」二字，有別於承平時的「炊煙」，給人動亂將起的不安定之感。

吳融藉物起興之作甚多，將心中的喜怒哀樂，或對現實的批判、關懷，寄託於所詠的事物之上，如〈彭門用兵後經汴路〉三首之三云：

鐵馬雲旗夢渺茫，東來無處不堪傷

風吹白草人行少，月落空城鬼嘯長。
一自紛爭驚宇宙，可憐蕭索絕煙光。
曾爲塞北閒遊客，遼水天山未斷腸。(《全唐詩》卷 684)

描寫戰爭之後的傷心痛苦。其〈蕭縣道中〉詩云：

戍火三籠滯晚程，枯桑繫馬上寒城。
滿川落照無人過，卷地飛蓬有燒明。
楚客早聞歌鳳德，劉琨休更舞雞聲。
草堂舊隱終歸去，寄語巖猿莫曉驚。(《全唐詩》卷 686)

吳融描寫戰火籠罩下的寂寞旅途，表現作者對現實的無奈。其〈渚宮立春書懷〉(《全唐詩》卷 684) 書寫立春時在渚宮有感戰亂局勢而賦詩抒懷。

韋莊最有名的〈秦婦吟〉，是反映黃巢作亂，引起朝廷震動，詩人描繪了黃巢亂軍，攻入長安前後的廣闊歷史畫面和生民塗炭的歷史場景，平民是戰爭帶來災難的最大受害者。這首詩反映了作者反對戰爭及人本主義思想，作者述說著在戰亂年代普通百姓根本無法逃避的命運。老人的遭遇又豈只是一家一戶的特例，面對這些流離失所的無辜百姓，難怪詩人發出悲歎。

黃巢作亂時，韋莊正在長安應試，用作品記錄了戰爭爲國家和人民造成的巨大傷痛，其〈又聞湖南荊渚相次陷沒〉詩云：

幾時聞唱凱旋歌，處處屯兵未倒戈。
天子只憑紅旆壯，將軍空恃紫髯多。
屍填漢水連荊阜，血染湘雲接楚波。
莫問流離南越事，戰餘空有舊山河。(《全唐詩》卷 696)

詩人描述戰亂爲湖南、江陵人民帶來的深重災難，用「又聞」湖南荊渚「相次」淪陷，已有責備官軍作戰不力之意。廣大地區戰爭之慘，死亡之眾，人民流離失所，田園一片荒蕪，戰後山河雖然依舊，人事卻已全非，令人慘不忍睹。

動亂發生了，人民希望軍隊平亂，然而唐朝官軍的表現卻讓詩人失望不已，其〈辛丑年〉詩云：

九衢漂杵已成川，塞上黃雲戰馬閒。
但有羸兵塡渭水，更無奇士出商山。
田園已沒紅塵裡，弟妹相逢白刃間。
西望翠華殊未返，淚恨空溼劍文斑。（《全唐詩》卷 696）

在兵荒馬亂中和弟妹失散了，後來和弟妹再相逢，還是在兵荒馬亂中、在白刃間，田園已蕪，而戰亂未休。戰爭造成的殺戮，人民逃避不及。

韋莊關注戰爭的詩篇尚有〈重圍中逢蕭校書〉、〈贈戍兵〉、〈睹軍迴戈〉、〈聞官軍繼至未睹凱旋〉、〈北原閒眺〉、〈重圍中逢蕭校書〉、〈喻東軍〉（以上均見《全唐詩》卷 696）等。

貫休在詩中多次譴責戰爭，戰爭是野蠻和殘酷的，貫休表達了厭戰情緒。但對於正義之戰，給予歌頌，其〈古塞上曲〉之六云：

地角天涯外，人號鬼苦邊。
大河流敗卒，寒日下蒼煙。
殺氣諸蕃動，軍書一箭傳。
將軍莫惆悵，高處是燕然。（《全唐詩》卷 830）

貫休在詩中表達了對戰爭的認識，認爲國君不應該靠作戰來擴充領土，而應該是靠仁德來感懷遠方之民或國家來歸附。對於戍邊戰士的悲慘，其〈灞陵戰叟〉云：

劍刓秋水鬢梳霜，迴首胡天與恨長。
官竟不封右校尉，鬥曾生挾左賢王。
尋班超傳空垂淚，讀李陵書更斷腸。
今日灞陵陵畔見，春風花霧共茫茫。（《全唐詩》卷 836）

戍邊戰士思念家鄉之苦悶，雖然在沙場上奮勇殺敵屢建戰功，卻未得到朝廷的封官賞爵，呈現不公平的社會現實。其〈古塞下曲〉四首之三云：

日向平沙出，還向平沙沒。飛蓬落軍營，驚鵰去天末。帝鄉青樓倚霄漢，歌吹掀天對花月。豈知塞上望鄉人，日日雙眸滴清血。（《全唐詩》卷 827）

貫休對戍邊將士在荒漠中過著艱苦的生活，而帝王卻安樂地享受，更加突顯了邊塞戰士思鄉之痛。

齊己對於統治階級鎮壓農民和藩鎮爭奪地盤的罪惡戰爭，表示極大的憤慨，長期戰亂，農村凋敝，滿目荒涼。唐僖宗光啓三年（887年），齊己第一次北遊南歸，經由岳陽，路過湘陰，恰逢鄧進思擁兵作亂，旅途所見，怵目驚心。其詩作《岳陽道中作》云：

客思尋常動，未如今斷魂。
路歧經亂後，風雪少人村。
大澤鳴寒雁，千峰啼晝猿。
爭教此時白，不上鬢鬚根。（《全唐詩》卷843）

另一首《夜次湘陰》詩云：

風濤出洞庭，帆影入澄清。
何處驚鴻起，孤舟趁月行。
時難多戰地，野闊絕春耕。
骨肉知存否，林園近郡城。（《全唐詩》卷841）

其他地方的境況，亦復如此，戰亂爲生產力帶來了巨大破壞。在曠日持久的戰火下，不僅使田園荒蕪，廬舍破壞，連遠離世俗的僧寺，也被戰火殃及了，其〈寄廬岳僧〉詩云：

一聞飛錫別區中，深入西南瀑布峰。
天際雪埋千片石，洞門冰折幾株松。
煙霞明媚棲心地，苔蘚縈紆出世蹤。
莫問江邊舊居寺，火燒兵劫斷秋鐘。（《全唐詩》卷844）

其另一首〈亂後經西山寺〉詩云：

松燒寺破是刀兵，谷變陵遷事可驚。
雲裡乍逢新住主，石邊重認舊題名。
閒臨菡萏荒池坐，亂踏鴛鴦破瓦行。
欲伴高僧重結社，此身無計捨前程。（《全唐詩》卷845）

齊己對當時到處戰亂，無一片乾淨土可以安身而痛心不已，對於人民流離失所，轉徙溝壑的深重苦難，表示深切的同情。

聶夷中對於戰爭是厭惡痛恨的，戰爭造成生靈塗炭，社會動盪，類似主題的詩歌有：「良人昨日去，明月又不圓。別時各有淚，零落青樓前。」〈雜怨〉(《全唐詩》卷 636)、〈胡無人行〉(《全唐詩》卷 636)、〈烏夜啼〉(《全唐詩》卷 636)、〈古別離〉(《全唐詩》卷 636)、〈起夜來〉(《全唐詩》卷 636)等。

曹鄴抨擊統治集團之貪戰、好戰,藩鎮割據之擁兵作亂,使士兵、人民均遭受波及。其〈戰城南〉詩云:

千金畫陣圖,自爲弓劍苦。
殺盡田野人,將軍猶愛武。
性命換他恩,功成誰作主。
鳳皇樓上人,夜夜長歌舞。(《全唐詩》卷 592)

詩人深刻地揭露了不義的軍閥戰爭,評擊他們「殺盡田野人」,還不肯停手的嚴重罪行,予以憤怒的斥責。

其〈長城下〉詩云:

遠水猶歸壑,征人合憶鄉。
泣多盈袖血,吟苦滿頭霜。
楚國連天浪,衡門到海荒。
何當生燕羽,時得近雕梁。(《全唐詩》卷 592)

寫出征人思鄉的深情。征人服役受苦之艱辛,泣血苦吟訴說慘象卻有家歸不得。其〈秦後作〉詩云:

大道不居謙……徒流殺人血,神器終不忒。一馬渡空江,
始知賢者賊。(《全唐詩》卷 593)

詩人對統治者窮兵黷武,不體恤人民,滅絕人性的作爲,毫不留情地加以抨擊。其餘描寫戰禍之慘狀,生民遭受困苦,生不生不如死的尚有〈怨歌行〉(《全唐詩》卷 593)、〈南征怨〉(《全唐詩》卷 593)、〈贈道師〉(《全唐詩》卷 593)等詩歌。

于濆關心戰爭帶給人民離散,白骨沙場的嚴酷事實,因而抨擊藩鎮與中央,藩鎮與藩鎮之間戰爭的詩篇,所在多有,其〈隴頭吟〉詩云:

借問隴頭水,終年恨何事。
深疑嗚咽聲,中有征人淚。
自古蘊長策,況我非才智。

無計謝潺湲，一宵空不寐。（《全唐詩》卷 599）

連年征戰，並非保國衛民，藩鎮間的相互殺戮，造成社會動盪不安，只不過是將軍們獵取高官厚祿殘酷手段。寫出了現實的幽冷、淒厲，滲入了時代的悲與怨。類似主題的尚有：〈隴頭水〉（《全唐詩》卷 599）、〈塞下曲〉（《全唐詩》卷 599）、〈古離別〉（《全唐詩》卷 599）、〈古征戰〉（《全唐詩》卷 599）、〈戍卒傷春〉（《全唐詩》卷 599）、〈邊遊錄戍卒言〉等。

劉駕對於晚唐內憂外患，戰亂不斷，以致城鄉凋敝，民不聊生，寫了不少反戰詩，其〈古出塞〉詩云：

胡風不開花，四氣多作雪。北人尚凍死，況我本南越。古來犬羊地，巡狩無遺轍。九土耕不盡，武皇猶征伐。中天有高閣，圖畫何時歇。坐恐塞上山，低於沙中骨。（《全唐詩》卷 585）

詩人諷諭統治階級開拓邊境。由於戰爭的殘酷，對征入的家庭造成嚴重的破壞，「坐恐塞上山，低於沙中骨」。深刻地從反面揭露，沙場上戰死兵士的白骨，會比邊塞的山還高。類似主題的尚有：〈戰城南〉（《全唐詩》卷 585）、〈塞下曲〉（《全唐詩》卷 585）、〈寄遠〉（《全唐詩》卷 585）等詩作。

四、抨擊趨炎附勢

唐末五代整個社會，呈現出一幅末世的衰亂景象。當時朝廷難以維持正常統治，百姓難以繼續生存下去。這種情況不但導致廣大人民生活上的困難，而且在風俗、世態、人情等社會各方面，出現了種種矛盾和病態現象。其時社會風氣衰頹腐敗，以致於黑白顛倒、賢愚莫辨，人們競逐名利，寡廉鮮恥，庸俗鄙夫更是趨炎附勢，追逐於名祿，導致價值觀的變異，這些現象，就成為詩人筆下抨擊的對象。

皮日休〈喜鵲〉一詩，在比喻中夾雜著對當時諂媚佞人不滿的議論：

棄羶在庭際，雙鵲來搖尾。欲啄怕人驚，喜語晴光裡。何

況佞倖人，微禽解如此。（《全唐詩》卷 608）

詩人以喜鵲貪食，引吭搖尾擺出各種乞憐姿態，接著兩句轉而形容佞人的嘴臉，就如同鵲鳥這種禽鳥般，末兩句以議論出之，諷刺世間花言巧語，諂媚得寵的佞人。

陸龜蒙抨擊朝中讒邪小人，其〈雜諷〉之四（《全唐詩》卷 619）：「赤舌可燒城，讒邪易為伍。詩人疾之甚，取俾投豺虎。」詩人痛恨小人如豺狼般，巧弄簧舌，製造是非，其利口難以防堵，「非是既相參，重瞳亦為瞽。」無怪乎國君被其矇蔽了。在〈感事〉（《全唐詩》卷 619）：中再次提及：「將軍被鮫函，祇畏金石鏃。豈知讒箭利，一中成赤族。」陸氏對小人讒言殺人，設計陷害忠良的卑劣行徑提出諫言，「君聞悅耳音，盡日聽不足。初因起毫髮，漸可離骨肉。」復對國君聽信讒言的昏庸，感慨不已。

羅隱對於依附權貴的庸碌之輩，進行了有力的針砭，其〈鷹〉詩云：

越海霜天暮，辭韜野草乾。
俊通司隸職。嚴奉武夫官。
眼惡藏蜂在，心粗逐物殫。
近來脂膩足，驅遣不妨難。（《全唐詩》卷 659）

羅隱剖析那些爬上高位既得利益者，那些司隸、武夫在「脂足」之後，就不肯盡職。在〈香〉詩云：

沈水良材食柏珍，博山煙暖玉樓春。
憐君亦是無端物，貪作馨香忘卻身。（《全唐詩》卷 655）

詩人不禁嘲笑那些為求得權豪貴人的歡心，甚至連自己身家性命，均可棄之不顧了。

鄭谷胸懷濟助蒼生，安定社稷之雄心壯志，在現實上卻遭逢時運不濟，命運多舛，仕途之不順等困境，其〈槐花〉一詩可見其端倪，詩云：

毿毿金蕊撲晴空，舉子魂驚落照中。
今日老郎猶有恨，昔年相虐十秋風。」（《全唐詩》卷 676）

詩人等待良久才授爲「都官郎中」，此一卑微之官職，詩人內心不禁有恨。於現實生活中，詩人無法苟同，不願同流合污，故於詩中多次表達，其〈偶書〉詩云：

承時偷喜負明神，務實那能得庇身。

不會蒼蒼主何事，忍飢多是力耕人。（《全唐詩》卷676）

鄭谷抨擊偷安苟且，有負明神，趨時逢迎之人能青雲直上、飛黃騰達，而辛苦的百姓，卻必須忍受飢餓。在〈次韻酬張補闕因寒食見寄之什〉（《全唐詩》卷676）「時態懶隨人上下，花心甘被蝶分張。」可見其內心之堅持，瞧不起逢迎之小人。

第六章　唐末五代諷刺詩之藝術手法

唐末五代諷刺詩作者在寫作時，往往有感而發，因此並不十分重視文學修辭技巧，唐末五代諷刺詩在思想或功能方面，其價值也許高於其藝術性，然而這些諷刺詩卻像是鏡子，作者企圖透過這面鏡子，反映在那個崩解的時代中，社會與政治方面存在的許多弊病和現實問題，然而寫作方式，關係著作品之成效，無形之中也促使唐末五代諷刺詩，在藝術表現上有其獨特之發展與成就。

諷刺詩往往選擇具有重大社會意義的事件，予以精密處理，主旨明確。詩歌發展到唐末五代，題材更爲廣闊，詩的觸角伸向社會的各個角落和生活的各個層面。但眞正能夠體現唐末五代詩歌創作的成就，成爲唐末五代詩的精華，是那些放射著現實主義光芒的諷刺詩篇。正是這些詩作，揭示了軍閥混戰、政治黑暗、社會動盪以及由此給社會經濟造成的嚴重破壞，爲辛苦人民帶來的深重災難；並對統治者及其爪牙，地方官吏的貪殘暴虐，給予無情的揭露和鞭撻；而對生活在水深火熱之中、掙扎於死亡線上的廣大勞苦人民，則寄予憐憫和同情。這些詩歌作者，繼承了前代傑出詩人之優良傳統，眞實地反映了唐末五代社會現實，喊出了人民心聲，描寫比較眞實，感情較爲眞摰，且其藝術表現方法也往往有可取之處。唐末五代文人，採用詩的形式，從各個角度反映了時代特徵、社會面目和人們的精神風貌。至於，在寫作方式上，採用多樣之藝術表達技巧，詩歌也因而呈現完整的藝術型態。

諷刺詩作者強烈的寫作意圖，如何透過詩歌將心中憤懣明白地揭露出來，不僅使人理解，且吸引與說服廣大的讀者，又如何使作品中被諷刺的對象，就算惱羞成怒，視其爲眼中釘，卻也無法爲自己辯解，這種「罵人」的批判藝術，正是唐末五代諷刺詩作者們所特別重視的，也是詩人們在諷刺詩的藝術表現上，所要追求與達成之目標。

因此，若以一般文學表現成就上的論述，來對唐末五代諷刺詩逐首地加以探討，其成就或許有限，但若將重點置於這些唐末五代諷刺詩作者，如何透過技巧性之諷刺手法，清楚明白地揭露時代問題，使詩歌成爲統治者之銅鏡、社會正義之化身，則或可較爲深入瞭解唐末五代諷刺詩作品，其藝術表現成功之處。以下依照唐末五代諷刺詩，分別從諷刺手法之採行與表現技巧之運用兩方面加以論述。

第一節　諷刺手法之採行

諷刺，作爲文藝創作中的一種表現手法，就是「用比喻、誇張等手法對不良或愚蠢的行爲進行批評或揭露」，〔註1〕或「用譏刺和嘲諷來揭露挖苦醜陋的落後事物和荒謬行爲。」〔註2〕西方文學傳統中，諷刺詩有兩種不同的表達方式，一種稱之爲霍雷斯式（Horace）諷刺，以溫和與廣泛憐憫的笑意，來糾正世俗的錯誤與缺失，主張採用委婉平和的反諷方式，從容祥和，期能勸人而不傷人，警世而不唾世。這與〈毛詩序〉所說的「主文而譎諫」、「不用直言以微辭託意」的諷諭手法相同，即作者將諷刺的意念通過隱約巧妙的言詞，從容地敘述表達。往往藉由詠史或詠物所構成的比興意象，或以自然景物象徵社會人情，或以日常生活隱喻社會政治，或以歷史人事隱喻現實情況，達

〔註1〕李國炎等編著：《新編漢語辭典》，長沙：湖南出版社，1988年8月，頁154。

〔註2〕夏征農主編：《辭海》，上海：上海辭書出版社，1999年，頁472。

到「借物以諷」、「以古諷今」的效果，形成含蓄的諷刺。而另一種諷刺，稱之爲朱文諾式（Juvenal）諷刺，以辛辣、令人難堪而激憤的語調，摻入道德性的義憤，去抨擊人類及社會制度的腐敗與罪惡，這與漢代班固所稱「直陳時弊，嚴厲指刺」的諷刺手法有異曲同工之妙。〔註3〕往往以直陳的方式，面對社會政治的黑暗，詩人和現實進行面對面的批判，以抒發詩人激憤的情感。這種「直言以刺」的方式，通常不用典故，不用暗示，也不採用生澀的文字，語氣激烈，形成銳利直接的諷刺，這是唐末五代諷刺詩最常採行的諷刺手法。

以中西方諷刺理論的相同點而言，諷刺詩的類型大抵歸於兩類：婉曲與直刺。〔註4〕這兩種類型，包括了諷刺所有的態度與手法。前者著重於「諷」，通常採取較爲溫和的機智、譏笑、反諷，在攻擊對象時，能讓讀者與作品保持適當的距離，其效果猶如鏡中取影，自鑑鑑人。而後者著重於「刺」，通常採取比較嚴厲的嘲諷、譏誚、諷罵等語氣，作者的態度是激烈的，因此沒有辦法保持適當的距離，短兵相接，以致無所遁形，攻擊是不留餘地的。

唐末五代諷刺詩採取的諷刺手法，涵蓋這兩大類，一方面藉由詠史、詠物構成的比興意象，以自然景物象徵社會人情，以日常生活隱喻社會政治，或以歷史人事隱喻現實情形，達到「借物以諷」、「以古諷今」的效果，形成婉曲的諷刺。另一方面，則是以直陳的方式，直接面對社會政治黑暗面，詩人和現實進行面對面的批判，是直接而一針見血，毫不隱諱的直抒胸中的憤懣之氣。這種「直言以刺」的方式常是不需典故，不用暗示，不採用生澀的文字且語氣激烈，形成尖銳而直接的諷刺，而這也正是唐末五代諷刺詩最具時代精神，最常呈現

〔註3〕案：諷刺理論，參見阿瑟．波拉德著，謝謙譯：《論諷刺》，台北：崑崙出版社，1992年。齊裕焜、陳惠琴：《境與劍——中國諷刺小說史略》，台北：文津出版社，1995年9月。宋美：〈語調和說話人——諷刺詩的修辭藝術〉，《中外文學》，第14卷第3期，頁4～45。

〔註4〕齊裕焜、陳惠琴：《鏡與劍——中國諷刺小說史略》，台北：文津出版社，1995年9月，頁4。

的諷刺手法。

一、含蓄的諷刺

採用委婉平和的反諷方式，從容祥和，期能勸人而不傷人，警世而不唾世。作者將諷刺的意念通過隱約巧妙的言詞，從容地敘述表達。產生「借物以諷」、「以古諷今」的效果，形成含蓄的諷刺。

（一）託物以諷刺

藉物類以伸己意，是《詩經》傳統「比興」的表現方式。《毛詩正義》鄭玄箋：「比者，比方於物，諸言如者，皆比辭也。又云：興者，託事於物，則興者起也，取譬引類，起發己心。」。〔註5〕「比」即修辭學上的譬喻法；而「興」是藉物感發，取譬引類，感發己心。這種方法始於詩經，劉勰《文心雕龍》則對於「比」首先提出有系統的闡論。〈比興篇〉云：

> 故比者，附也；興者，起也。附理者切類以指事，起情者依微以擬議。起情故興體以立，附理故比例以生。……且何謂爲比？蓋寫物以附意，颺言以切事者也。〔註6〕

劉勰認爲，「比」即譬喻，選用事物打比方。所謂「比附」，以近似者相比，切取類似點以指明事實。所謂「寫物以附意，颺言以切事」，藉描敘外在的事物以譬喻內在的事理。

屈原〈離騷〉加以靈活的運用，王逸〈離騷經序〉說明如下：

> 〈離騷〉之文，依《詩》取興，引類譬諭，故善鳥香草，以配忠貞；惡禽臭物，以比讒佞；靈修美人，以媲於君；宓妃佚女，以譬賢臣；虬龍鸞鳳，以託君子；飄風雲霓，以爲小人。〔註7〕

〔註5〕《詩經》，台北：台灣古籍出版公司，2001年10月，頁14。

〔註6〕劉勰：《文心雕龍注》，台北：台灣開明書店，1971年5月，卷8，頁1。

〔註7〕崔富章、李大明主編：《楚辭集校集釋》，武漢：湖北教育出版社，2003年5月，頁8。

朱自清認爲《楚辭》的「引類譬諭」實際上形成了後世「比」的意念，「後世的比體詩可以說有四大類。詠史、遊仙、豔情、詠物。詠史之作以古比今，左思是創始的人。……詠物之作以物比人，起於六朝。」〔註8〕詩歌是形象化的語言藝術，將自然界的物象與現實人事相連結，表現在詩歌中，是以託詞微諷，能造成含蓄蘊藉的效果。唐末五代詩人使用「託物以諷」的方式甚多，納蘭性德《通志堂集》指出：

> 唐人詩意不在題中，亦有不在詩中者，故遠有高味。雖作詠物詩，亦必意有寄託，不作死句。老杜〈黑白鷹〉、曹唐〈病馬〉、韓偓〈惜花〉可證。〔註9〕

曹唐、韓偓都是唐末五代詩人，曹唐七律五首連章〈病馬五首呈鄭校書章三吳十五先輩〉（《全唐詩》卷640），其五首之五有：「王良若許相抬策，千里追風也不難」。以失去戰場的良馬比喻自己懷才不遇，渴望伯樂，期盼能獲得重用的心思表現無遺。韓偓〈惜花〉

> 皺白離情高處切，膩香愁態靜中深。眼隨片片沿流去，恨滿枝枝被雨淋。總得苔遮猶慰意，若教泥污更傷心。臨軒一盞悲春酒，明日池塘是綠陰。（《全唐詩》卷681）

首聯寫將落之花，次寫頭落之花，再寫已落之花，最後對春天消逝的傷感作結。全詩逐步層遞地寫出對落花的惋惜和對春天的留戀，詩人沉痛地對大唐帝國消逝表達哀悼。

楊載《詩法家教》說明詠物詩的基本作法：

> 詠物之詩，要托物以伸意。要二句詠狀寫生，忌極雕巧。第一聯須合直說題目，明白物之出處方是，第二聯合詠物之體。第三聯合說物之用，或說意、或議論、或說人事、或用事、或將外物體證。第四聯就題外生意，或就本意結之。〔註10〕

〔註8〕朱志清：《詩言志辨》，台北：台灣開明書店，1982年，頁88。

〔註9〕陳伯海主編：《唐詩論評類編》，濟南：山東教育出版社，1993年，頁668。

〔註10〕楊載：《詩法家教》，見何文煥、丁福保編《歷代詩話統編》，北京：北京圖書館出版社，2003年5月，第1冊，頁475。

規定詩的每一聯作法、範圈，可看出詠物詩基本上，前半部詠狀寫生，後半部託物伸意。唐末五代詠物諷刺之作，在形式上大都符合此標準作法，但在託物伸意方面，則超出一般詠物之詩作。納蘭性德進一步指出，唐代詠物詩具備「託物伸意」的特色，唐末五代詠物諷刺詩中更是明顯地呈現。而唐末五代詠物諷刺詩其所伸之意，超越了個人感懷、感傷、自況等個人際遇，以國家、社會、世態、人情等爲對象，藉物以廣闊地表達諷刺之意。

詩人透過不同的物象，寄寓各種諷刺感慨之意，其詠物之對象，往往以以具體的事物譬喻抽象的義理。例如：以鷹、老鼠、蜘蛛、螢、蟾蜍喻惡吏小人；以良馬喻君子；以蟋蟀、秋蟲、野鶴寫時勢，賦予物象擬人化的方式，對現實展開批評。例如：曹鄴〈官倉鼠〉詩云：

官倉老鼠大如斗，見人開倉亦不走。

健兒無糧百姓飢，誰遣朝朝入君口。(《全唐詩》卷592)

一、二句勾畫出官倉鼠不同一般鼠的特徵和習性。第三句，由「鼠」寫到「人」，以強烈的對比。第四句質問這樣一個人不如鼠的社會，是誰把官倉裏的糧食供奉到老鼠嘴裏？官倉鼠不就是吮吸人民血汗的貪官污吏。又如羅隱〈蟋蟀詩〉云：

頎颸甃芳，吹愁夕長。屑戍有動，歌離弔夢。如訴如言，
緒引虛寬。周隙伺榻，繁咽夤緣。范睡蟬老，冠峨緌好。
不冠不緌，爾奚以悲。蚊蚋有毒，食人肌肉。蒼蠅多端，
黑白偷安。爾也出處，物兮莫累。壞舍啼衰，虛堂泣曙。
勿徇諠譁，鼠豈無牙。勿學萋菲，垣亦有耳。危條槁飛，
抽恨咿咿。別帳缸冷，柔魂不定。美人在何，夜影流波。
與子佇立，裴回思多。(《全唐詩》卷665)

羅隱將自然物象之特性減低，而以擬人化手法，將蟋蟀處境與世態炎涼相比擬，其中人與蟋蟀對話，更有效地增添了戲劇性。羅隱另一首〈秋蟲賦〉詩云：

物之小兮，迎網而斃。物之大兮，兼網而逝。網也者，繩其小而不繩其大。吾不知爾身之危兮，腹之餒兮。吁。(《全

唐詩》卷 665）

詩人看到蜘蛛捕食，而引發感觸，由其詩前自序云：「秋蟲，蜘蛛也。致身網羅閒，實腹亦網羅閒。愚感其理有得喪，因以言賦之」。蜘蛛結網捕食小昆蟲果腹，但若體形大的生物飛向網面，不但蛛網難保，在網上守株待兔的蜘蛛亦難逃一死。物競天擇，弱肉強食，蜘蛛以網作爲謀生方式，但亦有可能喪命網中，羅隱觀察自然界生存法則，體會到人世間得有失之道理，藉以諷諭那些依恃手段，汲汲鑽營取巧弄權之輩，終將自食惡果。再如皮日休〈蚊子〉詩云：

隱隱聚若雷，噆膚不知足。皇天若不平，微物教食肉。貧士無絳紗，忍苦臥茅屋。何事覓膏腴，腹無太倉粟。（《全唐詩》卷 608）

詩人勾畫出貧士的挨餓受凍，寄諷刺於物象之中。陸龜蒙諷刺意味鮮明之〈鶴媒歌〉詩云：

偶繫漁舟汀樹枝，因看射鳥令人悲。盤空野鶴忽然下，背翳見媒心不疑。媒閑靜立如無事，清唳時時入遙吹。裴回未忍過南塘，且應同聲就同類。梳翎宛若相逢喜，祗怕才來又驚起。窺鱗啄藻乍低昂，立定當胸流一矢。媒歡舞躍勢離披，似諂功能邀弩兒。雲飛水宿各自物，妒侶害群猶爾爲。而況世間有名利，外頭笑語中猜忌。君不見荒陂野鶴陷良媒，同類同聲眞可畏。（《全唐詩》卷 621）

詩人栩栩如生地描寫野鶴被捕捉的前後情形，從媒鶴引誘野鶴的手段，接著寫野鶴的心理反應，再婉轉呈現野鶴被捉，媒鶴歡欣鼓舞的模樣。透過詩人擬人化生動的描述，彷彿目睹媒鶴用盡心機巧思，執行獵殺與構陷的陰謀，而「荒阪野鶴陷良媒，同聲同類眞可畏」之感歎，其諷刺的意味鮮明而突出，又何嘗不是世間小人弄權，苟且營私，構陷忠良之具體寫照。又如羅隱〈鷹〉（《全唐詩》卷 659）、皮日休〈喜鵲〉（《全唐詩》卷 608）、來鵠〈鷺鷥〉（《全唐詩》卷 642）等詩作，都是以物喻人，勾勒人情世故，世間炎涼百態，寄諷刺於物象中之作品。

唐末五代諷刺詩作者，有時採用「託物以感時」的暗諭方式，表達其批判之意見。例如唐人觀賞牡丹的狂熱，見諸於史冊，茲以羅隱、王轂、司空圖、羅鄴不同作者，類似的詩題說明如下：

似共東風別有因，絳羅高卷不勝春。

若教解語應傾國，任是無情亦動人。

芍藥與君爲近侍，芙蓉何處避芳塵。

可憐韓令功成後，辜負穠華過此身。(《全唐詩》卷 655)

詩人暗喻對於繁華榮寵的思考，感歎頗深。其中「若教解語應傾國，任是無情也動人」二句廣爲傳誦。王轂〈牡丹〉詩云：

牡丹妖艷亂人心，一國如狂不惜金。

曷若東園桃與李，果成無語自垂陰。(《全唐詩》卷 694)

「牡丹妖艷亂人心」，王轂將牡丹花視爲「妖物」進而抨擊當時對牡丹狂熱行徑之不當。司空圖〈牡丹〉詩云：

得地牡丹盛，曉添龍麝香。

主人猶自惜，錦幕護春霜。(《全唐詩》卷 632)

主人對牡丹花的精心照顧，呵護倍至，由「錦幕護春霜」，可見其一斑。

羅鄴〈牡丹〉詩云：

落盡春紅始著花，花時比屋事豪奢。

買栽池館恐無地，看到子孫能幾家。

門倚長衢攢繡轂，幄籠輕日護香霞。

歌鐘滿座爭歡賞，肯信流年鬢有華。(《全唐詩》卷 694)

詩人以「買栽池館恐無地，看到子孫能幾家」一語，是對當時人不借千金鉅資買花的反省，從生命的短暫，時光的流逝中著眼，具有濃厚的思想性。

每年春天賞花，幾乎成爲唐代人生活中的重要活動。然而被視爲唐朝國花的牡丹，在唐末五代諷刺詩人眼中，不僅只有妖艷、美麗、動人,流連光景等形容，除了對於牲丹表面形象的描繪外，更寄寓著對時代風氣的感慨和諷刺。這些關於牡丹的詩作，並非只是刻劃表面題目，或描摩光景，事實上具備著深刻婉曲的涵意。

詩人藉著自然景物，傳達其思想，宣洩其情緒。故唐末五代諷刺詩人之詠物詩作往往具有雙層意象，表面描摩物態，但深層卻是展現詩人對於某些特定對象的諷諭。高明的詠物詩，必須將自然事物與主觀情感相結合。黃永武認爲：

> 一方面要扣緊事物，運用敏銳的觀察，對事物的特色，作深刻的描繪，仗一二個恰切的字，使事務難以傳述的情狀，表現出活靈活現的神態，這叫「體物得神」。另一方面要就事物雙關著人情世態，使心物交融，喚起欣賞者一種知性的愉快，這種愉快，往往來自精神象徵的美。〔註11〕

唐末五代藉物諷刺的詩歌，詩人重視的是深層意象中對人情世態的諷刺，對於物態的描寫，往往只是藉物起興，用以諷時或者議論說理。茲以皮日休、來鵠、羅隱不同作者，相同的詩題〈金錢花〉說明如下：

> 陰陽爲炭地爲爐，鑄出金錢不用模。
> 莫向人間逞顏色，不知還解濟貧無。(《全唐詩》卷615)
>
> 也無稜郭也無神，露洗還同鑄出新。
> 青帝若教花裡用，牡丹應是得錢人。(《全唐詩》卷642)
>
> 占得佳名繞樹芳，依依相伴向秋光。
> 若教此物堪收貯，應被豪門盡劚將。(《全唐詩》卷656)

皮日休等三位詩人不約而同採用了同樣的寫法，前半部詠狀寫生，寫花的本體，後兩句則發爲議論，或批評豪門貪得無饜，或是關懷窮苦的百姓。詩人著眼不在金錢花本身的形貌，而是由金錢花這富貴逼人的名詞興起聯想，批評當時貧富不均之社會狀況。由表層的借物起興，進一步引伸到人文、社會意義，諷刺詩人主觀的意識加強，或直言譏刺，或議論時局，所涉及的層面，超越了一般的詠物之詩作。

又如，唐末五代科舉不公，科場陟黜之權爲豪門權貴所把持，他們各立門戶，徇私舞弊。舉子們也竭盡鑽營之能事，拜座主，結同年，

〔註11〕黃永武：〈詠物詩的評價標準〉，《古典文學》第1輯，台北：學生書局，1979年，頁168。

夤緣請託，私相授受。無眞才實學者往往登科及第，才學之士反而名落孫山，因而引起許多不第舉子的憤憤不平。許多詩人對此一現象表達不滿。例如：羅隱應試十次，全都名落孫山，這就是時代所造成的，雍文華認為：

> 羅隱的這種十舉不第，「傳食諸侯，因人成事」的坎坷遭遇，使他意識到：個人的進退用捨、成敗榮辱，有著深刻的社會政治原因。他的不遇，是因爲他出身寒賤……他的不遇，是因爲他沒有親朋援引……他的不遇，是因爲科舉制度已經腐敗至極，他的不遇，是因爲李唐王朝統治者最後自身難保……總之，他的不遇，是他所處時代造成的。〔註 12〕

羅隱備嚐艱酸辛苦，既困於場屋，又無所遇合，逐漸意識到，僅一介寒儒，想憑才學博取功名是不可能的。其〈春風〉詩云：

> 也知有意吹噓切，爭奈人間善惡分。
> 但是秕糠微細物，等閒擡舉到青雲。(《全唐詩》卷 694)

「但是秕糠微細物，等閒擡舉到青雲」一語，充滿著諷刺性。秕是劣質的米，糠是穀的外殼，都是沒有價値又不値得珍惜之物，羅隱以此爲喻，諷刺那些高中科舉之人，皆非良才，靠著關係而平步青雲。另一詩人杜荀鶴既非顯宦子弟，又是孤寒士子無人薦引，在屢試不第之後，有著無限的感傷與悲歎，在〈寄從叔〉詩云：

> 三族不當路，長年猶布衣。
> 苦吟天與性，直道世將非。
> 雁夜愁痴坐，漁鄉老憶歸。
> 爲儒皆可立，自是拙時機。(《全唐詩》卷 692)

詩人雖苦心鑽營，但仰望青雲仍遙不可及，在窮愁潦倒之時，抒發心情。又如羅隱〈黃河〉(《全唐詩》卷 655)、〈偶題〉(《全唐詩》卷 662)；杜荀鶴〈感春〉(《全唐詩》卷 693)、〈離家〉(《全唐詩》卷 693)、」〈辭鄭員外入關〉(《全唐詩》卷 692) 等作品。

〔註 12〕雍文華：〈羅隱詩歌的現實主義〉,《唐代文學論叢》第 5 輯，西安：陝西人民出版社，1986 年，頁 73。

（二）藉古以諷今

詩人用詩來表達心中的情感，抒發喜怒哀樂，同時也就對客觀外界的人、事、物表達了自己的態度。在《詩經》的許多詩篇中，詩人就明確地表明了作詩的目的，有讚美，也有諷刺。詩人往往通過自己的作品，對美好的人、事、物加以讚美，希望能夠發揚光大；而對醜惡的東西，則給予嘲諷、鞭撻，希望能夠使之改變或消失。

美刺是中國古典詩歌的優良傳統，歷史上偉大詩人可說都繼承了這一傳統，充分發揮了詩歌的美刺作用。古人認爲，通過美刺，可以達到「勸善懲惡」的作用。王充《論衡・佚文》認爲：「載人之行，傳人之名也。善人願載，思勉爲善；邪人惡載，力自禁裁。」〔註13〕皮日休〈正樂府序〉也說：「詩之美也，聞之足以勸乎功；詩之刺也，聞之足以戒乎政。」〔註14〕詩歌的重要作用之一，就是反映社會現實，對時政有所諷諫，這也正是自《詩經》以來，一直強調的「美刺」的作用。

藉古以諷今的詩作，也是屬於傳統採用比興手法之一類。所以認爲是採用比興之手法，乃是因爲詩人詠史之重點，往往並不在於歷史事件本身。在歷史的舞臺上，詠史詩關注的焦點在演出過程中所發生的人、事、物、景，詩人或以評論的角度來剖析劇中主題、情節；或由劇中人物引發對自身境遇的感懷；或以客觀角度呈現舞臺某一角；或從中截取可用的題材來針貶當前社會狀況。著重於以「彼時彼事」來寫「此時此事」，用歷史上的人物和事件，來影射詩人所處的時代，所發生的種種現實，兩者之間形成了一種類比或隱喻的關係。

吳喬《圍爐詩話》認爲：「古人詠史，但敘事而不出己意，則史也，非詩也。」〔註15〕因此，詠史要成爲詩，除了敘述史事，還要使史事成爲「比體」或是「興體」，也就是以歷史素材爲寄託，表達詩

〔註13〕王充：《論衡》，見《叢書集成初編》，北京：中華書局，1985年北京第1版，第592冊，卷20，頁230。

〔註14〕彭定求等編：《全唐詩》，北京：中華書局，2003年7月，頁7018。

〔註15〕吳喬：《圍爐詩話》，見郭紹虞編選《清詩話續編》，上海：上海古籍出版社，1999年6月，頁558。

人的情感與思想，但此情思不一定都與政治有關。侯迺慧認爲：「詠史詩不論是詠贊、敘述或評論，其所關注的完全停留在人物與事件的作爲因果、是非成敗等事實上」。〔註 16〕唐末五代詠史詩往往有強烈的諷時性，劉學鍇認爲：

> 時代統治者的荒淫腐敗和深重的政治危機，以及由此引起的對統治者極端失望的情緒與強烈的危機感，促使詩人們觀古知今，在歷史與現實的觀照中觸發詩思與慨，引出鑒誡與教訓，一種諷慨衰世末世的詠史詩遂應運而生。〔註 17〕

因此唐末五代詠史諷刺的作品中，無論是描述歷史人物、事件、興亡，其目的都在揭櫫諷刺的意旨，作爲對當政者的勸誡。大體而言，其表現方式，可分爲借助場景鋪寫以達意，表面不著議論，諷意暗諭其中；以及直接訴諸作者的議論褒貶二種，以後者較前者普遍。

在借助場景的鋪寫以達意的作品中，詩人往往退居幕後，不做主觀的評論，而是讓歷史事實和場景自行演繹，運用示現的方法，讓讀者自行去評斷。運用此種手法者，如羅隱〈江南〉詩云：

> 玉樹歌聲澤國春，纍纍輜重憶亡陳。
>
> 垂衣端拱渾閒事，忍把江山乞與人。(《全唐詩》卷 665)

在今昔對比的景物中，不斷地提出這樣的疑問：南朝諸國既據有山川之險，龍盤虎踞之勢，卻爲什麼就這樣把好好的江山拱手讓人呢？羅隱對於陳後主好色昏瞶以及荒嬉奢靡，訴諸動態的示現，形象生動鮮明，語雖婉轉，諷刺之意卻非常明顯。吳融〈華清宮〉二首之一云：

> 四郊飛雪暗雲端，唯此宮中落旋乾。
>
> 綠樹碧簷相掩映，無人知道外邊寒。(《全唐詩》卷 684)

四郊大雪紛飛，然而在華麗溫暖的華清宮內，竟然雪花落下旋即溶

〔註 16〕侯迺慧：〈唐代懷古詩研究〉，見《中國古典文學研究》，台北：中國古典文學研究會，2000 年 6 月，第 3 期，頁 37。

〔註 17〕劉學鍇：〈李商隱詠史詩的主要特徵及其對古代詠史詩的發展〉，見《中國古代、近代文學研究》，北京：中國人民大學書報資料中心，1993 年 5 月。

化，可以想見宮內的玄宗、貴妃和大臣們生活是如何的奢侈，末句「無人知道外邊寒」，只知享樂的上位者，不知民間疾苦，不知體恤其民，招致民怨四起，國家又如何不亡？諷刺深刻而意在言外。又如韋莊〈憶昔〉詩云：

昔年曾向五陵遊，子夜歌清月滿樓。
銀燭樹前長似晝，露桃華裡不知秋。
西園公子名無忌，南國佳人號莫愁。
今日亂離俱是夢，夕陽唯見水東流。(《全唐詩》卷696)

前四句對當年繁華的追憶，詩人只取了「銀燭樹」和「露桃花」作爲追憶之重點，卻能以小見大，從微小的花、樹中呈現當年熱鬧繁華、活力充沛、精神旺盛之景象，詩末以「夕陽唯見水東流」勾勒唐祚的垂危。昔時繁華興盛和如今亂離悽涼相對照，更顯現今日之滄桑和破敗，一種今不如昔、繁榮不久之感歎立刻湧現，對於當今國勢之暗諷也就不言可喻了。

唐末五代詩人寫作詠史詩，並未將個人放進歷史的場景中，抒發一己出處進退之感歎，反而比較像是評論家，直接面對歷史，思考歷史法則，進行褒貶議論，因此「論史」之風氣，普遍盛行，詩人採取冷靜清醒的理性思考，他們都是以史家所無的詩人的靈敏，見微知著，於一點生發，逼出無情的歷史邏輯。詠史詩表達對歷史人、事的見解，往往採取議論的方式，唐末五代詠史詩以律詩、絕句爲主要形式，在短小的篇幅，難以開展敘事，故作家們便以議論爲主要表現方式，因此詩中往往有大量的議論出現。

藉古以諷今的另一種呈現方式，採取直接訴諸詩人主觀的論斷，詩人的態度直接而明確，不以婉轉的筆調，也不採影射之方式，諷刺詩人在反省史事，檢討歷史時，以明確的語氣直言論斷，對歷史人物、事實加以褒貶，並提出自己的見解。在唐末五代好發議論的詩風影響下，這些作品數量龐大。在作法上大都是前半部略述史事，而後半部以己意加以論斷。例如：陸龜蒙〈吳宮懷古〉

香徑長洲盡棘叢，奢雲豔雨祇悲風。

吳王事事須亡國，未必西施勝六宮。(《全唐詩》卷 629)

陸龜蒙認為吳國之亡，乃肇因於夫差本身施政不當，而非西施之過，君王以任何藉口來規避責任，都是不被接受的。羅隱〈帝幸蜀〉詩曰：

馬嵬山色翠依依，又見鑾轝幸蜀歸。

泉下阿蠻應有語，這迴休更怨楊妃。(《全唐詩》卷 664)

羅隱諷刺唐皇的治國無方，不能怨怪他人，貴妃更是非戰之罪。《全浙詩話》引《剔齒閒思錄》說羅隱〈帝幸蜀〉一詩：「雖有風人諷刺之義，而忠厚不足也。」〔註 18〕可見羅隱在質疑「女色禍水」的傳統觀點。但羅隱卻認為應歸罪於明皇，這在當時，確屬高人一籌之見解，羅隱〈華清宮〉詩云：

樓殿層層佳氣多，開元時節好笙歌。

也知道德勝堯舜，爭奈楊妃解笑何。(《全唐詩》卷 664)

「也知道德勝堯舜，爭奈楊妃解笑何」二句，羅隱諷刺玄宗的不知振作，不僅無勵精圖治的念頭，反而一頭栽進溫柔鄉中，好色誤國，語氣甚為尖銳。羅隱〈王夷甫〉(《全唐詩》卷 664)、〈煬帝陵〉(《全唐詩》卷 657)等作品。又如韋莊〈立春日作〉詩云：

九重天子去蒙塵，御柳無情依舊春。

今日不關妃妾事，始知辜負馬嵬人。(《全唐詩》卷 696)

韋莊認為同樣的事情卻一再地重複出現，就不只是單純的個案，也不能再將責任歸咎於他人，一則推翻「安史之亂」，認為女禍亡國之舊說，為楊貴妃翻案，另一面對晚唐僖宗的昏庸無能加以諷刺。胡曾〈阿房宮〉詩云：

新建阿房壁未乾，沛公兵已入長安。

帝王苦竭生靈力，大業沙崩固不難。(《全唐詩》卷 647)

胡曾認為秦帝國滅亡的主因是耗竭民力，強迫民眾修築長城，而「帝王苦竭生靈力，大業沙崩固不難。」有著高度的概括力，對晚唐統治

〔註 18〕陶元藻：《全浙詩話》，見《續修四庫全書》，上海：上海古籍出版社，1995 年，第 1703 冊，卷 8，頁 140。

者是一記警鐘，有一針見血之諷刺效果。

唐末五代諷刺詩人除了直言論斷，有時以反詰見意，申訴其說，或推翻既定的說法，或寄寓譏刺。使用反詰語氣的效果，在於在語意將結束的時候再將問題提出，使人無法規避，造成當頭棒喝的震撼，且孕育值得深思的嘲諷之意。如皮日休〈南陽〉詩云：

昆陽王氣已蕭疏，依舊山河捧帝居。
廢路塌平殘瓦礫，破墳耕出爛圖書。
綠莎滿縣年荒後，白鳥盈溪雨霽初。
二百年來霸王業，可知今日是丘墟。(《全唐詩》卷 613)

皮日休此詩題為「南陽」，卻未對諸葛亮功績加以稱讚。從廢棄的房舍著眼，在歷史的陳蹟和不變的自然中，引發歷史興亡之歎，有無限的滄桑之感，氣氛蕭瑟。詩末以反語質問：「二百年來霸王業，可知今日是丘墟？」可謂一語雙關，既為諸葛亮惋惜，對前朝君主諷刺，更是對唐祚衰亡的嘲諷和感歎。又如羅隱〈江南〉詩云：

玉樹歌聲澤國春，累累輜重憶亡陳。
垂衣端拱渾閒事，忍把江山乞與人。(《全唐詩》卷 665)

此詩諷刺的對象是陳後主，對於貪圖個人享樂，因而丟掉大好江山的後主，羅隱不禁反問：「忍把江山乞與人？」譏諷後主不思作為而導致亡國的荒謬行徑。羅隱另一首也是採反詰的手法，其〈西施〉詩云：

家國興亡自有時，吳人何苦怨西施。
西施若解傾吳國，越國亡來又是誰。(《全唐詩》卷 656)

羅隱此詩為「西施」翻案，認為國家的興亡是時勢，不應歸咎於某一位女子，徹底推翻紅顏禍水的舊說，若認為西施是造成吳國滅亡的罪魁禍首，同理可證，那麼越國之滅亡，或者任何一個國家，甚至大唐帝國的衰亡禍首，又是那個美女呢？羅隱不僅對歷史加以批判，並提出新的見解，不只是寫作手法具有創意，其見解獨到具有眞知灼見。

以上所舉詩例，可見唐末五代諷刺詩人，在寫作這些具有強烈諷刺性的詠史作品時，對其筆端下荒淫昏庸之君，採取辛辣尖刻而冷峻的態度，以尖刻的批判、痛快淋漓的諷刺和挖苦揶揄的方式在詩作中呈現。詩人們又喜歡以議論方式直接表述看法，但是議論方式卻往往造成質木無文之結果，在感情的強烈趨使下，猶如火上加油容易造成諷刺更加淋漓盡致。

採用議論手法的詩作，作品通常不重視藝術的含蘊，或缺乏情韻。依胡震亨的說法：「詩人詠史最難，妙在不增一語，而情感自深。若在作史者不到處別生眼目，固自好，然尚第二義也！」〔註 19〕因此那些甚有史識卓見之作品，充其量也僅能列入第二流，這些作品有時雖不免流於苛刻而少韻味，但就諷刺詩的功能性而言，正是其立意和用心之所在，故胡震亨的說法雖有其美學規範上之意義，但是卻不應據此概括全部詩歌作品，尤其是對於詠史諷刺詩。

再從以上所舉的詩歌中可以了解，所謂「藉古諷今」，往往是以古鑒今，利用歷史上荒唐奢侈而招致敗亡的君王，揭櫫其歷史教訓，寓含對當代統治者之警戒，有時是借古喻今，詩歌表面上詠古人古事，實則借喻今人今事。

綜上所述，唐末五代由於統治者的荒淫腐敗和深重的政治危機，以及由此所引起之極端失望的情緒與強烈的危機感，促使知識份子們觀古知今，在歷史和現實的映照中觸發感慨，引出鑒誡與教訓。唐末五代「藉古諷今」的詩歌，呈現之主要特徵如下：

一、題材選擇，具有明顯共同趨向：詩人筆下最常出現的人物，是歷史上因荒淫逸樂而亡國的君主，如隋煬帝、南朝陳後主、北齊後主，唐玄宗等，或感歎、或直斥、或譏諷，無不蘊含強烈的鑒戒意味。

二、詩歌常以議論爲主調：唐末五代詩歌中呈現議論的寫作方式，經過李商隱與杜牧廣爲採行後，流風所及，發展成爲唐末五代詩歌中的主要表達方式。

三、詠史不脫議論：詩人經由議論以褒貶史實、或反詰見意、或

〔註 19〕胡震亨：《唐音癸籤》見周維德集校《全明詩話》，濟南：齊魯書社，2005 年 6 月，引《詩法》語，卷 3，頁 3602。

直言論斷、或假設翻案等方式，充份而具體地表達詩人的意見。

四、「藉古諷今」之詩作，以鑒誡規諷為主：或單純事件由史事觸發，或與歷史場景，古跡風物相結合，由加強對場景的描寫，藉歷史畫面以現象見意。展現詩人以史為鑒，規諷當朝之用心。

二、直言的諷刺

唐末五代諷刺詩歌，具備時代精神，其批判言詞犀利，以直言諷刺的議論表現手法。這種手法，作者如同以筆為劍，以詩議政，形成類似於輿論式的批評，採取一針見血之直接方式，毫不隱諱地直抒胸中不滿和憤懣。

王夫之認為：

> 小雅鶴鳴之詩，全用比體，不道破一句，三百篇中創調也。要以俯仰物理而詠歎之，用見理隨物顯，唯人所感，皆可類通，初非有所指斥一人一事，不敢明言而姑為隱語也。若他詩有所指斥，則皇父、尹氏、暴公，不憚直斥其名，歷數其慝；而且自顯其為家父，為寺人孟子，無所規避。詩教雖云溫厚，然光昭之志，無畏於天，無恤於人，揭日月而行，豈女子小人半含不吐之態乎？離騷雖多引喻，而直言處亦無所諱。《薑齋詩話》〔註20〕

王夫之以《詩經》為例，指出其中雖有溫柔敦厚含蓄蘊藉之作品，但以〈十月之交〉和〈節南山〉為例，則對掌握周朝大權的皇父、尹氏進行抨擊，且毫不隱諱地在詩中寫出自己名字。王夫之又以屈原在〈離騷〉中直言以刺的表現為例，指出除了含蓄蘊籍之詩作外，直言諷刺的詩有其存在之價值。

詩歌本有婉曲、直率之分，至於採用何者，端視當時的情感、事

〔註20〕王夫之《薑齋詩話》，見何文煥、丁福保編《歷代詩話統編》，北京：北京圖書館出版社，2003年5月，第4冊，頁28。

件、場合、時代氛圍等。若詩人之感情非常強烈，所反映事件又是令人氣憤填膺，那麼強烈的情緒自然會奔騰而出，比喻、含蓄、婉轉等手法是緩不濟急的。詩人往往採行辛辣的筆調而語帶諷刺，「諷諭者，意激而言質。」。〔註 21〕唐末五代的諷刺詩人有著強烈情感及豐沛的同情心，政治傳統又提供其直言勸諫的作法，整個時代環境動盪不安，社會殘破不堪，因此，面對末世亂象時不迂迴、不婉轉，最常使用直言以刺的手法，直接對諷刺對象予以迎頭痛擊。

直言以刺採用「賦」體的寫作法式，不借助其他的物象或事理來做間接傳達，而是針對諷刺對象，作直接的抨擊。與前述比、興之手法相比較，直言以刺的方式具有明白曉暢之特色，顯現出質樸的風格。比喻多往往失於難解，例如：阮籍以寫作〈詠懷詩〉聞名當代，但隱諱太過，招致顏延年批評其「雖志在刺譏，而文多隱避，百代以下，難以情測」〔註 22〕的困擾問題，李商隱〈無題〉詩組，也因太過晦澀而引起後世讀者諸多揣測。故而，比興之作在創作當時，或許有著明顯諷刺性，當時人們很容易就看出其中的寄託，但歷經時空改變，人們對於當時的事件不再熟悉，詩中尖銳的諷刺也就隨之泯滅，造成晦澀而難明，致使後代讀者，須要對於作者創作的時代背景和本事，有相當程度的了解，再加上足夠的聯想力或領悟力，才可能發揮作用。而直言以刺之作品，其詩中的諷刺性卻不會隨著時間而變得隱晦，於若干年之後，仍能清楚地再現當時諷刺之主旨，茲說明如下：

唐末五代諷刺詩人往往就社會上、生活中耳聞目睹、所見所感之事，直接而客觀地反映於作品中，這一類作品所反映的現實具備普遍性，能夠代表當時一般社會的實況。這些直言諷刺的作品，詩人在表達時感情激烈，往往不加抑制，瞬間迸發而出，其激烈之情感與直接的手法，透過敘述將黑暗現實予以揭露，使作品具有深刻之涵義。即

〔註 21〕朱金城《白居易集箋校》，上海：上海古籍出版社，1988 年 12 月，頁 2794。

〔註 22〕蕭統：《文選》，台北：藝文印書館，1989 年 1 月，卷 23，頁 329。

使詩作中並未使用尖銳的文字，但讀者透過敘述能感受到作者強烈的諷刺。例如：皮日休〈頌夷臣〉，題面為「頌美」之詞，底蘊則藉夷臣之善解唐文，深刻諷刺漢臣之不學，以夷、漢對比，賢、不肖判然分明。〈賤貢士〉則以貢士、貢品對比，再以今昔、治亂相較，諷刺之意立現。而其〈正樂府十篇〉及〈三羞詩〉三首，或以敘事為主，或夾敘夾議，或純粹議論，雖然沒有尖銳的文字，但都是針對時弊加以諷刺，處處呈現皮日休關懷民瘼之心。

杜荀鶴生當唐末戰亂流離之際，其所作〈時事吟〉、〈亂後逢村叟〉、〈再經胡城縣〉等，即眞實地反映了當時人民的痛苦，揭露了統治階級的醜惡。其〈旅泊遇郡中叛亂示同志〉詩云：

握手相看誰敢言？軍家刀劍在腰邊。
遍搜寶貨無藏處，亂殺平人不怕天。
古寺拆為修寨木，荒墳開作甃城磚。
郡侯逐出渾閒事，正是鑾輿幸蜀年（《全唐詩》卷692）

此詩通篇諷刺，以白描之筆忠實反映亂軍的殘暴，搜括掠奪的惡劣行徑。杜荀鶴帶著憤恨，以極為辛辣的筆墨，勾勒出「軍家」不可一世的囂張惡行，起首四句，將叛軍仗恃擁有鋒利的刀劍等武器而大肆搶奪，殺人無數。接著具體指控叛軍，為修寨木而拆除古寺廟，為求城磚而拆除荒墳等喪失天理的荒謬行徑。「軍家」是統治者（地方軍閥）的鷹犬，有統治者撐腰，才膽敢胡作非為。結尾二句不只點明亂事發生之原因和時間，更有著強烈的諷刺。又如杜荀鶴〈蠶婦〉詩云：

粉色全無飢色加，豈知人世有榮華。
年年道我蠶辛苦，底事渾身著苧麻。（《全唐詩》卷693）

詩人寫蠶婦的貧窮辛勤與內心的不平，整年無休止地勞動，卻仍得忍受飢餓，又怎能相信人間尚有富貴榮華呢？末兩句以「蠶婦」的語氣書寫，為自己打抱不平，年年辛苦養蠶，但為什麼卻全身上下不見一寸絲綢，詩人控訴醜惡不合理的社會現實，表達了憤怒的抗議和質問。杜荀鶴〈亂後逢村叟〉也有這種沉痛的描述：

經亂衰翁居破村，村中何事不傷魂。
因供寨木無桑柘，爲著鄉兵絕子孫。
還似平寧徵賦稅，未嘗州縣略安存。
至於雞犬皆星散，日落前山獨倚門。（《全唐詩》卷 692）

此詩通篇直陳，描述戰亂後得以倖存的老翁，家破人亡的不幸遭遇，不僅反映晚唐農村經濟破產，民生凋敝的悲慘現實，而且揭露了統治者絲毫不體恤民情，作者表現了對人民的深厚同情心和對社會現實的深刻觀察。

羅隱將諷刺矛頭，指向豪門貴族，其〈秦中富人〉詩云：

高高起華堂，區區引流水。糞土金玉珍，猶嫌未奢侈。
陋巷滿蓬蒿，誰知有顏子。（《全唐詩》卷 660）

描寫富人揮金如土卻意猶未盡的心態，詩人以寒士作對比，寫出了這種不合理現象。

羅隱對豪門巨室肆無忌憚地橫徵暴歛，發出了不平之鳴，其〈蜂〉詩云：

不論平地與山尖，無限風光盡被占。
采得百花成蜜後，爲誰辛苦爲誰甜。（《全唐詩》卷 662）

此詩緊扣蜜蜂的特點來寫，引發出令人深思的問題：爲誰辛苦爲誰甜？辛勤採蜜的蜂，不正是千千萬萬平民百姓的化身，他們終年辛勤所得，卻被權貴巧取豪奪，這是多麼不公平的現實。

聶夷中比較接近下層人民，瞭解農民痛苦。其詩多對貧苦人民寄予深切同情，對豪門貴族給予無情鞭笞，如〈田家〉、〈空城雀〉、〈公子行〉均屬這類作品。聶夷中的諷刺詩，廣泛地揭露了晚唐社會統治集團與廣大農民之間的矛盾。這種矛盾，最明顯的就是農民生活的困苦。其〈詠田家〉詩云：

二月賣新絲，五月糶新穀。
醫得眼前瘡，剜卻心頭肉。
我願君王心，化作光明燭。
不照綺羅筵，只照逃亡屋。（《全唐詩》卷 636）

詩歌充滿作者對田家的同情。「醫得眼前瘡，剜卻心頭肉。」將人民迫於無奈，只好挖牆補洞的處境形象化地呈現，帶給讀者血淋淋的聯想，產生了更深刻的印象。詩作入骨三分地揭示現實，「不照綺羅筵，只照逃亡屋」的評批，其激烈情感實難以掩藏。

聶夷中感慨農民生活無望及由此所引起的嚴重後果，〈田家〉二首，廣為傳誦，其〈田家，二首之一〉云：

父耕原上田，子斸山下荒。

六月禾未秀，官家已修倉。（《全唐詩》卷636）

官府貪得無饜，農家辛勤忘我的工作，而官府卻無止盡的剝削，形成了尖銳的對比。一個「未」字，一個「已」字，將統治者的殘酷表露無遺。

曹鄴〈捕漁謠〉激烈地表明憤慨之情：

天子好征戰，百姓不種桑。天子好年少，無人薦馮唐。天子好美女，夫婦不成雙。（《全唐詩》卷592）

詩人用生動潑辣的民謠形式，純用口語，樸素曉暢，卻又激切直率地直接怒斥皇帝的種種倒行逆施。皇帝好戰、好嬉戲、好女色，集三者於一身。以事實提供了強烈對比的因果關係，痛快淋漓地對皇帝的罪行，進行猛烈的抨擊，語氣激切憤慨，顯示曹鄴大無畏的勇氣。

唐彥謙深刻揭露了唐末五代「苛政猛於虎」的社會現實。其〈採桑女〉詩云：

春風吹蠶細如蟻，桑芽才努青鴉嘴。

侵晨探采誰家女，手挽長條淚如雨。

去歲初眠當此時，今歲春寒葉放遲。

愁聽門外催里胥，官家二月收新絲。（《全唐詩》卷671）

此詩以寒冷的春天，村女和淚採桑的生動形象，深刻揭露了「官家二月收新絲」的橫徵暴斂。頷聯云：「侵晨探採誰家女，手挽長條淚如雨。」春寒桑葉發芽較晚，寫出了採桑女辛勤勞動而又悲切愁苦的形態。「去歲初眠當此時，今歲春寒葉放遲。」顯出採桑女心中的憂慮事，再加上她憂愁地聽到門外里胥催逼的聲音，詩人把形態和心理描寫融爲一體，使採桑女形象感人至深，也影射了官府重稅之害人，不僅對事實作客觀描述，詩人對官稅流弊造成人民受害，直接加以抨擊。

唐末五代採用「直言以刺」之諷刺詩歌，有些作品，可以看到特定的諷刺對象，有些甚至從詩題中就清楚地呈見詩人諷刺之主旨，例如：羅隱〈中元甲子以辛丑駕幸蜀〉四首（《全唐詩》卷 662）、〈即事中元甲子〉（《全唐詩》卷 660）、吳融〈文德初聞車駕東遊〉（《全唐詩》卷 686）韋莊〈立春日作〉（《全唐詩》卷 696）等，是對僖宗蒙塵一事的諷刺；羅隱〈感弄猴人賜朱紱〉（《全唐詩》卷 665）是對昭宗的諷刺；杜荀鶴〈再經胡城縣〉（《全唐詩》卷 693）揭露殘暴手段，以百姓作爲晉昇之階的胡城縣令的；曹松〈己亥歲〉（《全唐詩》卷 717）抨擊以士卒性命取得封侯的鎭海節度使高駢。詩歌中尖銳地諷刺，以及詩人迸射而出，壓抑不住的激動情感，正顯現了諷刺詩價值所之在。又如韋莊〈咸通〉詩云：

咸通時代物情奢，歡殺金張許史家。
破產兢留天上樂，鑄山爭買洞中花。
諸郎宴罷銀燈合，仙子遊迴壁月斜。
人意似知今日事，急催弦管送年華。（《全唐詩》卷 695）

韋莊以近乎沉痛的心情，追憶懿宗在位十四年間，那貌似承平實寓危機的時代，統治階層感覺到不久即將大禍臨頭，因而瘋狂地及時享樂，不思力挽狂瀾，卻對持反對意見者極盡打擊之能事，迫使有識之士內心焦慮卻不能有所作爲。韋莊對咸通時代權貴的浮靡之風加以諷刺，其痛心疾首可想而知。韋莊另一首〈辛丑年〉詩云：

九衢漂杵已成川，塞上黃雲戰馬閒。
但有羸兵塡渭水，更無奇士出商山。
田園已沒紅塵裡，弟妹相逢白刃間。
西望翠華殊未返，淚痕空溼劍文斑。（《全唐詩》卷 696）

動亂發生了，人民希望軍隊平亂，然而唐朝官軍的表現卻讓詩人失望不已，戰爭造成的殺戮，人民逃避不及，使長安城中血流漂杵，而官軍卻屢戰屢敗，對於遲遲未能平定亂事表達強烈的質疑，直言諷刺朝廷官兵無能，明白顯現其悲憤激動的心情。百姓屍塡渭水，殘酷的情形，詩人只能發出無奈的慨歎。

羅隱對高駢迷信無知，加以譏刺，其〈淮南高駢所造迎仙樓〉詩云：

鸞音鶴信杳難迴，鳳駕龍車早晚來。
仙境是誰知處所，人間空自造樓台。
雲侵朱檻應難到，蟲網閒窗永不開。
子細思量成底事，露凝風擺作塵埃。(《全唐詩》卷657)

由詩題可知，是對高駢惑於神仙之術的諷刺。高駢任討賊都統，屢建戰功，卻因惑於神仙之術，爲呂用之所蔽，喪失兵權而被殺。爲了迎仙，高駢起造高樓，而迎仙終究只是一場夢，仙鄉仍渺不可知，人亡政息，爲迎仙而造的高樓也崩塌了。羅隱另一首〈塞外〉詩云：

塞外偷兒塞內兵，聖君宵旰望升平。
碧幢未作朝廷計，白梃猶驅婦女行。
可使御戎無上策，只應憂國是虛聲。
漢王第宅秦田土，今日將軍已自榮。(《全唐詩》卷662)

詩人對藩鎭割地自雄予以譴責，羅隱是否針對某一特定藩鎭，雖不易確認，但此詩卻具有概括性。不管天下烽火迭起，藩鎭只固守著一己之封地，謀取個人榮華，那管「聖君宵旰望昇平」，「只應憂國是虛聲」，不管職責所在。而另一方面，卻拚命地搜括民脂民膏，聚斂財物。羅隱將藩鎭惡行道出，採用白描敘述，卻扣緊主題，直接加以諷刺。

貫休關注於社會現實、民生疾苦，並且能夠眞實地描繪唐末五代社會現狀，其詩歌內容有強烈的現實性，貫休〈公子行〉三首云：

錦衣鮮華手擎鶻，閒行氣貌多輕忽。
稼穡艱難總不知，五帝三皇是何物。(《全唐詩》卷826)

自拳五色裘，迸入他人宅。
卻捉蒼頭奴，玉鞭打一百。(《全唐詩》卷826)

面白如削玉，猖狂曲江曲。
馬上黃金鞍，適來新賭得。(《全唐詩》卷826)

此三首詩皆爲貫休諷刺貴族公子驕奢淫樂，愚昧無知的醜惡行徑。貫休入蜀依附王建，某次王建請他朗誦近作，當時貴戚們都在坐，貫休便賦此詩以刺，王建稱善，語言雖淺顯通俗，譏刺之意卻處處可見。特別是第一首，歷來最爲人們所稱道。詩人筆鋒幽默卻犀利地勾勒出貴族子弟外表尊貴卻不學無術，令人厭惡和鄙視。

綜上所述，唐末五代詩人，採用「直言以諷」的手法，其所創作的諸多諷刺詩，多緊扣著主題，針對諷刺的意旨，直接鋪陳，既不作曲折迂迴的暗示，也不攀附外物以爲寄託，採用反諷、白描、反詰、或誇張等多種手法。其次，針對諷刺之對象，直接面對面點名批判，進行尖銳的諷刺，以直率的語句，表達迸射奔騰的感情，通篇一氣呵成，產生凜然遒勁的效果。雖然在藝術技巧的變化上較爲貧乏，但是直接鋪陳，不作雕飾之詩作，卻如同「詩史」般，其諷刺性在若干年後，仍清晰呈現，其作品之局限性或許正是其特性之所在。唐末五代知識份子強烈的激憤情緒，與秉持正義的精神，在這些詩作中表露無遺，這正是歷代詩作中少見而別具意義的。

第二節　表現技巧之運用

哈特（Hart）認爲，判斷諷刺的標準之一是：「對某些傳統的諷刺主題和手法的選擇。這種選擇通常是對作品淵源的一種暗示。」〔註 23〕唐末五代諷刺詩藝術成就是多方面的，其多種諷刺技巧的廣泛運用，而諷刺詩的表現技巧，正是構成諷刺詩藝術特色的重要因素。

楊載《詩法家教》說明諷刺詩的基本作法：

> 諷諫之詩，要感事陳辭，忠厚懇惻，諷諭甚切而不失情性之正，觸物感傷而無怨懟之詞，雖美實刺也，此方爲有益之言也。古人凡欲諷諫多借此以喻彼，臣不得于君，多借

〔註 23〕吉爾伯特・哈特著，萬書元譯《論諷刺》，南寧：廣西人民出版社，1990 年 5 月，頁 14。

妻以思其夫，或託物陳喻以通其意，但觀漢魏古詩及前輩所作，可見未嘗有無爲而作者。〔註24〕

心有不忿之思，而又有難以明言之痛，發爲諷諫，設譬寓意自是常法，然而如果迂迴太過，有時便會有如隱語，謎語，難免讓人有意隱難曉之歎。到了唐末五代諷刺詩作者寫作時所重視的，是如何盡情的表達出心中對時代社會的不滿與憤懣，並且清楚的將紊亂時代中所產生的問題揭露出來，使人理解、心服口服。爲了達到此一個目，在創作詩歌時，往往選擇具有重大社會意義之事件，加以精心組織或處理，某一主題配合某一事件，主旨明確。爲了刻劃詩中人物的心理和呈現其音容笑貌，逼眞地再現某一動作、心理，因此對於物象、場景有較爲細緻的鋪陳描寫。其詩歌採用平易流暢的語言，圓轉活潑的音節，具有質樸明朗的風格，詩歌也因而呈現比較完整的藝術型態。

歸納唐末五代諷刺詩，可以清楚發先這些知識份子，在批判社會問題、譏刺政治亂象與冷諷荒淫的統治者等，詩歌的表現技巧靈活多樣：或採直接怒斥，毫不掩飾、痛快淋漓的諷刺；或以同類相譬、反類相襯的對比方式，凸顯主題。或以白描方式，客觀展現，並進行冷嘲熱諷，眞實生動而又自然；或以夸飾、映襯的方式，再現社會情狀，揭發現實問題，刻劃民生困頓，達到干預政治之目的。總之，透過多變的表現技巧，豐富而精彩地呈現諷刺效果，其表現技巧，茲分述如下：

一、題材小中見大

唐末五代諷刺詩在題材選取上，所表現之特色，最特別的是「小中見大」單一題材之選擇。唐末五代許多諷刺詩作，都能由小見大，從中挖掘出深刻的社會問題和時代亂象，反映出唐末五代尖銳的階級矛盾和動亂之時代氣息。這些諷刺詩歌作者們，以社會生活中某一生活切面，顯現出整個時代之紛亂，或以某一人或某一事件，以反映廣

〔註24〕楊載：《詩法家教》，見何文煥、丁福保編《歷代詩話統編》，北京：北京圖書館出版社，2003年5月，第1冊，頁475。

大人民的境遇，這種以小見大，見微知著的方式，是唐末五代諷刺詩作者，在題材的選取上最普遍採取之方式。

唐末五代近體諷刺詩大量增加，其形式和作法，已和傳統以樂府古詩爲主的諷刺詩不盡相同。絕句和律詩俱是簡要之詩體，有字數限制，多則五十六字，少則僅二十字。劉熙載《藝概・詩概》指出：「以鳥鳴春，以蟲鳴秋，此造物之借端託寓也。絕句之小中見大似之」。〔註 25〕古典詩歌以小題材表現大主題是常見之藝術手法，絕句尤其適宜運用此一手法。因此，將濃郁的情韻融鑄於典型的情節之中，借小物表達譏諷之情，是唐末五代諷刺詩的主要表現技巧。

以小中見大的題材來表達對社會的反思，其原因是詩歌作者，通常希望透過簡短之篇幅或簡單形式，以表達諷刺意旨相關。篇幅既已短小，又要使讀者注意力迅速集中於諷刺之主旨，勢必明顯影響題材選擇與技巧之表現，緣於字數甚少，又要表達出情感豐富，思想深刻，以達到言外有言，意外有意之效果，因此在寫作方法上，選取最精要、最關鍵之題材，則是唐末五代諷刺詩歌作者，選擇由小處著眼之另一原因。

另一可能之原因，則與唐末五代諷刺詩作者普遍的生活經驗有關。唐末五代動盪不安的局勢，殘敗破落的社會，戰火頻仍，知識份子爲了躲避戰火，經常過著一種封閉、清貧的隱居生活，其所見所聞只有生活周遭狹隘的事物，長期困居於一隅的情況下，詩人的情感和視野內斂許多，「無論是境還是事，都更靠近詩人周邊，而缺乏闊大氣象，高遠之思。」〔註 26〕以作者個人生活經驗中，生活周遭耳目接觸所及之事物，作爲寫作題材，而這種小中見大取材方向，可從人、事、物三個方面探討：

〔註 25〕劉熙載著，薛正興點校：《劉熙載文集》，南京：江蘇古籍出版社，2000 年 12 月，頁 112。

〔註 26〕余恕誠：〈晚唐兩大詩人群落及其風貌特徵〉，《安徽師大學報》第 24 卷第 2 期，1996 年，頁 166。

一、以某一人某一家的窮困潦倒、顛沛流離，反映整個社會的殘敗與不公；或以一個人的遭遇，來抨擊時代弊病。這樣的手法雖不是從唐末五代諷刺詩開始，但唐末五代諷刺詩對這樣的取材運用，卻是非常普遍。農夫、農婦、村叟、蠶婦、寡婦等下層社會的勞苦人民，經常出現在詩歌中，例如：于濆〈山村叟〉（《全唐詩》卷 599）、于濆另一首〈田翁歎〉詩云：

> 手植千樹桑，文杏作中梁。頻年徭役重，盡屬富家郎。富家田業廣，用此買金章。昨日門前過，軒車滿垂楊。歸來說向家，兒孫竟咨嗟。不見千樹桑，一浦芙蓉花。（《全唐詩》卷 599）

杜荀鶴〈亂後逢村叟〉（《全唐詩》卷 692）有沉痛的描述。另一首〈山中寡婦〉詩云：

> 夫因兵死守蓬茅，麻苧衣衫鬢髮焦。
> 桑柘廢來猶納稅，田園荒後尚徵苗。
> 時挑野菜和根煮，旋斫生柴帶葉燒。
> 任是深山更深處，也應無計避征徭。（《全唐詩》卷 692）

此詩刻劃出這位山中寡婦的形象，她是當時苦難百姓的一個縮影，詩人不下斷語，卻任憑事實證明。不僅使人看到了一個山中寡婦的苦難，也讓人想像到和山中寡婦同命運的更多人的苦難。從更大的範圍，更深的程度上揭露了殘酷的剝削，刻畫了主題。

唐末五代諷刺詩作者，經常採取的題材及其採用的手法，以人物推動事件的進行，再視情節呈現的結果發表議論，例如：陸龜蒙〈築城詞〉二首、（《全唐詩》卷 692）；貫休〈杞梁妻〉（《全唐詩》卷 626）、〈灞陵戰叟〉（《全唐詩》卷 836）；韋莊〈辛丑年〉（《全唐詩》卷 696）、〈憫耕者〉（《全唐詩》卷 700）；皮日休〈正樂府十篇〉（《全唐詩》卷 608）中〈卒妻怨〉、〈橡媼歎〉、〈農婦謠〉等詩，透過一個窮困潦倒人民的形象，反映社會的種種弊病。某個小人物的遭遇，是整個動盪社會的剪影，將社會的殘破，濃縮在這些平民身上，利用其日常生活的場景、事件來加以烘托。

二、「惟搜眼前景而深刻思之」，〔註 27〕以一件看起來不顯眼，卻具有代表性的事件，對當時人物、事件表達抨擊或責難。例如：吳融〈廢宅〉詩云：

風飄碧瓦雨摧垣，卻有鄰人與鎖門。
幾樹好花閒白晝，滿庭荒草易黃昏。
放魚池涸蛙爭聚，棲燕梁空雀自喧。
不獨淒涼眼前事，咸陽一火便成原。（《全唐詩》卷 686）

詩借廢宅直寫貴臣家之衰敗，全詩不言屋宇原本興盛之景，卻處處可見今昔之歎，「咸陽一火」的廣闊時空，在深沉的歷史思索中，具體的家族興衰實際上已成爲整個時代的縮影。末聯更以項羽火燒咸陽一事爲結，既哀故宅之廢棄，也歎國家之衰亡。吳融又有〈華清宮〉二首之一云：

四郊飛雪暗雲端，唯此宮中落旋乾。
綠樹碧簷相掩映，無人知道外邊寒。（《全唐詩》卷 684）

詩中描述四郊大雪紛飛，然而在華麗溫暖的華清宮內，竟然雪花落下旋即溶化，可以想見宮內的玄宗、貴妃和大臣們生活是如何的奢侈。只知享樂的上位者，不知民間疾苦，不知體恤其民，招致民怨四起，國家又如何不亡？

羅隱〈感弄猴人賜朱紱〉詩云：

十二三年就試期，五湖煙月奈相違。
何如買取胡孫弄，一笑君王便著緋。（《全唐詩》卷 665）

在國家殘破、民不聊生的之時，唐僖宗竟然因爲喜愛一隻馴善，能跟朝臣們一起上班的猴子，而賜給玩猴伎人一件五品緋袍，唐昭宗賞賜弄猴人官職，這件無聊荒唐小事，卻足以說明大唐帝國，末代皇帝之昏庸。

杜荀鶴將大環境之紛雜，聚焦於某件小事件上，其〈哭貝韜〉詩云：

〔註 27〕楊慎《升庵詩話》卷四〈晚唐兩詩派〉條，見周維德集校《全明詩話》，濟南：齊魯書社，2005 年 6 月，頁 1028。

交朋來哭我來歌，喜傍山家葬荔蘿。

四海十年人殺盡，似君埋少不埋多。(《全唐詩》卷693)

從一個葬禮寫起，表達對時代動亂之悲哀，詩題已透露詩人對生命消逝之感慨，在「四海十年人殺盡」之大動亂中，相較於那些客死異鄉，或死於戰亂之人們，能埋葬在自家山旁，似乎就是一件值得慶賀之事了。

類似的寫作手法，尚有齊己〈耕叟〉、〈西山叟〉(《全唐詩》卷847)；皮日休〈茶灶〉(《全唐詩》卷611)等作品。

三、將視覺焦點濃縮在一個小物品上，由一件小物，透視整個事件，表達出作者的意見與諷刺之聲。

唐末五代「世積亂離，風衰俗怨」，〔註28〕文學的感物抒情也從外界觸發轉入內心體悟，著重於表現自我的心思情緒，更精細地體察到內心的微妙變化和情感細膩轉折。「晚唐詩料，於琴、棋、僧、鶴、茶、酒、竹、石等物，無一篇不犯」。〔註29〕此時的社會心理特別敏銳、纖細，多鍾情於身邊瑣碎倜促的微小事物。例如：羅隱〈蜂〉詩云：

不論平地與山尖，無限風光盡被占。

采得百花成蜜後，爲誰辛苦爲誰甜。(《全唐詩》卷662)

前兩句寫蜜蜂的辛勞，後兩句則巧妙設問：爲誰的甜蜜而自甘辛勞呢？辛勤採蜜的蜂，不正是千千萬萬平民百姓的化身，他們終年辛勤所得，卻被權貴巧取豪奪，這是多麼不公平的現實。羅隱另一首〈鷹〉詩云：

越海霜天暮，辭韜野草乾。

俊通司隸職。嚴奉武夫官。

眼惡藏蜂在，心粗逐物殫。

近來脂膩足，驅遣不妨難。(《全唐詩》卷659)

〔註28〕劉勰《文心雕龍注》，台北：台灣開明書店，1971年5月，卷9，頁24。

〔註29〕方回《瀛奎律髓》見《四庫全書》，台北：台灣商務印書館，1986年，集部305，頁535。

羅隱剖析那些爬上高位既得利益者，那些司隸、武夫在「脂足」之後，就不肯盡職，諷刺社會上，那些大擺架子的庸臣俗僚。其〈香〉詩云：

沈水良材食柏珍，博山煙暖玉樓春。

憐君亦是無端物，貪作馨香忘卻身。（《全唐詩》卷 655）

羅隱不禁嘲笑那些爲求得權豪貴人的歡心，甚至連自己身家性命，均可棄之不顧了。又如于濆〈古宴曲〉（《全唐詩》卷 599）：「十戶手胼胝，鳳凰釵一隻」。于濆〈織素謠〉（《全唐詩》卷 599）：「一曲古涼州，六親長血食」。秦韜玉：〈織錦婦〉（《全唐詩》卷 670）：「豪貴大堆酬曲徹，可憐辛苦一絲絲」。以上詩歌從生活小物品著眼，在某個焦點上對照出貧富差距之懸殊，而晚唐人民生活艱難與辛酸可想而知。

又如皮日休〈詠蟹〉（《全唐詩》卷 615）、〈蚊子〉（《全唐詩》卷 608）；杜荀鶴〈小松〉（《全唐詩》卷 693）、〈涇溪〉（《全唐詩》卷 693）；陸龜蒙〈雁〉（《全唐詩》卷 627），借雁這一「小物」包括整個社會亂象，另一首〈和襲美木蘭後池三詠：白蓮〉（《全唐詩》卷 628）一詩，則借題發揮，感歎「貧士之不遇」；于濆將世態炎涼、人情冷暖，濃縮於〈對花〉（《全唐詩》卷 599）一詩。以上詩歌作品，無一不是從生活細節、瑣碎事物中，推敲琢磨。詩人們將日常生活中，經常出現的事物寫出來，卻使讀者獲得不尋常而強烈之印象，這類獨到之手法，正源於詩人們對事物細微之觀察、理解之深刻，同時運用典型之人、事、物，採取小中見大之寫作手法，所獲得之藝術效果。

以「小中見大」不僅是唐末五代諷刺詩人取材的方式，透過某些典型的人、事、物，綜觀全局，進而透視整個社會。同時詩人們運用高明巧妙的藝術技巧，在有限的文字中，容納更多的內容和意象，言有盡而意無窮，達到更深沉之效果。清人劉熙載《藝概・詞曲概》認爲：「唐末小詩，五代小詞，雖小卻好，雖好卻小，蓋所謂『兒女情多，風雲氣少』也」。〔註 30〕洵爲恰當中肯之論。

〔註 30〕劉熙載著，薛正興點校：《劉熙載文集》，南京：江蘇古籍出版社，

二、議論以明題旨

詩中用理語，發議論，古已有之。《詩經》有些議論的詩句，如〈大雅·文王〉中的「於緝熙敬止」，「宜鑒於殷，駿命不易」等。《楚辭》則以抒情爲主，漢代辭賦興盛，詩歌衰微。永嘉時，黃、老之學盛行於世，詩人受其影響，出現了玄言詩。東晉風氣更盛，詩作中多表現老、莊哲理，玄言詩在詩壇佔據了主導地位。南北朝時期詩風雖有輕視內容的傾向，但在藝術表現方面卻逐步發展成熟，形式漸趨完美。唐朝是我國古典詩歌的鼎盛時期，大批優秀詩人創作了眾多優秀作品，使古典詩歌的美學特徵，得到了充分地發展和顯現。

詩者吟詠性情，以發抒情感爲主，故不尙說理，論詩的人，多持此論。的確，詩是感性的，詩中可不可以發議論？許多詩論家對此發表了不同的意見。嚴羽對當時那種「以議論爲詩」所造成的弊端，有深刻的認識，其《滄浪詩話·詩辨》云：

> 遂以文字爲詩，以才學爲詩，以議論爲詩。夫豈不工？終非古人之詩也。蓋於一唱三歎之音，有所歉焉。〔註31〕

所謂以「文字」、「才學」、「議論」爲詩，均各有所指，歸於指斥當時詩人的弊病，訴之理性。而未主於情，欠缺了一唱三歎之效果。再細入深究，詩不宜說理，其實不然，以詩的起源而論，即有主於理的詩，袁枚云：

> 或云：「詩無理語」，予謂不然。大雅：「於緝熙敬止，不聞亦式，不諫亦入。」何嘗非理語？何等古妙？文選：「寡欲罕所缺，理來情無存。」唐人：「廉豈活名具，高宜近物情。」陳后山訓子云：「勉汝言須記，逢人善即師。」文文山詠懷云：「疎因隨事直，忠故有時愚。」又；宋人：「獨有玉堂人不寐，六箴將曉獻宸旒。」亦皆理語；何嘗非詩家上乘？〔註32〕

2000年12月，頁150。

〔註31〕嚴羽：《滄浪詩話》，見何文煥、丁福保編《歷代詩話統編》，北京：北京圖書館出版社，2003年5月，第1冊，頁444。

〔註32〕袁枚：《隨園詩話》，北京：人民文學出版社，1999年6月，卷3，

袁枚所言應是極有根據的，詩有主於理的一面，自詩經迄於現代，不乏其例，因爲人有理性的一面，故能接受有說理之詩。詩歌既是表達作者的感觸情思，便應同時包涵情感與理性兩方面。故以抒情方式寫個人情感，以議論方式表達個人思想，可說是自然而然的。

詩宜抒情，不宜說理，偏偏有極多而傳流不朽的說理詩。在說理詩當中，更有議論詩。然而唐末五代諷刺詩，這一類詩歌中的別調，正如異草奇花，珍禽怪獸，既然創造了，產生了，又如何能取消呢？又何必加以排斥？這類主議論的詩，沈德潛《說詩晬語》論之云：

> 人謂詩主性情，不主議論，似也而不盡然，試思二雅中何處無議論？杜老古詩中〈奉先詠懷〉、〈北征〉、〈八哀〉諸作，近體中〈蜀相〉、〈詠懷〉、〈諸葛〉諸作，純乎議論。但議論須帶情韻以行，勿近傖父面目耳！戎昱〈和蕃〉云：「社稷依明主，安危託婦人。」亦議論之佳者。〔註33〕

沈氏提出了議論詩的寫作法則：「須帶情韻以行，勿近傖父面目。」避免庸俗鄙下之見和詞句，這是所有詩歌創作的通則。換言之，議論既不是概念的描述，也不是憑空發論，而是要透過它來傳達作者的思想、感情，讓人了解作者的精神面貌，詩中的議論必須不能破壞詩的美感，也就是要能和形象結合，以詩的語言進行。

唐末五代諷刺詩多採用「敷陳其事而直言之」的寫作方式，抒情和議論夾雜，以抒發心中感受。王世貞云：「意在筆先，筆隨意到，法不累氣，才不累法，有境必窮，有證必切。」〔註34〕以述情切事爲快，不盡含蓄也。詩人以全知的觀點，直接了當地展其義、騁其情，酣暢淋漓，磅礴激盪地製造直搗人心的藝術衝擊力，詩人藉事表意，論事說理，揮灑自如，寫社會的苦難，人間的不平，客觀地再現了生

頁94。

〔註33〕沈德潛：《說詩晬語》，見何文煥、丁福保編《歷代詩話統編》，北京：北京圖書館出版社，2003年5月，第4冊，頁682。

〔註34〕王世貞：《藝苑卮言》，見周維德集校《全明詩話》，濟南：齊魯書社，2005年6月，卷8，頁1968。

活的某一側面或場景，也寫自己的窮愁苦悶，毫無隱諱地表達其奔放的感情。

議論詩之所以爲人激賞，除了聲律押韻等形式上的因素，在內容上應與議論文一樣，主於見識和裁斷，形成論點，或者深中人心，有同一的感受；或者出人意外，有拍案驚奇的痛快；或者意深詞婉，有橄欖餘味般耐得住咀嚼。唐末五代諷刺詩常以議論行之，詩人「以詩議政」，對於時弊有深刻的揭露和解析。他們以理性的態度進行批評，而以形象化語言爲表現手段，也就是所謂「帶情韻以行」。諷刺詩中的話不論是借古諷今、藉物以諷，或者是反映民生疾苦，直言諷刺的作品，都可以見到這種作法。

唐末五代社會動盪，百姓更加艱辛勞苦，然而水旱蟲災，瘟疫疾病，徵兵傜役，戰爭兵亂，田租稅賦，苛稅雜捐等天災人禍，接連不斷，以致百姓挨餓受動，在飢寒交迫下，妻離子散，流離轉徙，以野菜果腹。百姓的悲愁哀怨，屈辱憤怒，痛苦掙扎，以及反抗的心靈吶喊等，都透過詩人眞實地加以反映。例如聶夷中的諷刺詩，廣泛地揭露了唐末五代社會統治集團與廣大農民之間的矛盾。這種矛盾，最明顯的就是農民生活的困苦。其〈詠田家〉詩云：

二月賣新絲，五月糶新穀。
醫得眼前瘡，剜卻心頭肉。
我願君王心，化作光明燭。
不照綺羅筵，只照逃亡屋。（《全唐詩》卷636）

詩歌充滿作者對田家的同情。以「醫得眼前瘡，剜卻心頭肉。」入骨三分地揭示現實，「綺羅筵」與「逃亡屋」構成鮮明對比，暗示農家賣青破產的原因。

農民生活無望及由此所引起的嚴重後果，其〈田家，二首之一〉云：

父耕原上田，子斸山下荒。
六月禾未秀，官家已修倉。（《全唐詩》卷636）

農民無衣無食，終年辛勤耕作，卻落的掙扎於飢餓邊緣的結果，又還有什麼希望可言呢？農家辛勤忘我的工作，而官府卻無止盡的剝削，形成了尖銳的對比。

又如杜荀鶴〈田翁〉對農民生活的艱難困苦，表達深切的同情：

白髮星星筋力衰，種田猶自伴孫兒。

官苗若不平平納，任是豐年也受飢。(《全唐詩》卷693)

詩中的老農，滿頭白髮仍得帶著小孫兒種田，末兩句更進一步指出，在繁重賦稅的剝削下，人民挨餓受凍的苦況。又〈傷硤石縣病叟〉詩云：

無子無孫一病翁，將何筋力事耕農。

官家不管蓬蒿地，須勒王租出此中。(《全唐詩》卷693)

這兩首詩都是先刻劃一個飽受風霜的人物，借著這個人物的遭遇，反映苛稅雜徵帶給人民的苦難，針對此事而發爲議論。前兩句描寫後兩句議論。一個是垂垂老矣、筋力衰竭的老農，另一個是年老、力衰、無子、多病的老人，他們養活自己都已不易，在有限的餘生，卻仍爲了重稅痛苦掙扎。透過這樣的描寫後，詩人對於當時不合理的賦稅制度大加撻伐，將人物遭遇和議論緊密結合，更能表現詩人對於賦稅弊端的痛恨及其議論語氣之激切。杜荀鶴〈山中寡婦〉(《全唐詩》卷692)、〈亂後逢村叟〉(《全唐詩》卷 692)、〈自江西歸九華〉(《全唐詩》卷 692)、皮日休〈橡媼歎〉(《全唐詩》卷 608)、〈農父謠〉(《全唐詩》卷 608)、陸龜蒙〈新沙〉(《全唐詩》卷 629)、羅隱〈題磻溪垂釣圖〉(《全唐詩》卷 665)、〈送王使君赴蘇臺〉(《全唐詩》卷 663)等，皆是典型代表作品。皆同樣由人物的遭遇而發出議論，詩中情理並茂，議論與人物事件的結合，雖是詩人的評論意見，卻具有代表詩中人物心聲之效果。故其議論，已不僅是詩人個人意見，而是代表著廣大人民的怒吼。杜荀鶴對於民生疾苦的反映著墨甚多，筆下常以農村中的小人物爲主角，藉由某一小人物的遭遇以透視整個社會問題，故其議論與人物形象緊密結合。

唐末五代諷刺詩，往往將歷史與現狀緊密結合起來，加以理性地考察，或明論、或暗議，採用抒情與描敘交錯之方式，使得詩人眞切的情感，藉助於特定的眞實歷史背景得以宣洩，並藉此導入思辨性的啓示。如羅隱〈望思臺〉詩云：

芳草臺邊魂不歸，野煙喬木弄殘暉。

可憐高祖清平業，留與閒人作是非。（《全唐詩》卷664）

羅隱從荒煙蔓草的古蹟，引發對歷史滄桑的感歎，再輝煌的成就也抵不過人爲的錯誤，撫今傷昔，詩人即物起興，由景物引起感慨，以略帶嘲諷、冷然的口氣道出所見，抒發議論，借古以諷今。又如皮日休〈館娃宮懷古〉五絕第一首云：

綺閣飄香下太湖，亂兵侵曉上姑蘇。

越王大有堪羞處，祇把西施賺得吳。（《全唐詩》卷615）

館娃宮以西施得名，是春秋時期吳王夫差建造的宮殿，難道吳、越的興亡眞就是由西施一個女子來決定的麼？顯然不是。詩人故意運用指桑罵槐的曲筆，明的嘲諷句踐，暗地裏諷刺夫差，使全詩蕩漾著委婉含蓄的弦外之音，發人深思。又如陸龜蒙〈吳宮懷古〉詩云：

香徑長洲盡棘叢，奢雲豔雨祇悲風。

吳王事事須亡國，未必西施勝六宮。（《全唐詩》卷629）

前兩句採用當句對照的手法，以凸顯詩人撫今傷昔之滄桑情懷；後兩句，詩人對史論提出質疑，且以對比手法，爲西施鳴不平，反駁「女禍亡國」之論，詩人獨排眾議，令人耳目一新。又如崔道融同樣地透過詩歌爲西施鳴不平，其〈西施灘〉詩云：

宰嚭亡吳國，西施陷惡名。

浣紗春水急，似有不平聲。（《全唐詩》卷714）

詩人自抒新見，對傳統的看法提出質疑。在爲西施辯誣之後，很自然地將筆鋒轉到了西施灘，運用抒情的筆調，描寫了西施灘春日的情景，將理智和感情自然地融合爲一體。又如杜荀鶴〈塞上傷戰士〉詩云：

戰士說辛勤，書生不忍聞。

三邊遠天子，一命信將軍。

野火燒人骨，陰風捲陣雲。

其如禁城裡，何以重要勳。(《全唐詩》卷 691)

此詩敘述防守邊塞的戍卒苦況，用律詩「三邊遠天子，一命信將軍」以及「野火燒人骨，陰風捲陣雲。」的對句，鮮明生動地表達邊塞情形。又如曹松〈己亥歲，二首之一〉詩云：

澤國江山入戰圖，生民何計樂樵蘇。

憑君莫話封侯事，一將功成萬骨枯。(《全唐詩》卷 717)

「一將功成萬骨枯」具有強烈的概括性，以形象化的語言，道出將領以士兵生命堆積戰勛的殘忍事實，將詩情與哲理緊密地結合。

以上三首詩的作法相近，採取先敘述，再議論之方式，詩人們極欲突出的焦點是：士兵犧牲生命的代價只是成就了將軍的戰功，以及將領彪炳戰功背後的醜惡事實。唐末五代寫戰爭的詩，詩人眼中的戰場是白骨滿地、怨氣陰結、沙場鬼愁，戍卒的情感是哀怨愁悲，一心望鄉，不知犧牲之目的何在。而在遠離戰場數千里外的另一個場景，卻是不斷以戰功受勛而功成名就的將領。詩人以銳利的眼光穿透兩者，看到了表象與事實間的嚴重矛盾，而加以抨擊。

議論與詠物相結合，詩人借物起興，對生活哲理的思考，對自然和社會的觀察想像等，以議論出之以諭世人。例如陸龜蒙〈南涇漁父〉，詩人以南涇漁父了解大自然生生不息道理，「大小參去留，候其孳養報。終朝獲魚利，魚亦未常耗。」不作涸澤而魚的事，反諷官吏索租催賦，如如毒蛇糾纏，猙獰橫行，連潦災、旱災全不放過。作者夾敘夾議，在一番捕魚之道的理論闡述中，對統治者治民之道加以批判。例如皮日休〈喜鵲〉一詩，在比喻中夾雜著對當時諂媚佞人不滿的議論。

棄羶在庭際，雙鵲來搖尾。欲啄怕人驚，喜語晴光裡。何況佞倖人，微禽解如此。(《全唐詩》卷 608)

詩人先細微地描寫鵲鳥的喜悅和動作，以喜鵲貪食，引吭搖尾擺出各種乞憐姿態，接著兩句轉而形容佞人的嘴臉，就如同鵲鳥這種禽鳥般。又如羅隱〈中秋不見月〉詩云：

陰雲薄暮上空虛，此夕清光已破除。

只恐異時開霽後，玉輪依舊養蟾蜍。（《全唐詩》卷 665）

用託物以言方式，諷刺宵小幸佞之輩，從自然景緻著手，藉烏雲、蟾蜍以喻小人，而更令人憂愁的是，即使烏雲散去，「玉輪依舊養蟾蜍」，月亮內部的黑暗面又當如何根除？語雖婉轉，但諷刺意味甚爲深切。羅隱〈金錢花〉詩云：

占得佳名繞樹芳，依依相伴向秋光。

若教此物堪收貯，應被豪門盡斸將。（《全唐詩》卷 656）

辛辣地諷刺豪門大肆搜括民脂民膏，如果金光閃閃的金錢花，能像金錢一樣被收藏起來，勢必將被豪門貴族砍盡採光，充分呈現其貪得無饜的骯髒嘴臉。羅隱〈蟋蟀詩〉（《全唐詩》卷 665）、〈春風〉（《全唐詩》卷 656）、〈言〉（《全唐詩》卷 664）、〈錢〉（《全唐詩》卷 659）陸龜蒙〈浮萍〉（《全唐詩》卷 628）等詩歌均採取詠物與議論交錯並用，透過形象之描繪爲基礎而展開，不憑空而發卻饒富意味。

議論在詩歌之中大量出現，正是唐末五代諷刺詩的重要特色，張高評認爲：

「以議論爲詩」，除了能有效擴大詩歌之表達功能外，還能使詩歌具有古文的馳騁自如、談說的議論風發；讀者在接受主觀、感性、體驗、直覺之形象比興之餘，又能欣賞客觀、理性、思辨、分析之哲理議論詩歌，詩歌之鑑賞，如此方稱圓滿完足。」〔註 35〕

唐末五代諷刺詩中的議論，是詩人以詩歌作爲手段，反映社會現實並表達個人評論及判斷。這些詩篇繼承「緣事而發」、「直言時事」、「因事立題」、「即事名篇」的詩歌優良傳統，採取一題一事，主題因而明確，線索單純，情節完整，故概括性強。刺惡嫉邪，以意爲主，所以辭情激切，筆鋒嚴峻。詩中的議論、感情自然融合，一點也不生硬突

〔註 35〕張高評：《宋詩之新變與代雄》，台北：洪葉文化出版社，1995 年，頁 209。

兀，此藝術手法進而開闢了唐詩、宋詩的另一片天地。

詩人們不是直觀或直覺的意見，而是以理性邏輯思考爲基礎。就表現技巧而言，議論的進行須帶情韻以行，故或由景物興發而寓議論於其中，或以敘事爲前導而議論繼之，或人物故事與議論緊密結合，所興起之議論大都以形象化之語言作爲表現手段。故唐末五代諷刺詩中的議論，大多以形象化的描寫爲基礎，其表達具備了詩趣詩味。

唐末五代，是中國詩史上一個特殊的時代，「瓜分豆剖」的社會現實，並沒有使詩歌毀滅，反倒是造就了一種不同於初唐、盛唐、中唐的獨特詩風，這種詩風且有著很強的影響力與延續性。王洪認爲：

> （皮日休、杜荀鶴諸人）也都有鍊字寫景之作……但這一類詩倒不如議論的通俗詩在詩史上更有地位，因爲這類詩表現的趨勢是古典詩歌的夕陽反照，而那議論之詩，卻是迎接新的歷史時期——近代詩歌晨日的滿天朝霞！〔註 36〕

事實上，唐末五代詩歌雖無盛大浩瀚之排場，但卻有如後勁十足的朝陽一般，宋初半個多紀的詩風，從整體上看，是在唐末五代詩風的延續和籠罩。其中諷刺詩大量議論之情形，逕開有宋一代議論之先聲，可說是唐詩過渡到宋詩中的一座橋梁。

三、對比強化諷刺

對比的使用，可以使詩歌產生強烈的增強效果，對比手法的運用，似乎是諷刺詩常使用的，「對比成諷」，或貧與富，或弱與強，或苦與樂，對比越鮮明，諷刺的效果便越強烈。邱燮友在解釋對比的定義認爲：「對比是把不同的事類，連在一起，做強烈的對照，從相同處顯出不同來，或從不同處顯出相同來。這類的寫法，很容易得到效果，使文采滋生，佳趣湍發。」〔註 37〕

「對比」是把兩種截然對立的現象放在一起，通過比較來顯示差

〔註 36〕王洪：《中國古代詩歌歷程》，北京：朝華出版社，1993 年，頁 236。
〔註 37〕邱燮友：《散文結構》，台北：福記文化圖書有限公司，1985 年，頁 137。

別，區分涇渭。對比有烘雲托月之效果，可以強化主題，凸顯目的。胡萬川認爲：「歷代諷諭之作甚多，當然體式繁多，但對比之法卻似乎更爲作者所樂用，因爲就文學效果來說，『對此』之下，常常就是『諷』。」〔註 38〕在歷代諷刺詩中，常爲詩人所樂用，對比越鮮明，諷刺的效果便越強烈。杜甫名句「朱門酒肉臭，路有凍死骨。」〈自京赴奉先縣詠懷五百字〉（《全唐詩》卷 216）和高適「戰士軍前半死生，美人帳下猶歌舞。」〈燕歌行〉（《全唐詩》卷 213）同樣爲人們傳誦不絕，就是來自鮮明，強烈的「對比成諷」。杜甫另一名句：「富家廚肉臭，戰地骸骨白」〈驅豎子摘蒼耳〉（《全唐詩》卷 221），將上層社會奢侈生活和下層勞動人民的悲慘命運，在貧富懸殊的鮮明對照中，赤裸裸地呈現，突顯現實社會的不合理，及社會矛盾的尖銳化，其情境事理驚心動魄而發人深省。就藝術效果而言，對此法有加強諷刺力量的效果，種種不合理的、荒謬的、不公平的現象，都能經由對比法的使用而清楚展現，唐末五代諷刺詩人經常使用此一手法，茲略舉說明：

（一）皮日休

皮日休皮日休擅於用客觀冷靜之敘述，簡明強烈之對比來表達內心愛憎，認爲樂府具有美刺功能，通過它可以明瞭政教之得失，詩歌中經常使用「對比成諷」之手法。其〈橡媪歎〉（《全唐詩》卷 608）「傴傴黃髮媪，拾之踐晨霜。移時始盈掬，盡日方滿筐」對比「山前有熟稻，紫穗襲人香。細獲又精舂，粒粒如玉璫。」以傴傴老婦踐霜撿拾橡實之饑景，與紫穗襲人香之豐象作對比；「狡吏不畏刑，貪官不避贓」對比「自冬及於春，橡實誑饑腸。」以豪族貴戚的貪婪剝削與黃髮老婦的饑寒無告又是一對比，反襯出唐末社會凋敝衰敗的悲慘景象，把批判的矛頭，直接指向當時統治者。竟然不如被人唾罵的田成子都不如。其〈頌夷臣〉（《全唐詩》卷 608）「夷師本學外，仍善

〔註 38〕羅宗濤等著：《中國詩歌研究》，台北：中央文物供應社，1985 年 6 月，頁 305。

唐文字。」對比「所以不學者，反爲夷臣戲。」題目爲「頌美」之詞，實則藉夷臣之「善唐文字」，深「刺」漢臣之「不學」，夷、漢對比，賢、不肖判然分明。其〈哀隴民〉(《全唐詩》卷 608)「百禽不得一，十人九死焉。」對比帝王「胡爲輕人命，奉此玩好端。」詩人在同情隴地民眾之餘，更對唐朝皇帝只顧賞玩鸚鵡，卻不管百姓死活的惡劣行徑，表達出強烈的不滿及譴責。其〈賤貢士〉(《全唐詩》卷 608)「南越貢珠璣，西蜀進羅綺。」對比「如何賢與俊，爲貢賤如此。」以貢士、貢品對比，再以今昔、治亂相較，用對比的手法批判最高統治者，只重視珠璣、綺羅等貢品，至於參加考試各地的俊賢，尙得經過層層考試，方有機會蒙天子召見。其〈蚊子〉(《全唐詩》卷 608)「貧士無絳紗，忍苦臥茅屋。」對比「何事覓膏腴，腹無太倉粟。」藉蚊子逞兇屢嚙貧士，反襯失意文人的窮困潦倒，以諷刺賢能、愚笨之顚倒和社會的不公。其〈館娃宮懷古〉五絕第一首(《全唐詩》卷 615)「綺閣飄香下太湖」對比「亂兵侵曉上姑蘇」。揭示了吳、越的不同，鮮明對比中，蘊含著對吳王夫差荒淫誤國的不滿。其他如〈貪官怨〉(《全唐詩》卷 608)、〈誚虛器〉(《全唐詩》卷 608)、〈三羞詩〉第三首(《全唐詩》卷 608)等，皆善於選用對立的事物或現象加以描繪，以突顯主題思想，達到「刺」的作用。

(二)羅　隱

羅隱以淺近通俗之語言與白描手法，反映民生疾苦，抨擊上位統治者之驕奢及政治之腐敗。其〈秦中富人〉(《全唐詩》卷 660)「高高起華堂，區區引流水。糞土金玉珍，猶嫌未奢侈。」對比「陋巷滿蓬蒿，誰知有顏子。」描寫富人奢華、舒適的生活，揮金如土卻意猶未盡的心態，「陋巷滿蓬蒿，誰知有顏子。」詩人以寒士作對比，寫出了這種不合理現象。其〈汴河〉(《全唐詩》卷 655)「當時天子是閒遊」對比「今日行人特地愁。」以雙峰對峙之方式開頭，接著分從時間、人物及心情三方面加以對比。其〈錢〉(《全唐詩》卷 659)「志士不敢道，貯之成禍胎」對比「小人無事藝，假爾作梯媒。」羅隱將「志士」和「小人」對金錢之不同態度作了明顯對比。其〈亂後逢友人〉（《全唐詩》卷 659）「生靈寇盜盡」對比「方鎮改更貧」以「夢裡舊行處」對比「眼前新貴人」。其〈江南〉（《全唐詩》卷 665）「玉樹歌聲澤國春，纍纍輜重憶亡陳。」對比「垂衣端拱渾閒事，忍把江山乞與人。」羅隱在今昔對比的景物中，不斷地提出這樣的疑問：南朝諸國既據有山川之險，卻爲什麼就這樣把好好的江山拱手讓人呢？而最特別的〈謁文宣王廟〉（《全唐詩》卷 657）〈代文宣王答〉（《全唐詩》卷 657）兩組詩，前者描繪文宣王廟之淒清破敗，後者敘述佛、道寺廟的巍峨宏偉，橫跨兩組詩，相互予以對比，藉以批判晚唐諸帝崇尚佛老、鄙視儒教之作法。

（三）杜荀鶴

杜荀鶴把兵荒馬亂的社會大背景濃縮於筆下，似是漫不經心卻又飽經滄桑地書寫唐王朝衰亡史。其〈春宮怨〉（《全唐詩》卷 691）「年年越溪女，相憶採芙蓉。」宮女對當年採蓮浣紗生活的懷念，過去自由地享受人間樂趣，與如今「籠中鳥」般的宮中生活成了鮮明對比。將宮女們渴望自由生活，埋怨宮中生活，表現得淋漓盡致。其〈蠶婦〉（《全唐詩》卷 693）「粉色全無飢色加，豈知人世有榮華。」對比「年年道我蠶辛苦，底事渾身著苧麻。」蠶婦臉上全無粉色，卻呈現著因飢餓而日益增加的憔悴，年年辛苦養蠶，但爲什麼卻全身上下不見一寸絲綢，只穿粗麻布衣？又怎能相信人間尚有富貴榮華呢？表面的對比之外，尚有隱含的對比。書寫蠶婦貧窮辛勤與內心之不平，其對面正有一位塗脂抹粉，身著綾羅綢緞的貴婦人。其〈雪〉（《全唐詩》卷 692）「擁袍公子休言冷，中有樵夫跣足行。」藉貧富對立，突顯荒謬。其〈塞上〉（《全唐詩》卷 691）「戰士風霜老」對比「將軍雨露新。」戰士不斷無謂犧牲，換來的卻是將軍恩寵加身，長歌樓上，兩相對比，戰士的壯烈犧牲便顯得荒謬而沒有價值。另一首〈塞上傷戰士〉（《全唐詩》卷 691）「三邊遠天子，一命信將軍」對比「野火燒人骨，陰風捲陣雲。」鮮明生動地表達，防守邊塞的戍卒苦況。

（四）鄭　谷

鄭谷詩作具備深度與廣度，將個人之怨憤與時代之悲愁融合爲一體。其〈錦〉二首之一云：（《全唐詩》卷 675）「舞衣轉轉求新樣」對比「不問流離桑柘殘」，將達官貴人的豪奢淫逸與貧苦百姓的辛勞饑寒，作了鮮明的對比，一方是舞衣旋轉，香風陣陣，仙樂飄揚；另一方卻是雨夜挑機，青燈螢螢，饑寒交迫，將百姓流離，桑柘摧殘之醜陋面貌烘托而出。

（五）吳　融

吳融特重「風雅之道」，又適逢晚唐紛亂，吳融的詩歌確實切合「善善則頌詠之，惡惡則諷刺之」的思想。其〈隋堤〉（《全唐詩》卷 687）「岸傍昔道牽龍艦」對比「河底今來走犢車」，「曾笑陳家歌玉樹」對比「卻隨後主看瓊花」，詩人以今昔對比，襯托繁華一去不歸的感慨。古今對比，暗示了現實的蕭條凋敝，而隋朝的命運也就是當今唐朝的命運。另一首〈題湖城縣西道中槐樹〉（《全唐詩》卷 687）「盛時曾識太平風」對比「而今只有孤根在」，全詩今昔對比充滿哀傷，槐樹見證唐帝國由盛而衰，詩人筆下的槐樹由「零落攲斜」到「只有孤根」直至「鳥啄蟲穿沒亂蓬」，正是唐帝國衰亡走向的預測與揭示。

（六）貫　休

貫休倡導儒家詩教傳統，認爲詩歌創作應反映社會現實，關心民生疾苦，其〈富貴曲〉二首之二（《全唐詩》卷 826）「太山肉盡，東海酒竭。佳人醉唱，敲玉釵折。」對比「寧知耘田車水翁，日日日炙背欲裂。」詩人刻畫出貧富不均，苦樂懸殊的社會現實，腐朽官僚窮奢極慾的「肉山酒海」建立在「寧知耘田車水翁，日日日炙背欲裂。」辛苦的農民身上。其〈灞陵戰叟〉（《全唐詩》卷 836）「劍刓秋水鬢梳霜，迴首胡天與恨長。」對比「官竟不封右校尉，鬥曾生挾左賢王。」

戍邊戰士思念家鄉之苦悶，雖然在沙場上奮勇殺敵屢建戰功，卻未得到朝廷的封官賞爵，這種不公平的社會現實，與帝王荒淫的生活成了強烈的對比，其〈古塞下曲〉四首之三（《全唐詩》卷 827）「帝鄉青樓倚霄漢，歌吹掀天對花月。」對比「豈知塞上望鄉人，日日雙眸滴清血。」戍邊將士在荒漠中過著艱苦的生活，而帝王卻安樂地享受著醉生夢死的生活，強烈之對比，更加突顯了邊塞戰士思鄉之痛。其〈公子行〉三首之一（《全唐詩》卷 826）「錦衣鮮華手擎鶻，閒行氣貌多輕忽。」對比「稼穡艱難總不知，五帝三皇是何物。」貴族子弟外表尊貴卻不學無術，整日只知打獵玩耍。卻不知稼穡之艱難，甚至連五帝三皇也不知道，令人厭惡和鄙視，其中對比諷刺，不言可喻。其〈酷吏詞（《全唐詩》卷 825）「寧知一曲兩曲歌」對比「曾使千人萬人哭」，詩人透過歷經滄桑的老叟之口，將上層社會醉生夢死的生活，與下層百姓飢寒交迫作尖銳的對比，揭露了地方官吏的殘酷。

（七）齊　己

齊己是出家人，卻能直接面對現實，不僅能反映人民的生活，而且能具體地指出人民苦難產生的根源。其〈暮春久雨作〉（《全唐詩》卷 842）「誰知力耕者，桑麥最關心。」齊己透過這種對比鮮明的形象畫面，對當時尖銳的貧富對立問題，作了高度關心和揭露。人民的苦難，就是詩人的焦慮，人民的炎熱或寒冷，就是詩人的憂煩。

（八）聶夷中

聶夷中的諷刺詩，廣泛地揭露了唐末五代社會統治集團與廣大農民之間的矛盾。這種矛盾，最明顯的就是農民生活的困苦。其〈詠田家〉（《全唐詩》卷 636）「不照綺羅筵」對比「只照逃亡屋」，詩歌充滿作者對田家的同情。運用反筆揭示皇帝昏聵，世道不公。「綺羅筵」與「逃亡屋」構成鮮明對比，暗示農家賣青破產的原因。其〈田家，二首之一〉（《全唐詩》卷 636）「六月禾未秀」對比「官家已修倉」農家辛勤忘我的工作，而官府卻無止盡的剝削，形成了尖銳的對比。

一個「未」字，一個「已」字，將統治者的殘酷表露無遺。

（八）曹　鄴

曹鄴出身寒微，對貧富不均，苦樂懸殊的現實感到痛苦，反映了那個時代較爲廣泛的社會實際情形。其〈官倉鼠〉（《全唐詩》卷 592）「官倉老鼠大如斗，見人開倉亦不走。」對比「健兒無糧百姓飢，誰遣朝朝入君口。」用鮮明的語言對貪官污吏作了辛辣的諷刺，矛頭直指最高統治者。「健兒無糧百姓飢」，由「鼠」寫到「人」，以強烈的對比，官倉裏的老鼠被養得又肥又大，前方守衛邊疆的將士和後方終年辛勞的百姓卻仍然在挨餓。將懸殊的事物，通過對比，呈現其極度的不合情理，更加顯現其荒謬，並呈現詩人憐憫同情之意。其〈戰城南〉（《全唐詩》卷 592）「性命換他恩，功成誰作主。」對比「鳳皇樓上人，夜夜長歌舞。」將古賢者的仁民愛物，與當今統治者的倒行逆施對比，詩人深刻地揭露了不義的軍閥戰爭，評擊他們「殺盡田野人」，還不肯停手的嚴重罪行，予以憤怒的斥責。其〈捕魚謠〉（《全唐詩》卷 592）「天子好征戰」對比「百姓不種桑」；「天子好年少」對比「無人薦馮唐」；「天子好美女」對比「夫婦不成雙」。皇帝好戰、好嬉戲、好女色，集三者於一身。將最高統治者無道，卻殃及天下蒼生的罪過，客觀地敘述，以事實提供了強烈對比的因果關係。

（九）于　濆

于濆其詩作質樸無華，明快直切，以比興的方式，發揚質樸、平易詩風。其〈古宴曲〉（《全唐詩》卷 599）「十戶手胼胝」對比「鳳凰釵一隻。」採用「烘雲托月」側面描寫，由金釵可想見美女之高雅，進而就更可想見座客之高貴與宴席之豐盛了。另一首〈苦辛吟〉（《全唐詩》卷 599）「壠上扶犁兒，手種腹長飢。窗下拋梭女，手織身無衣。」對比「我願燕趙姝，化爲嫫母姿。一笑不値錢，自然家國肥。」前四句表現下層人民的饑寒，後四句表現上層社會的浪費；兩相對照，突顯了食、衣兩方面的不合理情況，藉以批判上層社會的腐敗。明代謝榛評論于濆

〈辛苦吟〉曰：「此作有關風化」〔註39〕另一首〈里中女〉（《全唐詩》卷599）「貧窗苦機杼」對比「富家鳴杵砧。」此詩意在揭露貧富懸殊的社會現實，不採用直言、抽象、概念化，而是通過各種藝術手法和貼切的語言加以表達。〈擬古諷〉（《全唐詩》卷599）「旱苗當壟死，」對比「流水資嘉致。」〈山村叟〉（《全唐詩》卷599）「雖沾巾覆形，」對比「不及貴門犬。」〈織素謠〉（《全唐詩》卷599）「一曲古涼州，」對比「六親長血食。」〈馬嵬驛〉（《全唐詩》卷599）「是日芙蓉花，」對比「不如秋草色。」〈田翁歎〉（《全唐詩》卷599）「手植千樹桑，文杏作中梁。頻年傜役重，盡屬富家郎。富家田業廣，用此買金章。昨日門前過，軒車滿垂楊。歸來說向家，兒孫竟咨嗟。不見千樹桑，一浦芙蓉花。」以通篇對比，揭露貧富差距之不合理。〈對花〉（《全唐詩》卷599）「花開蝶滿枝，花落蝶還稀。惟有舊巢燕，主人貧亦歸。」詩人依藉外物，設下巧喻，借蝶、燕對照，冷、暖相形，世態蓋可想見。〈塞下曲〉（《全唐詩》卷599）「戰鼓聲未齊，」對比「烏鳶已相賀。」；「燕然山上雲，」對比「半是離鄉魂。」明代詩評家謝榛評論〈塞下曲〉：「此『賀』字尤有味」〔註40〕其味在於構思新奇。當軍隊剛集結，戰鼓剛擂響，那貪食死屍腐肉的烏鳶卻已盤旋天空，群聚相賀，以明顯之對比，道出戰爭傷亡之慘重，形象眞切強烈令人怵目驚心。

（十）劉　駕

劉駕對於當時的現實非常不滿。其詩歌幾乎都是直接或間接對現實的揭露和抨擊。其〈古出塞〉（《全唐詩》卷585）「九土耕不盡」對比「武皇猶征伐」。詩人諷諭統治階級開拓邊境。由於戰爭的殘酷，對征入的家庭造成嚴重的破壞，「坐恐塞上山，低於沙中骨」。深刻地從反面揭露，沙場上戰死兵士的白骨，會比邊塞的山還高。另一首〈賈客詞〉（《全唐詩》卷585）「少婦當此日」對比「對鏡弄花枝」，賈客

〔註39〕謝榛：《四溟詩話》，見周維德集校《全明詩話》，濟南：齊魯書社，2005年6月，卷3，頁1338。
〔註40〕同上註，卷4，頁1374。

屍骨已拋棄荒山僻野，妻子猶對鏡梳妝打扮，「當此日」三個字把兩種相反的現象連接到一起，就更顯得賈客的下場可悲可歎，少婦的命運可悲可憐。

（十一）唐彥謙

唐彥謙博學多藝，文詞壯麗，至於書畫音樂博飲之技，無不出於輩流。其〈採桑女〉（《全唐詩》卷 671）「去歲初眠當此時」對比「今歲春寒葉放遲」顯出採桑女心中的憂慮事，再加上她憂愁地聽到門外里胥催逼的聲音，詩人把形態和心理描寫融爲一體，使採桑女形象感人至深，也影射了官府重稅之害人。

（十二）秦韜玉

秦韜玉詩作典麗工整，以七律見長。其〈貧女〉（《全唐詩》卷 670）「苦恨年年壓金線」對比「爲他人作嫁衣裳」，以語意雙關、含蘊豐富而爲人傳誦。全篇以一個未嫁貧女的獨白，傾訴她抑鬱惆悵的心情，而字裏行間均流露出詩人懷才不遇、寄人籬下的感慨遺憾。最後發出「苦恨年年壓金線，爲他人作嫁衣裳」的慨歎。這最後一呼，以其廣泛深刻的內涵，濃厚的生活哲理，使整首詩孕育著深厚的社會意義。另一首〈織錦婦〉（《全唐詩》卷 670）「豪貴大堆酬曲徹」對比「可憐辛苦一絲絲」，此詩寫織錦婦的勤苦和怨恨，採用白描的手法，具體地勾劃出錦面精美新奇的同時，也刻劃了織錦婦的哀痛心情，兩相對比，對當時的民生疾苦和豪貴奢華加以抨擊。

對比法是一種容易且普通的寫作手法，古代詩人經常使用，可加深事件或現象的衝突性，也使效果明顯呈現。因此唐末五代諷刺詩大量使用對比的修辭技巧，爲了使作者憤怒的情緒得以表現，並加強作品的氣勢，使詩歌達到最大的諷刺效果。

四、善用設問反語

講話行文，忽然變平敘的語氣爲詢問的語氣，叫作設問。作爲傳達的媒介，語言具有「刺激」與「反應」雙重屬性。……所謂「設問」是一種屬於「刺激」性質的語言。它可能由於心中確有疑問，……就發展心理學（Developmental Psychology）和學習心理學（psychology of learning）的觀點而言，疑問是好奇心的表現，心智趨向成熟的象徵，以及獲取知識的重要手段。〔註41〕沈謙認爲「設問」是：「講話行文，刻意設計問句的形式，以吸引對象注意的修辭方法，是爲設問。其中又可分爲兩類：一、提問：自問自答，先提出問題，引發對方好奇與注意，再自行作答。二、激問：問而不答，以問句表達確定的意思，答案必在問題的反面。」〔註42〕

唐末五代諷刺詩作者，有時採用設問的手法，來申訴己意，或推翻舊說，或寄寓譏刺。唐末五代諷刺詩作者使用設問所產生的特色，在於作品從反面思考，將問題提出，達到當頭棒喝的震撼效果，令人無法規避，而又有著發人深省的嘲諷意味。唐末五代諷刺詩以設問來強化震撼效果，大體而言，可分爲二類：

（一）提問

採取自問自答的寫法，先提出問題，以引起人們好奇與注意，再自行作答。採用這種手法，是將要勸誡或議論的重點，醒目地概括，迅速地集中焦點，且一目了然，作者也因而導引著讀者思路，趨向自己所期望的諷刺目的。

皮日休〈蚊子〉（《全唐詩》卷608）「何事覓膏腴，腹無太倉粟。」自問自答的方式，藉蚊子逞兇屢嚼貧士，反襯失意文人的窮困潦倒，以諷刺賢能、愚笨之顛倒和社會的不公。

陸龜蒙對繇役之深重，作出沉痛的指控，其〈築城詞〉二首之一（《全唐詩》卷627）「築城畏不堅，堅城在何處。」對百姓築城之辛苦，表達同情。〈村夜〉之二（《全唐詩》卷627）詩人返鄉耕種，卻

〔註41〕黃慶萱：《修辭學》，台北：三民書局，1994年10月，頁35～36。
〔註42〕沈謙：《修辭學》上冊，台北：國立空中大學，1991年2月，頁368。

不得溫飽，「萬戶膏血窮，一筵歌舞價。安知勤播植，卒歲無閒暇。」反映人民辛苦的勞動和悲慘的生活。而官吏催繳稅賦，卻無所不用其極。其〈奉酬襲美苦雨見寄〉（《全唐詩》卷 630）「不如驅入醉鄉中，只恐醉鄉田地窄。」詩人揭發軍隊的殘酷：詩中敘述「去歲王師東下急，輸兵粟盡民相泣。」戰亂造成了民窮財盡的惡果，揭露唐王朝軍隊屠殺無辜百姓的血腥暴行，這種舖天蓋地的災難，「不如驅入醉鄉中」，但「只恐醉鄉田地窄。」仍是不可能逃避的。羅隱〈煬帝陵〉（《全唐詩》卷 657）「君王忍把平陳業，只摶雷塘數畝田？」提出疑問，而在問中抒發感歎，有弦外之音，言外之意。其〈蜂〉（《全唐詩》卷 662）「採得百花成蜜後，爲誰辛苦爲誰甜」作結，餘音裊裊。

杜荀鶴〈山中寡婦〉（《全唐詩》卷 692）「夫因兵死守蓬茅，麻苧衣衫鬢髮焦。桑柘廢來猶納稅，田園荒後尚徵苗。時挑野菜和根煮，旋斫生柴帶葉燒。任是深山更深處，也應無計避征徭。」此詩刻劃出這位山中寡婦的形象，詩人不下斷語，卻任憑事實證明。最後兩句「任是深山更深處，也應無計避征徭。」是沉痛的控訴，寫出貧苦人民沒有活路，無處可躲的悲慘情形。不僅使人看到了一個山中寡婦的苦難，也讓人想像到和山中寡婦同命運的更多人的苦難。從更大的範圍，更深的程度上揭露了殘酷的剝削，刻畫了主題。其〈田翁〉（《全唐詩》卷 693）「白髮星星筋力衰，種田猶自伴孫兒。官苗若不平平納，任是豐年也受飢。」對農民生活的艱難困苦，表達深切的同情，末兩句更進一步提問，在繁重賦稅的剝削下，人民挨餓受凍的苦況。在〈亂後逢村叟〉（《全唐詩》卷 692）：「於雞犬皆星散，日落前山獨倚門。」沉痛的描述戰亂後得以倖存的老翁，家破人亡的不幸遭遇，末兩句寫到如今連雞犬都已零星散去，日落前山時，只有孤寂無依的老翁獨自倚門而立，老翁還能如何？只有在日落時獨自倚門悲傷罷了。其〈田翁〉（《全唐詩》卷 693）：「白髮星星筋力衰，種田猶自伴孫兒。官苗若不平平納，任是豐年也受飢。」對農民生活的艱難困苦，表達深切的同情。末兩句以提問方式指出，在繁重賦稅的剝削下，人民挨餓受凍的苦況。其〈旅泊遇郡中叛亂示同志〉(《全唐詩》卷 692)「握手相看誰敢言？軍家刀劍在腰邊。」杜荀鶴帶著憤恨，以極爲辛辣的筆墨，勾勒出「軍家」不可一世的囂張惡行，百姓在叛軍面前，面面相覷卻噤不敢言的驚恐神態表露無遺。其〈題所居村舍〉(《全唐詩》卷 692)「如此數州誰會得，殺民將盡更邀勳。」在民不聊生，稅收無著之下，士兵竟濫殺無辜的百姓以邀功。百姓失去了賴以生存的物質、精神依靠，這是多麼悲慘的情形？

司空圖〈華下〉(《全唐詩》卷 632)「何事姦與邪，古來難撲滅。(《全唐詩》卷 632) 當時戰亂不已，旱災嚴重，奸邪爲禍，許多黎民百姓處於饑餓之中，困苦地掙扎於死亡邊緣，處境慘不忍睹。

鄭谷〈渚宮亂後作〉(《全唐詩》卷 675)「鄉人來話亂離情，淚滴殘陽問楚荊。白社已應無故老，清江依舊繞空城。高秋軍旅齊山樹，昔日漁家是野營。牢落故居灰燼後，黃花紫蔓上牆生。」書寫歷經烽火蹂躪後的荊州一帶，故園荒涼。前二聯敘問鄉人之亂，其敘問，曰「白社」、「故老」，由家及鄉也；「清江」、「空城」；由鄉及國也。看他敘答，曰「高秋」、「漁家」，由國及鄉也。其〈順動後藍田偶作〉(《全唐詩》卷 676)「直言無所補，浩歎欲何如。」詩人雖具正義感然齷齪的官場，卻迫使他逐漸收斂鋒芒，初居諫官之職卻無補於時政，以致心中受盡煎熬。其〈蜀江有弔〉(《全唐詩》卷 676)「折檻未爲切，沈湘何足悲。蒼蒼無問處，煙雨遍江蘺。」詩人雖以憑弔爲題，但內心悲痛，由「心體國」、「道消時」兩句，逐漸宣染擴散，形成一股對整個時代傷痛悲哀氛圍。其〈錦〉二首之一(《全唐詩》卷 675)「舞衣轉轉求新樣，不問流離桑柘殘。」二句將豪門只圖安逸享樂，卻不顧民貧時亂，戰爭方亟，百姓流離，桑柘摧殘之醜陋面貌烘托而出。其〈偶書〉(《全唐詩》卷 676)「承時偷喜負明神，務實那能得庇身。不會蒼蒼主何事，忍飢多是力耕人。」偷安苟且，有負明神，趨時逢迎之人能青雲直上、飛黃騰達，而辛苦的百姓，卻必須忍受飢餓，努力勞動，辛勤耕作，卻衣食無著，只得無語問蒼天了。

吳融〈華清宮〉二首之一（《全唐詩》卷684）「四郊飛雪暗雲端，唯此宮中落旋乾。綠樹碧簷相掩映，無人知道外邊寒。」末句「無人知道外邊寒」，只知享樂的上位者，不知民間疾苦，不知體恤其民，招致民怨四起，國家又如何不亡？諷刺深刻而意在言外。其〈又聞湖南荊渚相次陷沒〉（《全唐詩》卷 696）「幾時聞唱凱旋歌，處處屯兵未倒戈。天子只憑紅旆壯，將軍空恃紫髯多。屍填漢水連荊阜，血染湘雲接楚波。莫問流離南越事，戰餘空有舊山河。」詩人描述戰亂爲湖南、江陵人民帶來的深重災難，用「又聞」湖南荊渚「相次」淪陷，已有責備官軍作戰不力之意。仗打了那麼久，只有敗績，什麼時候才能聽到凱旋歌呢？戰後山河雖然依舊，人事卻已全非，令人慘不忍睹。其〈長安舊里〉（《全唐詩》卷 699）「滿目牆匡春草深，傷時傷事更傷心。車輪馬跡今何在，十二玉樓無處尋。」詩人追尋前塵舊事的憂傷心緒，不只是哀歎個人生命的逐漸消逝，也正是哀歎王朝的盛世一去不返。

（二）激問（反問、詰問）

唐末五代諷刺詩，有些是採用「激問」的手法，將諷刺重點提出，以問句表達確定的意思，以增強語氣，通常只問而不答，且大多用於一段文意之後，而作者心目中答案必定在問題的反面，故又稱爲「反問」、「詰問」。唐末五代諷刺詩作者，常在論述一己之意見後，特別將敘述語氣改成詢問語氣，以製造高聳的氣勢，並將結論交由讀者，以促使讀者自行思索問題反面之答案，達到深植人心之效果。

皮日休〈館娃宮懷古〉五絕之一（《全唐詩》卷615）「越王大有堪羞處，祇把西施賺得吳。」批評句踐只送去一個美女，便消滅吳國，難道吳、越的興亡眞就是由西施一個女子來決定的麼？顯然不是。詩人故意運用指桑罵槐的曲筆。仔細玩味全篇的構思、語氣，詩人有意造成錯覺，明的嘲諷句踐，暗地裏諷刺夫差，弦外之音，發人深思。陸龜蒙其〈築城詞〉二首之二（《全唐詩》卷627）「城高功亦高，爾命何勞惜。」詩人譴責武將不顧人民性命，卻貪圖功勞的醜惡行爲，正話反說，顯得更加沉痛有力。

陸龜蒙〈藥魚〉(《全唐詩》卷 620)「苟負竭澤心，其他盡如此。」憤懣之情，充斥於筆鋒；血淚之痛，滿溢於言表。天災人禍，百姓已苦不堪言，苛刻的賦稅，凶悍的官吏，橫徵暴歛之下導致百姓衣不蔽體，食不果腹。其〈雜諷〉之一（《全唐詩》卷 619）「社鬼苟有靈，誰能遏秋慟。」詩人尖銳地諷刺官吏的貪婪，撈取起來不擇手段，錙銖必較，不顧性命，甚至敢「蛟龍在怒水，拔取牙角弄。」他們只知聚斂財富，「誰能遏秋慟」卻不管百姓困苦。而〈離騷（《全唐詩》卷 627）:「天問復招魂，無因徹帝閽。豈知千麗句，不敵一讒言。」更是感歎深重，整個晚唐社會充斥著荒淫、失序、不安和絕望的氣氛，因爲「天問復招魂，無因徹帝閽。」昏庸的君王，小人的讒言，詩人不禁感慨，縱使屈原復生又奈何。

羅隱在〈江南〉(《全唐詩》卷 665)「垂衣端拱渾閒事，忍把江山乞與人。」在今昔對比的景物中，不斷地提出這樣的疑問：南朝諸國既擄有山川之險，龍盤虎踞之勢，卻爲什麼就這樣把好好的江山拱手讓人呢？其〈帝幸蜀〉(《全唐詩》卷 664)「泉下阿蠻應有語，這迴休更怨楊妃。」羅隱諷刺唐皇的治國無方，不能怨怪他人，貴妃更是非戰之罪，羅隱質疑「女色禍水」的傳統觀點。其〈感弄猴人賜朱紱〉(《全唐詩》卷 665)「何如買取胡孫弄，一笑君王便著緋。」在國家殘破、民不聊生的時候，唐僖宗竟然因爲喜愛一隻馴善的猴子，而賜給玩猴伎人一件五品緋袍，充滿尖銳諷刺和強烈憤懣。其〈書淮陰侯傳〉(《全唐詩》卷 664)「寒燈挑盡見遺塵，試瀝椒漿合有神，莫恨高皇不終始，滅秦謀項是何人？」「遺塵」一詞語帶雙關，明指書籍上遺落的灰塵，暗喻史籍中所載的韓信遺事。爲歷史灰塵所掩蓋的事實眞相，三、四句是抒寫，正語反說，一針見血地道破韓信屈死於劉邦之手的千古悲劇，末句設問置疑而不作答，不直接說穿事情的眞相，造成詩意搖曳迴盪，並誘導讀者自己去推測歷史邏輯，尋覓答案，詩作的說服力也因而增強。其〈西施〉(《全唐詩》卷 656)「家國興亡自有時，吳人何苦怨西施。西施若解傾吳國，越國亡來又是誰。」以反詰語對歷史陳說，提出新見解和看法，爲西施洗刷冤塵，意味深長。其〈秋寄張坤〉(《全唐詩》卷 659)「未知棲話處。空羨聖明朝。」傾吐才士不過之悲慨。故意正話反說，知世風澆薄，權豪擋道，賢士遭斥，實非「聖代」。

杜荀鶴〈哭貝韜〉(《全唐詩》卷 693)「交朋來哭我來歌，喜傍山家葬荔蘿。四海十年人殺盡，似君埋少不埋多。」多年戰亂，帶給廣大社會的傷痛。「喜」「喜」字與題目「哭 J 恰巧對立，乍看之下，令人不解，然透過下聯，當可測知詩人之喜，夾雜多少無奈與蒼涼，處於兵荒馬亂的時代，多少人死於非命，曝屍荒野，可落葉歸根，死葬自家山旁，對比之下，豈非可喜之事。強烈的反諷，其著力處，就在於那亂離的社會，其中蘊藏著時代深沈的不幸與悲哀。其〈蠶婦〉(《全唐詩》卷 693)「粉色全無飢色加，豈知人世有榮華。年年道我蠶辛苦，底事渾身著苧麻。」蠶婦整年無休止地勞動，卻仍得忍受飢餓，又怎能相信人間尚有富貴榮華呢？末兩句以「蠶婦」的語氣書寫，爲自己打抱不平，爲什麼只穿粗麻布衣？詩人雖沒有回答原因，但讀者已十分清楚，詩人控訴醜惡不合理的社會現實，表達了憤怒的抗議和質問。

司空圖〈與都統參謀書有感〉(《全唐詩》卷 633)：「驚鸞迸鷺盡歸林，弱羽低垂分獨沈。帶病深山猶草檄，昭陵應識老臣心。」首句言時局動亂，戰事頻仍，鸞爲之驚心，鷺爲之迸飛，表面說鸞鷺，其實指人之逃難避禍。鸞鷺時被戰亂所驚嚇，則必時時飛避以免其身，如此則食不飽，居不安，如之何不弱羽低垂？鸞鷺尚且如此，則人之災難可想而知矣。表聖描述戰禍亂離之慘狀，不直言人，而喻以鸞鷺，手法可謂高明。其〈狂題〉十八首之十八(《全唐詩》卷 634)「曾聞劫火到蓬壺，縮盡鼇頭海亦枯。今日家山同此恨，人歸未得鶴歸無。首句「劫火到蓬壺」，爲「今日家山同此恨」之伏筆。末句云人民躲避戰禍，有家歸不得，未知鶴歸也無？意在言外，情深意悲，令人不禁嗚咽欲泣。其〈河湟有感〉（《全唐詩》卷 633）「漢兒盡作胡兒語，卻向城頭罵漢人。」漢兒無恥，於時局動盪之際，見風轉舵，闔然媚外，不僅口出胡語，且以胡語向城頭罵自己之同胞，表聖雖平淡以反語言之，然其內心實至為憤慨。類似的題材，作者從反面批判，其〈淮西〉（《全唐詩》卷 633）「鼇冠三山安海浪，龍盤九鼎鎮皇都。莫誇十萬兵威盛，消箇忠良效順無。」詩人對歷史功績衷心讚頌的同時，也夾雜著對晚唐朝政昏暗、江河日下的批判。其〈華清宮〉（《全唐詩》卷 632）「豈知驅戰馬，只是太平人。」對酒色天子唐玄宗荒淫誤國作了歷史性的鞭笞。

韋莊〈憫耕者〉（《全唐詩》卷 700）「何代何王不戰爭，盡從離亂見清平。如今暴骨多於土，猶點鄉兵作戍兵。」詩人沉痛地譴責不義的戰爭，對戰亂中人民所遭受的苦難，深表同情。其〈虎跡〉（《全唐詩》卷 700）「白額頻頻夜到門，水邊蹤跡漸成群。我今避世棲巖穴，巖穴如何又見君。」反映人民被剝削的命運，「巖穴如何又見君」，敘述人民被剝削，無處可逃的悲慘處境。

貫休〈公子行〉三首之一（《全唐詩》卷 826）「錦衣鮮華手擎鶻，閒行氣貌多輕忽。稼穡艱難總不知，五帝三皇是何物。貫休諷刺貴族公子驕奢淫樂，愚昧無知的醜惡行徑。詩人筆鋒幽默卻犀利地勾勒出貴族子弟外表尊貴卻不學無術，後兩句諷刺其不知稼穡之艱難，甚至連五帝三皇也不知道，令人厭惡和鄙視。

齊己〈庚午歲九日作〉（《全唐詩》卷 846）「故人今日在不在，胡雁背風飛向南。」齊己第一次北遊南歸，經由岳陽，路過湘陰，恰逢鄧進思擁兵作亂，旅途所見，怵目驚心。其〈讀峴山碑〉（《全唐詩》卷 839）「三載羊公政，千年峴首碑。何人更墮淚，此道亦殊時。兵火燒文缺，江雲觸蘚滋。那堪望黎庶，匝地是瘡痍。」羊叔子祜，為官清廉儉約，死後人民為之建「墮淚碑」，而當時為官者貪污奢侈，又何言墮淚而建碑呢？其〈輕薄行〉（《全唐詩》卷 847）「伯陽道德何唾咦，仲尼禮樂徒卑栖。」統治階級如此荒淫無道，朝廷只知任用無德無能，一味阿諛逢迎的小人，蹂躪百姓，以致造成天下淪亡。在〈寄監利司空學士〉(《全唐詩》卷 841)「何必河陽縣，空傳桃李春。」詩人向爲官吏者提出了爲政者的訴求，只要寬容農民的賦稅，而不横徵暴斂，農村很快就可恢復生機，何必要像從前所傳說的河陽縣，徒有桃李之春呢？

聶夷中〈詠田家〉(《全唐詩》卷 636)「二月賣新絲，五月糶新穀。醫得眼前瘡，剜卻心頭肉。我願君王心，化作光明燭。不照綺羅筵，只照逃亡屋。」「我願君王心」以下是詩人陳情，運用反筆揭示皇帝昏聵，世道不公。「綺羅筵」與「逃亡屋」構成鮮明對比，暗示農家賣青破產的原因，正語反說，寄望君王，明知不可，卻是一種隱微的諷刺。

曹鄴〈官倉鼠〉(《全唐詩》卷 592)「官倉老鼠大如斗，見人開倉亦不走。健兒無糧百姓飢，誰遣朝朝入君口。」第四句質問這樣一個人不如鼠的社會，是誰把官倉裏的糧食供奉到老鼠嘴裏？官倉鼠不就是吮吸人民血汗的貪官污吏；詩人有意地引導讀者去探索造成這一不合理現象的根源。劉駕寫了不少反戰詩，其〈古出塞〉(《全唐詩》卷 585)「坐恐塞上山，低於沙中骨。」末兩句是反話，擔憂沙場上戰死兵士的白骨，會比山還高。怒斥不義戰爭之害民，反語見意,諷刺卻格外辛辣。

劉駕寫了不少反戰詩，其〈古出塞〉(《全唐詩》卷 585)「坐恐塞上山，低於沙中骨。」深刻地從反面揭露，沙場上戰死兵士的白骨，會比邊塞的山還高。

于濆〈苦辛吟〉(《全唐詩》卷 599)「壟上扶犁兒，手種腹長飢。窗下拋梭女，手織身無衣。我願燕趙姝，化爲嫫母姿。一笑不値錢，自然家國肥。」另一首〈馬嵬驛〉(《全唐詩》卷 599)「常經馬嵬驛，見說坡前客。一從屠貴妃，生女愁傾國。是日芙蓉花，不如秋草色。當時嫁匹夫，不妨得頭白。」兩首詩皆從反面諷刺君王，貪圖美色而誤國誤民，其中「一笑不値錢」、「生女愁傾國」，從反語中呈現對君王荒淫誤國之諷刺。

徐鉉〈觀人讀春秋〉詩云：

日覺儒風薄，誰將霸道羞。

亂臣無所懼，何用讀春秋。(《全唐詩》卷752)

詩人不滿當時亂臣當道、霸道盛行的社會狀況，對於亂臣賊子作威作福，內心非常激憤，因而故作此反語，表達內心的酸楚、無奈，具有極大的感染力和震撼力。

由以上的例證，可見「設問」運用得當，確實可以加強語氣，吸引讀者的注意，且可使文章激起波瀾，迭宕多姿。「設問」之運用，變化多端。一般而言，「提問」從正面提出問題，自問自答，語氣較為舒緩；「激問」從反面提出問題，答案不言而喻，語氣較為強烈。唐末五代諷刺詩以設問來強化震撼效果，且具備發人深省的嘲諷意味，其價值是值得肯定的。

五、示現激發共鳴

唐末五代揭露社會黑暗、反映民生困苦、社會弊病的諷刺詩中，「示現」技巧的運用，最能表現出作者們所要探討的事實現象。以形象化的語言文字，刻畫與形容所欲揭發的問題，無論是人民生活困苦的情狀、地方官員惡行惡狀、權貴的剝削嘴臉、戰士沙場的艱辛、戰爭動亂的破壞等，都一一具體呈現在讀者的面前，使人如親聞目見，就心理方面觀察，最能吸引人們注意力，不是過去，不是未來的事，也不是遠方或別人的事；而是現在自己目前正在發生的事情。「示現」恰好滿足了這種心理要求。而「示現」技巧，不僅加重了詩歌的震撼力，也強化了所要傳達的事實。黃永武《字句鍛鍊法》對「示現」這一修辭法所下的定義如下：

以文字來刻畫形容，使讀者覺得「狀溢目前」，如身歷其境，親聞親見一般，這種修辭法，叫做「示現」〔註43〕

〔註43〕黃永武：《字句鍛鍊法》，台北：台灣商務印書館，1995年3月2版，

黃慶萱進一步指出，「示現」是一種重要的文學手段：

> 文學，原就是作者將自己對人間相的卓越新穎的觀感及想像，通過文字的媒介，以優美的適當的形式使之再現。文學活動注重觀察與想像，訴之於感官，要求情緒上的效果。而「示現」恰好是把作者感官的觀察及想像所得，活神活現地描述一番，使讀者感官上也似有所見，似有所聞，而產生情緒上的共鳴。〔註44〕

作者透過豐富的想像，運用形象化的語言，將某一個人或某件事物描繪得活靈活現，狀溢目前，讓讀者如身歷其境，親聞親見的修辭方法，是爲「示現」。示現的對象，或追述，或預言，或懸想，不受時間空間的限制，可以將異時、遠方或實際上並不存在的事物播映到讀者面前。關於唐末五代諷刺詩「示現」技巧的原則，分下列兩部分予以闡論：

（一）運用側筆，主動呈現

作者運用側筆，暗示某些意義，讓讀者由妙悟而自己領略。是因其所言，而會其所未言；「示現」基本上即採取主動呈現，帶領讀者進入切身實感的境域，引起鮮明的印象，感覺狀溢目前。舉例如下：

皮日休〈橡媪歎〉（《全唐詩》卷 608）詩中有：「傴傴黃髮媪，拾之踐晨霜。移時始盈掬，盡日方滿筐。幾曝復幾蒸，用作三冬糧。」之敘述，詩人透過「橡媪」這一老婦進而具體描寫，勾勒出一幅老婦深山拾橡子的圖畫：深秋季節，正是橡子熟的時候，一個黃髮老婦人，爬上草木叢生的山崗，踏著晨霜，來拾橡子。接著描繪她拾橡子的過程，「移時始盈掬，盡日方滿筐」，由「盈掬」到「滿筐」，她要花費一整天的時間。爲什麼黃髮老婦要以橡子充飢？詩人不作正面回答，透過動作的描寫，使讀者看到一個窮苦辛勤的身影，緩慢的、佝

頁 5。

〔註44〕黃慶萱：《修辭學》，台北：三民書局，1994 年 10 月增訂 7 版，頁 370。

僂的在山林中撿拾橡果，然後反復蒸煮曝曬，情景歷歷如在目前。具體而鮮明的呈現一個飽經風霜，受盡生活折磨的唐末五代下階層農民形象。其〈三羞詩〉第三首詩云：

> 天子丙戌年，淮右民多飢。就中潁之汭，轉徙何纍纍。夫婦相顧亡，棄卻抱中兒。兄弟各自散，出門如大癡。一金易蘆蔔，一縑換鳧茈。荒村墓鳥宿，空屋野花籬。兒童齧草根，倚桑空羸羸。斑白死路旁，枕土皆離離。……因茲感知己，盡日空涕洟。（《全唐詩》卷 608）

詩中呈現是一幅饑民流徙之災民圖，家庭離散，骨肉相棄，一粟千金，農村荒廢，羸弱百姓死於道路旁，使人強烈感受到整個時代的慌亂現象。

陸龜蒙諷刺當時官府剝削無所不至，其〈新沙〉云：

> 渤澥聲中漲小堤，官家知後海鷗知。蓬萊有路教人到，應亦年年稅紫芝。（《全唐詩》卷 629）

這首詩敘述官府對農民敲骨吸髓的賦稅剝削，對海邊的情形是最熟悉的海鷗，卻敵不過貪婪等待剝削的「官家」，採用高度誇張，尖刻的諷刺方式。輕鬆、平淡中卻絲毫不減其深刻、冷峻之諷諭本質。陸龜蒙對繇役之深重，作出沉痛的指控，其〈築城詞〉二首之一云：

> 城上一培土，手中千萬杵。築城畏不堅，堅城在何處。（《全唐詩》卷 627）

詩中所述是張搏令百姓重修羅城的情景。對百姓築城之辛苦，表達同情。其〈築城詞〉二首之二云：

> 莫歎將軍逼，將軍要卻敵。城高功亦高，爾命何勞惜。（《全唐詩》卷 627）

詩人譴責武將不顧人民性命，卻貪圖功勞的醜惡行爲，正話反說，顯得更加沉痛有力。其〈奉酬襲美苦雨見寄〉（《全唐詩》卷 630）則是揭發軍隊的殘酷。詩中敘述「去歲王師東下急，輸兵粟盡民相泣。」戰亂造成了民窮財盡的惡果。在盜賊橫行之下，百姓飢寒交迫，甚至暴屍野外，如其〈江湖散人歌〉（《全唐詩》卷 621）所云：「四方賊壘猶占地，死者暴骨生寒飢」。令人慘不忍睹。而〈離騷〉更是感歎深重：

天問復招魂，無因徹帝閽。豈知千麗句，不敵一讒言。(《全唐詩》卷 627)

詩人以屈原的不幸來比況自身的遭遇，因爲「天問復招魂，無因徹帝閽。」不禁感慨，縱使屈原復生又奈何。

羅隱〈黃河〉詩云：

莫把阿膠向此傾，此中天意固難明。
解通銀漢應須曲，纔出崑崙便不清。
高祖誓功衣帶小，仙人占斗客槎輕。
三千年後知誰在，何必勞君報太平。(《全唐詩》卷 655)

整首詩雖然句句明寫黃河，卻又是句句都在暗射專制王朝，對科舉制度和上層貴族集團加以抨擊。羅隱〈偶題〉一詩諷刺科舉制度，詩云：

鍾陵醉別十餘春，重見雲英掌上身。
我未成名君未嫁，可能俱是不如人。(《全唐詩》卷 662)

詩人因爲「雲英」的問題，而引發了不平之鳴，所諷刺的是科舉制度，表面委婉幽默，實在內心憤激。羅隱在〈金錢花〉詩云：

占得佳名繞樹芳，依依相伴向秋光。
若教此物堪收貯，應被豪門盡斸將。(《全唐詩》卷 656)

如果金光閃閃的金錢花，能像金錢一樣被收藏起來，勢必將被豪門貴族砍盡採光，充分呈現其貪得無饜的骯髒嘴臉。羅隱〈華清宮〉詩云：

樓殿層層佳氣多，開元時節好笙歌。
也知道德勝堯舜，爭奈楊妃解笑何。(《全唐詩》卷 664)

末兩句，諷刺玄宗的不知振作，明知爲政之道在於勤政愛民，反而一頭栽進溫柔鄉中，好色誤國，語氣甚爲尖銳。

杜荀鶴〈山中寡婦〉詩云：

夫因兵死守蓬茅，麻苧衣衫鬢髮焦。
桑柘廢來猶納稅，田園荒後尚徵苗。
時挑野菜和根煮，旋斫生柴帶葉燒。

任是深山更深處，也應無計避征徭。(《全唐詩》卷692)

此詩刻劃出這位山中寡婦的形象，她是當時苦難百姓的一個縮影，他住茅草屋，穿爛麻布，吃野菜根，燒帶葉柴。詩的前六句從兵役、賦稅、無衣無食三個生活側面，詳盡描述了山中寡婦的悲慘遭遇，呈現出貧苦、困頓、孤寡的事實。另一首〈田翁〉，對農民生活的艱難困苦，表達深切的同情：

白髮星星筋力衰，種田猶自伴孫兒。

官苗若不平平納，任是豐年也受飢。(《全唐詩》卷693)

詩中的老農，滿頭白髮仍得帶著小孫兒種田，塑造典型的形象，以寄託對人物的同情，並突顯官家壓榨窮苦百姓。其〈蠶婦〉詩云：

粉色全無飢色加，豈知人世有榮華。

年年道我蠶辛苦，底事渾身著苧麻。(《全唐詩》卷693)

「年年道我蠶辛苦，底事渾身著苧麻。」正反襯出「遍身綺羅者，不是養蠶人」備受剝削的不平現象。

鄭谷〈感興〉云：

禾黍不陽艷，競栽桃李春。

翻令力耕者，半作賣花人。(《全唐詩》卷674)

詩人表面上寫百姓荒廢田園而迎合時俗去種花，實則借此對權貴富豪之家的奢華生活，作了眞實的披露。

吳融〈賣花翁〉藉詠人以批判現實，其詩曰：

和煙和露一叢花，擔入宮城許史家。

惆悵東風無處說，不教閒地著春華。(《全唐詩》卷685)

由賣花翁引出豪門貴族的貪婪霸道，壟斷獨占的罪惡，他們不僅要佔有財富，佔有權勢，連春天大自然的美麗也要攫爲己有。吳融表達了終年辛苦卻衣不蔽體、食不果腹的廣大人民的艱困情形。

唐彥謙〈採桑女〉詩云：

春風吹蠶細如蟻，桑芽才努青鴉嘴。

侵晨探采誰家女，手挽長條淚如雨。

去歲初眠當此時，今歲春寒葉放遲。

愁聽門外催里胥，官家二月收新絲。(《全唐詩》卷671)

詩人不著一字議論，以一位勤勞善良的採桑女子，在苛捐雜稅的壓榨下，所遭到的痛苦，「侵晨探採誰家女，手挽長條淚如雨。」春寒桑葉發芽較晚，寫出了採桑女辛勤勞動而又悲切愁苦的形態。含意豐富，暗示性很強，透過視覺和聽覺的感受，一個勤勞而無助的採桑女躍然紙上。

于濆〈隴頭水〉詩云：

行人何傍徨，隴頭水嗚咽。
寒沙戰鬼愁，白骨風霜切。
薄日朦朧秋，怨氣陰雲結。
殺成邊將名，名著生靈滅。(《全唐詩》卷599)

另一首〈沙場夜〉詩云：

城上更聲發，城下杵聲歇。征人燒斷蓬，對泣沙中月。
耕牛朝輓甲，戰馬夜銜鐵。士卒浣戎衣，交河水爲血。
輕裘兩都客，洞房愁宿別。何況遠辭家，生死猶未決。(《全唐詩》卷599)

另一首〈長城〉詩云：

秦皇豈無德，蒙氏非不武。豈將版築功，萬里遮胡虜。
團沙世所難，作壘明知苦。死者倍堪傷，僵屍猶抱杵。
十年居上郡，四海誰爲主。縱使骨爲塵，冤名不入土。(《全唐詩》卷599)

以上三首于濆的詩，將戰役之激烈，士卒死傷之慘重，戰亂的無情與慘絕人寰，都清楚的呈現在讀者面前。從視覺上，使讀者看到白骨敝原，蟲蛇相食的景象；從聽覺的感受，使讀者聽到哀天震地的哭聲；從觸覺的感受上，使讀者感受到戰場上陰風的冷澀。從人們的感官知覺上，使情景如在目前，加深了讀者之感受。

（二）馳騁想像，激發共鳴

在文學作品中，作者發揮豐富的想像力，翻空立奇，將描寫的鏡頭，由現場轉換到另一個場面；利用時間空間的騰挪變化，訴諸形象化的生動文字，將虛幻的情景播映到眼前，使讀者感覺如同身歷其境一般。這就是「懸想示現」。劉勰認為：「文之思也，其神遠矣。故寂然凝慮，思接千載；悄焉動容，視通萬里。吟詠之間，吐納珠玉之聲；眉睫之前，卷舒風雲之色。」〔註45〕就是在闡明作家的想像力，可以突破時間空間的限制，運用藝術的語言文字，使現實生活中不存在的景象映現到讀者面前。現代西方小說中的意識流（stream of consciousness）和電影中的蒙太奇（montage）正具有若干相似的效用。舉例如下：

皮日休〈館娃宮懷古〉五絕第一首云：

綺閣飄香下太湖，亂兵侵曉上姑蘇。

越王大有堪羞處，祇把西施賺得吳。（《全唐詩》卷615）

從側面著筆，「綺閣」裏散溢出來的麝薰蘭澤，由山上直飄下太湖，那位迷戀聲色的吳王沉溺其中，不能自拔，就不言而喻了。「亂兵侵曉上姑蘇」，越軍出其不意進襲，到了姑蘇台。這是多麼令人心悸的歷史教訓！三、四兩句，詩人故意運用指桑罵槐的曲筆。仔細玩味全篇的構思、語氣，詩人有意造成錯覺，明的嘲諷句踐，暗地裏諷刺夫差。皮日休〈喜鵲〉一詩，在比喻中夾雜著對諂媚佞人之不滿。

棄羶在庭際，雙鵲來搖尾。欲啄怕人驚，喜語晴光裡。何況佞倖人，微禽解如此。（《全唐詩》卷608）

詩人先細微地描寫喜鵲貪食，引吭搖尾擺出各種乞憐姿態，接著形容佞人的嘴臉，就如同鵲鳥般，末兩句諷刺世間花言巧語，諂媚得寵的佞人。皮日休〈蚊子〉詩云：

隱隱聚若雷，噆膚不知足。

皇天若不平，微物教食肉。

貧士無絳紗，忍苦臥茅屋。

何事覓膏腴，腹無太倉粟。（《全唐詩》卷608）

藉蚊子逞兇屢噆貧士，反襯失意文人的窮困潦倒，以諷刺賢能、愚笨

〔註45〕劉勰：《文心雕龍注》，台北：台灣開明書店，1971年5月台9版，卷6，頁1。

之顛倒和社會的不公。

羅隱〈中秋不見月〉詩云：

陰雲薄暮上空虛，此夕清光已破除。

只恐異時開霽後，玉輪依舊養蟾蜍。(《全唐詩》卷 665)

用託物以言方式，諷刺宵小幸佞之輩，從自然景緻著手，藉烏雲、蟾蜍以喻小人，而更令人憂愁的是，即使烏雲散去，「玉輪依舊養蟾蜍」，月亮內部的黑暗面又當如何根除？語雖婉轉，但諷刺意味甚為深切。

司空圖身處晚唐，眼見風雨飄搖之中的帝國，即將崩潰垮塌而喟歎，其〈劍器〉詩云：

樓下公孫昔擅場，空教女子愛軍裝。

潼關一敗吳兒喜，簇馬驪山看御湯。(《全唐詩》卷 633)

公孫大娘的劍器舞是盛唐氣象，而司空圖此詩旨趣則轉向對玄宗誤國的反思和批判。

鄭谷抒寫在艱難時世中不安的心靈。其〈登杭州城〉云：

漠漠江天外，登臨返照間。

潮來無別浦，木落見他山。

沙鳥晴飛遠，漁人夜唱閒。

歲窮歸未得，心逐片帆還。(《全唐詩》卷 674)

從鄭谷的詩作中，我們彷彿看到了一個鬢髮斑白的老書生，痛惜那逝去的繁華，追念在災亂中死去的故人，面對黯淡的前景，也只有徒然地哀歎。

吳融批判玄宗，其〈華清宮〉二首之一云：

四郊飛雪暗雲端，唯此宮中落旋乾。

綠樹碧簷相掩映，無人知道外邊寒。(《全唐詩》卷 684)

詩中描述四郊大雪紛飛，然而在華麗溫暖的華清宮內，竟然雪花落下旋即溶化，可以想見宮內的玄宗、貴妃和大臣們生活是如何的奢侈？全詩諷刺深刻而意在言外。

韋莊為保護平民的利益，振筆直書，其〈虎跡〉反映人民被剝削的命運，詩云：

白額頻頻夜到門，水邊蹤跡漸成群。

我今避世棲巖穴，巖穴如何又見君。（《全唐詩》卷 700）

詩人以兇猛的白額虎作爲比喻，敘述人民被剝削，無處可逃的悲慘處境。

綜上所述，爲了敘說之便利，而分別論述了唐末五代，諷刺詩中的藝術表現手法。事實上，不同表現手法的使用常常是互相交叉，而不可截然劃分，甚至作者在同一篇作品中，往往綜合數種手法加以多方運用。魯迅〈什麼是諷刺〉文中認爲：「諷刺的生命是眞實」〔註 46〕唐末五代諷刺詩具備很強的諷刺性，除了藝術表現手法所帶來的震撼效果，更重要的是作品具備「眞實」。這些諷刺詩，無一不是植根於現實生活的土壤，故其所反映作者思想感情也是眞實的，那是唐末五代一群傲骨嶙峋，洞悉末世社會的中下層知識份子「抗爭與憤激」的忠實呈現。雖然強調唐末五代諷刺詩的眞實性，但並不意味著這些作品，可以不需要藝術手法和表現技巧，兩者是相得益彰，如同牡丹綠葉，若不透過這些藝術手法和寫作技巧，則末世亂象、政治黑暗、社會動盪、戰禍連年、統治階級間複雜矛盾衝突、當權者的奢靡與人民之苦難，也就不能如同「詩史」一般的呈現了。

〔註 46〕魯迅：《魯迅雜文全集》，洛陽：河南人民出版社，1994 年 12 月，頁 805。

第七章　唐末五代諷刺詩之價值及影響

文章關乎時運，唐末五代是一個軍閥混戰、社會動盪、政治黑暗的時代。當時，中原一帶經常處於戰亂之中，烽煙千里，哀鴻遍野，田園荒蕪，民不聊生。腐敗的社會政治與多舛的個人遭際，沖淡了唐末五代文人拯時救世的政治熱情，使得唐末五代詩壇，明顯帶著衰亂時代氛圍的投影。許總認爲：

> 但在自身或親歷亂離或逃避世事的人生遭遇中，則又不能不引起對國事人生的深重憂慮，因此，在唐末五代文人普遍的落寞心態中，實際上包含著深刻的憂患意識。這在詩歌創作實踐中的體現，也就自然構成與以憂國憂民爲主要標誌的儒家政教思想在亂世的特定表現形態的聯結。這方面創作內容，在唐末詩壇雖非主流，但影響面實甚廣泛。〔註1〕

於是在時代背景下滋生、蔓延的刺時、憤世的情緒，卻也形成一種涵蓋廣泛的精神氛圍，普遍滲入文人心理，並時時顯現於創作實踐中。「晚季以五言古詩鳴者，曹鄴、劉駕、聶夷中、于濆、邵謁、蘇拯數家」。〔註2〕唐末直至五代，文人們仍然創作批評現實的詩作，來諷刺

〔註1〕許總：《唐詩史》下冊，南昌：江西教育出版社，1995年3月，頁427。

〔註2〕胡震亨：《唐音癸籤》見周維德集校《全明詩話》，濟南：齊魯書社，2005年6月，卷8，頁3637。

現實政治的黑暗，「五季自開平逮顯德……然而板蕩流離，瑣尾興悲，何嘗不與『二雅』、『三頌』並歸刪輯。於稽其世，唐末詩人如羅隱、韋莊、韓偓輩，往往流落江南、吳越、荊、楚諸國，觸事愴懷，固不乏激昂清越之音。」〔註3〕面對大環境的混亂，劇變之中的唐末五代諷刺詩作者，思想上抱持著「經世濟民」的實用理念，希望藉助於詩歌以達到救助人民，裨補時政之目的，題材內容則以反映現實，關心時事、同情百姓，悲天憫人爲主。詩人在面對敗壞至極的國家社會，其痛心疾首之悲憤心情又怎能壓抑得住？其諷刺又焉能不憤怒？面對朝政越來越敗壞，社稷形將傾頹之時，詩人與之對抗之聲調又焉能不激越高昂？其諷刺之意又焉能不顯露？故諷刺詩價值是多方面的，其影響更是深遠而廣闊。茲析論如下。

第一節　庶人議政，眞實紀事

唐王朝自安史之亂後，即從其全盛的巔峰跌落下來，至唐末五代則已衰微到難再恢復元氣之地步。作爲政治上最敏感階層的廣大士族知識份子，深感僅以直書現實的寫法，已難喚起醉生夢死的統治者的注意，唯有超越現實，並觸及現實背後所隱藏的國破家亡這一嚴重後果，才能稍稍刺痛一下統治者的心，以喚起他們在迷惑之中而有所警醒。

唐末五代諷刺詩作者的人生遭遇與生活背景，具有一些共同的情形，詩人大多出身於平民，經過多年應試不第、沉淪下僚、甚至長期隱居的經歷，在社會與人生關係裂變，主觀與客觀世界失衡的巨大壓力之中，不僅無法有所作爲，甚至難以建立切實的理想，少數詩人雖曾短期擔任過較高官職，但就其一生整體而言，仍主要生活於貧寒困厄之中。有幸爲官者，大多是地方小官或投身於藩鎮之下從事幕府之職。雖然，這些出身庶族的知識份子，在科學制度下，依照常規尋覓科舉仕進之路，但卻不能得償夙願，如前輩詩人們順利取得功名，進

〔註3〕王士禎：《五代詩話》，北京：人民文學出版社，1989年12月，頁2。

入朝廷，參與中央政治，施展其長才與抱負。經常出現的情形，反而是不得已遠離中央政府，投效於地方藩鎮，當時寄身強藩幕府者，北方有李山甫等，南方則有羅隱、唐彥謙、杜荀鶴、黃滔、徐寅等，難以盡述。他們侍奉強藩的經歷和遭遇各有不同，但大體上都難免有生不逢時的失落感。他們未有參與中央政治運作，進而實現其個人政治理想之機會，但面對腐敗的政治，混亂的社會，詩人們仍無法忘懷天下，自歷史中缺席，因此往往利用本身具備的專長能力，以詩歌作爲批評現實，對抗無道者之有效工具，並藉由詩歌達到參與政治社會之目的。

鄧小軍認爲：「新樂府最根本的特徵，是庶人議政的政治批評，政治參與品格，和切合現實的新題形成。」〔註4〕其中「庶人議政」可說是中唐新樂府運動的精神核心，新樂府運動的代表詩人如白居易、元稹、張籍等，都曾在朝爲官，居廟堂之高，因此，以「庶人議政」來標明中唐新樂府的精神，指稱他們是以庶人之身份議政，以庶人之角度和關懷，同情平民百姓的心態來寫作諷諳詩是具有意義的。劉熙載於《藝概．詩概》指出：

> 代匹夫匹婦語最難，蓋饑寒勞困之苦，雖告人人且不知，知必物我無間者也。杜少陵、元次山、白香山不但如身入閭閻，目擊其事，直與疾病之在身者無異。誦其詩，顧可不知其人乎！〔註5〕

劉氏認爲杜甫、元結、白居易其詩作之價値，在於對平民百姓所具備之同情心，和設身處地之同理心，是這些詩人富於人道關懷的詩作中，眞正撼動人心之所在。

相較於位居閭閻的中唐詩人白居易等，寫作代表平民百姓之諷諭詩。則唐末五代諷刺詩人進行批評的情形和心態，就更適宜以「庶人

〔註4〕鄧小軍：《唐代文學的文化精神》，台北：文津出版社，1993年，頁488。

〔註5〕劉熙載著，薛正興點校：《劉熙載文集》，南京：江蘇古籍出版社，2000年12月，頁105。

議政」一詞加以概括了。他們大多數沉淪下僚，際遇坎坷：皮日休出身庶族，進士及第後，曾做過太常博士，其於《貧居秋日》（《全唐詩》卷 608）詩中自云：「亭午頭未冠，端坐獨愁予。貧家煙爨稀，灶底陰蟲語。門小愧車馬，廩空慚雀鼠。盡室未寒衣，機聲羨鄰女。」可見貧寒生活情狀。與皮日休唱和交往最爲密切的陸龜蒙，不顧爲五斗米折腰，長期隱居，過著清貧的躬耕生活。杜荀鶴則在描寫「亂世人多事，耕桑或失時。不聞寬賦斂，因此轉流離。天意未如是，君心無自欺。能依四十字，可立德清碑。」（《全唐詩》卷 691）的同時，進而寫出自身同樣的遭遇與感受。聶夷中出身草莽，備嘗辛楚，進士及第後，卻因當時戰亂不已，久滯長安，直到盤纏用盡，黃糧如珠，才得以調升華陰縣尉。其中羅隱最具代表性，羅隱少英敏、善屬文，卻困於科場，到最後只能放棄一心嚮往的科舉，遠離中央，至東南依於錢鏐節度使幕府。雍文華認爲：

> 羅隱的這種十舉不第，「傳食諸侯，因人成事」的坎何遭遇，使他意識到：個入的進退用捨、成敗榮辱，有著深刻的社會政治原因。……總之，他的不遇，是他所處時代造成的。〔註 6〕

羅隱自視甚高，對自己有相當大的期許和抱負，卻連連落第，最後只得傳食諸侯，因人成事，這一段經歷，使得羅隱對於唐王室深爲怨憤。

唐末五代諷刺詩人，雖具有才能抱負，卻際遇困頓，只能在亂世中勉強求得一席棲身之所，與其理想中施展抱負之場域距離遙遠，他們生活於社會中，在飽經戰亂的顛沛疏離，親身經歷過一般百姓所遭遇之痛苦，由於他們本身對於艱難時事的深切體驗，對於人民所受的苦難有切膚之痛，故在感同身受之外，更有親身的見聞及體驗。因此詩人們能清楚地認識政治、社會之嚴重危機，一針見血地指陳時弊，並深切同情廣大的平民百姓。他們既有一般庶人的生活背景，又具備

〔註 6〕 雍文華：〈羅隱詩歌的現實主義〉，見《唐代文學論叢》第 5 輯，西安：陝西人民出版社，1986 年，頁 73。

儒家知識份子經世濟民的理想抱負，兩者之結合，構成唐末五代諷刺詩人以詩議政之特殊風格。

唐代經濟發展，印刷與書寫較前進步，人民接觸知識的機會大爲增加，這些知識份子經由科舉制度，進入國家官僚體系中，實現其政治理想及個人抱負。而中國傳統知識份子的人格特徵，基本上是由儒家的政治理想及人生哲學所塑造，因此他們習慣以「道」的代表者自居，以天下爲己任，關心國計民生。由於知識份子掌握了較高的文化和知識，所以對社會思之較深，且參與意願強烈，希望有機會投身政治，參與決策，以一展其凌雲壯志，而唐末五代諷刺詩人亦復如此。

然而，時代的劇烈變動，唐末五代諷刺詩人，喪失了知識份子向上聯繫的功能和管道。由於科舉眾科之中，進士素爲唐人所重視。所謂「搢紳雖位極人臣，不由進士者終不爲美，以至歲貢常不減八九百人。〔註7〕然每歲所收者不過三十人。唐世科舉，防弊之法未密，豪門子弟，交相酬酢，寒門士子難以爭衡。至唐末五代綱維漸失，科舉猥濫，寒門俊彥尤艱於一第。科舉的貴族化必然導致寒門詩人應試的艱難，而寒門詩人即使入仕後，較少能得到當路公卿的援引，以致仕途升遷緩慢。無數的詩人以自己的舉場、官場經歷，證實了這種不公平的事實。然而敗壞的政治、受苦的人民、無時無地不存在的烽火，對有責任感的詩人而言，不可能無動於衷，於是以筆爲劍，以詩議政，形成一種在野的輿論批評力量，以庶民知識份子的身份及力量關切政治、揭露黑暗、針貶時弊。唐末五代諷刺詩人既不能直接參與政治，於是以政治社會的觀察者、批評者自居，形成另一種形式之參與。

唐末五代諷刺詩人，對於政治和社會的觀察是全面而犀利的，他們議政的角度廣泛且深刻，所刺皆能切中時弊，諷刺詩人雖然處於在野位置，卻反而提供了詩人「處士橫議」的有利條件，能夠無所限制，無拘無束地發表議論和批評，其詩歌內容幾乎觸及當時每一個角落，

〔註7〕王定保：《唐摭言》，見《叢書集成初編》，北京：中華書局，1985年北京第1版，第2739冊，卷1，頁117。

緊緊的扣住時代脈搏，具備政論性和諷諫性，同時兼具強烈的現質性和針對性。

面對美好昌盛的強大帝國，到了唐末五代卻走入窮途末路，詩人反思歷史，歸納歷史興替之演變法則，於是對亡國之君及歷史事件展開深刻批判，冀望喚醒統治者以前車為鑑，不再重蹈覆轍：從治亂興亡的高度指出問題癥結，對外，主張收復失地，鞏固國防，堅決抵抗外來的侵略。於是在政治上，批判君王失政失德、宦官擅權、藩鎮割據，地方官吏監守自盜、殘害百姓，連年戰爭導致社會動盪，軍事將領為爭功勛不惜犧牲士卒。對內，諷刺驕奢淫逸，揭發官場齷齪，反對階級壓迫，用賢人、寬賦稅、行仁政。於是在社會上，抨擊浮華奢靡的世風，貧富不均的階級社會，不合理的苛稅重斂，弊端叢生的科舉考試，關切苛政戰亂下的百姓，哀歎在戰亂中犧牲的生命，同情在荒蕪農村中求生存的人民。對於朝政千瘡百孔，積弊深重的社會，唐末五代諷刺詩人在檢視揭露問題時，毫無遺露的反映了整個時代，他們心懷社稷，同情人民，富於人道精神。這些「即事謀篇」之作，有所為而為，緊貼著大眾的心靈，講出眾人心聲，表達不滿與失望之真實感受。

諷刺詩富於真實性與時代性，無論是敘事、寫景、狀物、詠史，分別從多個角度，不同側面予以審視，全面展現而存其真實，能透視歷史真相，審視當時氛圍。於此可知，諷刺詩歌不只是在洩導人情，同時也在記錄歷史，為時代作見證，將個人生命憂傷與國家興衰存亡緊密地聯繫，並賦予深刻的歷史重託，故能媲美於史詩，深具歷史價值與時代意義，足以補史傳之缺漏，茲略舉說明：

（一）皮日休

〈三羞詩〉，其一寫晚唐官場之腐敗，忠良見斥；其二寫咸通七年（866年）許州所見；其三記丙戌年（866年），淮右蝗旱，百姓流殍之慘狀。〈正樂府十篇‧誚虛器〉（《全唐詩》卷608）「如何漢宣帝，卻得呼韓臣。」〈館娃宮懷古〉五絕五首（《全唐詩》卷615）等，以令人心悸的歷史教訓，委婉含蓄的弦外之音，而發人深思。

（二）陸龜蒙

〈丁隱君歌〉（《全唐詩》卷 621），寫黃巢起義一事；〈奉酬襲美先輩吳中苦雨一百韻〉（《全唐詩》卷 617），記咸通年間徐州士兵起義，其所蘊含的社會意義，已遠超出了一時一事之框架。

（三）羅　隱

〈題磻溪垂釣圖〉（《全唐詩》卷 665）譏諷錢繆徵「使宅魚」之害民虐政，〈帝幸蜀〉（《全唐詩》卷 664），寫廣明元年（880 年），黃巢軍陷長安，僖宗倉皇逃逸四川之事；〈淮南高駢所造迎仙樓〉（《全唐詩》卷 657）譏刺高駢惑於神仙之荒唐；〈華清宮〉（《全唐詩》卷 664）諷刺玄宗的不知振作，皆緣時事而發。

（四）杜荀鶴

〈山中寡婦〉（《全唐詩》卷 692）《鑒誡錄》一書，記述此詩諷刺朱溫的本事，既提供了詩篇的創作背景，也顯示了詩人思想性格發展的一個側面；〈再經胡城縣〉（《全唐詩》卷 693）、〈題所居村舍〉（《全唐詩》卷 692）、〈旅泊遇郡中叛亂示同志〉（《全唐詩》卷 692），〈塞上〉（《全唐詩》卷 691）、〈塞上傷戰士〉（《全唐詩》卷 691）等，寫唐末軍家亂殺平民的事，控訴其罪行暴性，反映戰亂所帶給人民的沉重苦難，可與史實互證。

（五）司空圖

〈歌〉（《全唐詩》卷 633）隱含著對玄宗不重人才、歌舞昇平的譏刺；〈淮西〉（《全唐詩》卷 633）對唐王朝削藩的肯定；〈華清宮〉（《全唐詩》卷 632）對唐玄宗荒淫誤國作了歷史性的鞭笞。

（六）鄭　谷

有一系列詩篇，記述黃巢攻破長安後奔亡蜀中之情景，其〈蜀江有弔〉（《全唐詩》卷 676）鄭谷此詩表達了對宦官用事的憤恨，抒發了對孟昭圖的高度敬仰與惋惜之情；〈梓潼歲暮〉（《全唐詩》卷 674）此詩作於黃巢被鎮壓後，反映中和四年（884 年）東西川楊、陳交兵，僖宗及隨同逃難之臣民，歸途中遭遇阻絕的情形；僖宗光啓元年（885年）李克用進逼京師，鄭谷又第二次避難巴蜀，其〈巴江〉記載了唐末黃巢之後，接連著第二次的大動亂；〈渚宮亂後作〉歷述唐末慘遭兵革蹂躪後的荊州一帶。

（七）吳　融

〈簡州歸降賀京兆公〉（《全唐詩》卷 686），籍頌揚韋昭度討蜀獲勝之事，紀錄大順元年（890 年）正月，簡州將杜有牽執刺史員虔嵩歸降之史實；〈文德初聞車駕東遊〉（《全唐詩》卷 686），寫文德元年（888 年）僖宗自興元東還一事，敘述僖宗因藩鎮進逼，輾轉出奔之窘態；吳融自蜀地北歸後，曾遊潞州，聞朝廷討李克用失利，慨歎之餘作〈金橋感事〉（《全唐詩》卷 686），對於朝廷錯估情勢，輕率用兵之事，委婉的表達批判之意；〈華清宮〉（《全唐詩》卷 684、685），合計六首，皆以唐玄宗與楊貴妃之事爲主軸，或批判、或諷刺。

（八）韋　莊

〈咸通〉（《全唐詩》卷 695）此詩約作於中和三年（885 年），韋莊在黃巢亂後避難洛陽時；光啓元年（885 年），僖宗又因軍閥作亂而再度出幸，韋莊〈聞再幸梁洋〉（《全唐詩》卷 697）以表達感慨；韋莊最有名的〈秦婦吟〉，是反映黃巢作亂，引起朝廷震動，詩人描繪了黃巢亂軍，攻入長安前後的廣闊歷史畫面和生民塗炭的歷史場景。

（九）貫　休

〈了仙謠〉（《全唐詩》卷 826）揭露和抨擊帝王沉溺於道教煉丹之術，甚至因而喪身自欺欺人的無知行爲。〈杞梁妻〉（《全唐詩》卷 826）借「孟姜女哭倒萬里長城」的民間故事傳說，以諷諭唐末勞役繁重，婦人承受了悲慘的喪夫之痛；〈灞陵戰叟〉（《全唐詩》卷 836）寫戍邊戰士思念家鄉之苦悶。

（十）齊　己

〈丙寅歲寄潘歸仁〉（《全唐詩》卷 838）齊己用他的如椽之筆深

刻地描繪了那一幅幅令人傷心欲絕的慘象。〈庚午歲九日作〉（《全唐詩》卷 846）長期戰亂，農村凋敝，滿目荒涼；唐僖宗光啓三年（887 年），齊己第一次北遊南歸，經由岳陽，路過湘陰，恰逢鄧進思擁兵作亂，旅途所見，怵目驚心。作《岳陽道中作》（《全唐詩》卷 843）另一首《夜次湘陰》（《全唐詩》卷 841）以上兩首詩是唐德宗光啓三年（887 年）春天，齊己北遊回湘，在岳陽、湘陰途中所寫。

（十一）聶夷中

廣泛地揭露了農民生活的困苦。〈詠田家〉（《全唐詩》卷 636）詩歌充滿作者對田家的同情；〈田家，二首之一〉（《全唐詩》卷 636），將統治者的殘酷表露無遺；同情農民的詩歌尚有〈贈農〉（《全唐詩》卷 636）、〈古興〉（《全唐詩》卷 636）、〈客有追歎後時者作詩勉之〉（《全唐詩》卷 636）等詩作。另一主題是譏刺權貴驕奢淫逸。〈公子行，二首之二〉（《全唐詩》卷 636），道盡了晚唐腐敗的吏治。類似主題的尚有：〈空城雀〉（《全唐詩》卷 636）、〈公子家〉（《全唐詩》卷 636）、〈大垂手〉（《全唐詩》卷 636）、〈過比干墓〉（《全唐詩》卷 636）等詩歌。

（十二）韓　偓

〈冬至夜作〉（《全唐詩》卷 680）、〈八月六日作〉四首（《全唐詩》卷 681），對叛臣篡逆之猖狂，宗國將亡之悲慘以及無力回天之悲憤，作了眞實的描寫。〈故都〉（《全唐詩》卷 680）、〈惜花〉（《全唐詩》卷 681）、〈安貧〉（《全唐詩》卷 681）、〈傷亂〉（《全唐詩》卷 681）等，流露深沈的故國之思。在感歎聲中，反映了唐末大亂以迄唐亡的斑斑歷史。

（十三）曹　鄴

目睹唐王朝日漸衰頹，難免憂憤抑鬱而歎惋不已，〈吳宮宴〉（《全唐詩》卷 592）詠歎吳帝孫皓荒淫奢侈，不恤國事，以致樂極生悲，身死國滅。這類詠史詩歌，別具深刻的諷諭效果。如：〈讀李斯傳〉、

〈始皇陵下作〉、〈姑蘇臺〉、〈登岳陽樓有懷寄座主相公〉、〈放歌行〉、〈文宗陵〉、〈代班姬〉、〈過白起墓〉、〈吳宮宴〉等。

（十四）于　濆

以比興的方式，發揚質樸、平易詩風，採用諷刺的手法，控訴了社會的分配不公、苦樂不均的不合理現象。〈古宴曲〉（《全唐詩》卷599）借古事以寫時事，主旨在於諷刺過著奢華生活的達官貴人們，對民生疾苦的無知。〈苦辛吟〉（《全唐詩》卷 599）突顯了食、衣兩方面的不合理情況，藉以批判上層社會的腐敗。〈里中女〉（《全唐詩》卷 599）揭露貧富懸殊的社會現實。類似主題的尚有：〈野蠶〉（《全唐詩》卷 599）、〈燒金曲〉（《全唐詩》卷 599）、〈擬古諷〉（《全唐詩》卷 599）、〈秦富人〉（《全唐詩》卷 599）、〈思歸引〉（《全唐詩》卷 599）、〈織素謠〉（《全唐詩》卷 599）、〈山村叟〉（《全唐詩》卷 599）、〈田翁歎〉（《全唐詩》卷 599）等。

（十五）劉　駕

〈唐樂府十首〉（《全唐詩》卷 585），歌頌宣宗大中五年（851年）收復河湟事。宣宗收復河湟，劉駕歡欣鼓舞，所以上詩慶賀，是對正義戰爭的充分肯定，是對藩鎮割據的當頭棒喝。

唐末五代詩人全面且大量的寫作諷刺詩，因爲對唐王朝還抱著一絲希望，但又對於唐王朝不斷失望，且悲憤到了極點，所以們以詩議政，以詩抒憤，記錄時代並反映現實。由於受到歷代傳統的厚古薄今思想所影響，不少論者推崇古代而菲薄後代，又片面強調某些高規格的主張，明代更有人提出「古詩必漢、魏，律詩必盛唐」的主張，所以一些人在時代風格上也是推尊前代而貶抑後代。但同時也有不少有識之士反對這種觀點，如葉燮《原詩》云：

> 論者謂晚唐之詩，其音衰颯。然衰颯之論，晚唐不辭;若以衰颯爲貶，晚唐不受也。夫天有四時，四時有春秋，春氣滋生，秋氣肅殺，滋生則敷榮，肅殺則衰颯，氣之候不同，

非氣有優劣也。〔註 8〕

承認晚唐的風格是衰颯，但不以衰颯爲貶，正如花一樣，春花有春花之豔，秋花有秋花之美，實各有其美，無從評其優劣。唐末五代諷刺詩人是那個沒落時代的代言人，唐王朝不可挽回的走上了覆亡的道路，沒有一個唐人能夠左右王朝乃至個人的命運，在唐王朝日暮窮途的關鍵時刻，唐末五代諷刺詩人仍秉持著知識份子的良心及道德勇氣，以詩議政，批評現實，雖處在野的位置，反而能夠無所顧忌，發揮「處士橫議」的精神，批評政治社會。雖然，他們的諷刺和批評沒有對當時的朝政和統治者發生作用，但是，國勢衰敗至此的客觀事實，任誰也難以力挽狂瀾，這是時代的問題，實不因歸咎於詩人。可以確定的是，這些詩作表現了唐末五代詩人的良心和道德勇氣，得到當時社會的支持，就足以代表當代人民的意志，他們的詩是時代的理想生活與精神象徵，其反映歷史現實的廣度與深度，是絕不容低估的。唐末五代諷刺詩反映了現實，記錄了當代歷史，是可以當作「詩史」來閱讀，通過這些詩歌，讓後代人得以窺見一部人類的歷史圖卷，聽聞時代靈魂的呼喊，進入歷史、時代的思索之中。既可以觀察政治的得失，民情的厚簿，百姓的苦樂，也使當政者作爲施政方針，促進社會的改革並有所鑒戒，免於重蹈歷史之覆轍，故其價值歷千古而不衰，亙萬世而常新。

第二節　刺美時政，勸善懲惡

人們往往用詩來表達心中的情感，抒發喜怒哀樂，同時對客觀外界的人、事、物表達了自己的態度。先秦時代對詩歌的美刺作用已有初步的認識，但基本是美、刺並存。在《詩經》許多詩篇中，詩人就明確地表明了作詩目的，有讚美，也有諷刺，如：

〔註 8〕葉燮：《原詩》，見何文煥、丁福保編《歷代詩話統編》，北京：北京圖書館出版社，2003 年 5 月，第 3 冊，卷 4，頁 402。

家父作誦，以究王訩，式訛爾心，以畜萬邦。(《小雅·節南山》)

維是褊心，是以爲刺。(《魏風·葛屨》)

吉甫作誦，其詩孔碩，其風肆好，以贈中伯。(《大雅·崧高》)

寺人孟子，作爲此詩。凡百君子，敬而聽之。(《小雅·巷伯》)

〔註 9〕

《詩經》中像這樣直接表明作詩之意的篇章雖然不多，但足以表明當時人們對詩歌的作用，已經有了清晰的認識。詩人就是想通過自己的作品，對美好的人、事、物加以讚美，希望這些能夠發揚光大；而對醜惡的東西，則給予嘲諷、鞭撻，希望能夠使之改變或消失。《詩大序》中論述了治世人們用詩歌來歌頌讚美，亂世則用來表達「哀」、「傷」，「吟詠情性，以風其上，達於事變而懷其舊俗」，期望通過詩歌而對時政有所影響，使之改良。

到了漢儒的經說，才逐步形成了比較完整的理論。《毛詩序》解釋六義之一的「風」:「上以風化下，下以風刺上，主文而譎諫，言之者無罪，聞之者足以戒，故日風。」實際正是從諷諭的角度來註解國風的內容和特點。鄭玄在《詩譜序》中，論詩的美刺時認爲:「論功頌德，所以將順其美；刺過譏失，所以匡救其惡。各於其黨，則爲法者彰顯，爲戒者著明。」〔註 10〕將美刺的作用說得更爲明晰，認爲詩是爲了「誦」君之美，「譏」君之過而作的諷諭之聲。這種認爲《詩經》的作品都具有美刺的內容，要求詩歌直接爲政治教化服務的觀點，對後代產生了深遠的影響。從積極方面說，它強調了詩歌不應脫離現實，應當有益於社會政治；從消極方面而言，則是抹煞了詩歌抒發個人情感的作用，因爲個人的情感並不總是與社會、與政治直接有關係的。

美刺與言志有密切關係。劉勰《文心雕龍·情采》云:「風雅之

〔註 9〕《詩經》，見《十三經注疏》，台北：藝文印書館 1981 年 1 月，第 2 冊。

〔註 10〕鄭玄：《詩譜序》，台北：世界書局，1984 年，頁 1。

興，志思蓄憤，而吟詠情性，以諷其上，此爲情而造文也。」〔註 11〕美刺不可否認是中國古典詩歌的優良傳統，歷史上的偉大詩人可以說都繼承了這一傳統，充分發揮了詩歌的美刺作用。中國文學史上第一位偉大的詩人屈原，其作品，不僅表現了自己熾熱的情感，同時也深刻地揭露、強烈地抨擊了黑暗勢力。後來的李白、杜甫、蘇軾等偉大詩人，莫不如此。劉熙載《藝概・賦概》云：「古人賦詩與後世作賦，事異而意同。意之所取大抵有二：一以諷諫……一以言志。」〔註 12〕將諷諫與言志並列，作爲古人詩賦作品內容的基本條件。

諷諭詩的創作起源甚早，有關諷諭的理論也大致在漢代漸趨完整，只是表現形態上略顯零亂，且未冠以「諷諭」二字而已。諷諭詩的特點大略有二：其一是內容上以批判現實爲主；其二是表達上主要運用比興的手法，在委婉曲折的語言中，既使統治者意識到自身的不足甚至錯誤，又不致因語言唐突而有損統治者的尊嚴，從而既泄導了臣民的怨情，又能使統治者認識錯誤，總結經驗，適應形勢，以鞏固政權。對於漢代經師來說：「美」與「刺」，亦即歌頌與揭露，雖表現方式不一，但目標一致，是矛盾的統一，分別從不同之角度來維護國家的正常政治生活和倫理原則。其「主文而譎諫」的特點與儒家「溫柔敦厚」的詩教，其實是不謀而合的。

古人認爲，通過美刺，可以起到「勸善懲惡」的作用。王充《論衡・佚文》：「載人之行，傳人之名也。善人願載，思勉爲善；邪人惡載，力自禁裁。」〔註 13〕皮日休《正樂府序》認爲：「詩之美也，聞之足以觀乎功；詩之刺也，聞之足以誡乎政。」這些論述，顯然帶著作者的良好願望，實際上詩人美刺的作用究竟有多大，是要根據當時

〔註 11〕劉勰：《文心雕龍注》，台北：台灣開明書店，1971 年 5 月台 9 版，卷 7，頁 2。

〔註 12〕劉熙載著，薛正興點校：《劉熙載文集》，南京：江蘇古籍出版社，2000 年 12 月，頁 128。

〔註 13〕王充：《論衡》，見《叢書集成初編》，北京：中華書局，1985 年北京第 1 版，第 592 冊，卷 20，頁 230。

具體情況而定。通常越是專制暴虐的統治者，越是聽不得反對意見。因此，美就成了阿順諂諛，虛美隱惡，而刺，則又會使詩人受到無妄之災。白居易的諷諭詩及其理論本質上承襲以上觀點。但是，他和鄭玄等人畢竟有所不同，他的詩觀並不如是狹隘？胡萬川認爲：

> 他（白居易）是一個詩人，他了解，諷論詩只是詩的一類，除了這一類的詩以外，還其他許多類別的詩。只不過他認爲一個詩人不應當只以吟風弄月，不應當只以抒發自己情緒，以獨善其身爲滿足，而更應當展放胸懷，寄心於國事世事，寓情於民間疾苦，以兼濟爲職志，所以才特別強調諷論詩的可貴與重要。〔註 14〕

如前所述，揭示民間疾苦，譏諷朝政腐敗，本屬美刺傳統之範疇，尤其是在衰亂之世，視其爲療救世道之良方，往往成爲士人的普遍心理趨向。正是在這樣的文學思想與創作實踐的結合方式，及其演進過程之中，唐末五代詩壇呈顯出指陳時弊內容的創作思潮，與傳統的儒家政教文學思想，構成了一種必然的淵源與聯繫。例如：皮日休〈桃花賦序〉云：「日休於文，尙矣，狀花卉，體風物，非有所諷，輒抑而不發」，〔註 15〕其〈正樂府十篇〉、〈三羞詩〉諸作，就是在「詩之美也，聞之足以勸乎功，詩之刺也，聞之足以誡乎政」（《全唐詩》卷 608），的思想指導下「有可悲可懼者，時宣於詠歌」（《全唐詩》卷 608）的實踐成果。羅隱《讒書・重序》則主張「蓋君子有其位。則執大柄以定是非，無其位，則著私書而疏善惡，斯所以警當世而誡將來也」，〔註 16〕其文學生涯由兼濟與獨善的儒家處世哲學與價值觀念所組成，因此羅隱在〈河中辭令狐相公啓〉將詩歌創作的原則確定爲：「歌者不繫聲音，惟思中節。言者不期枝葉，所貴

〔註 14〕羅宗濤等著：《中國詩歌研究》，台北：中央文物供應社，1985 年 6 月，頁 285。

〔註 15〕皮日休：《皮子文藪》，蕭滌非整理，北京：中華書局，1959 年 6 月，頁 126。

〔註 16〕羅隱：《羅隱集校注》，潘慧惠校注，杭州：浙江古籍出版社，1995 年 6 月，頁 499。

達情，苟抑揚之理或差，則流誕之辭亦棄。」〔註 17〕於是，所謂「節」、「情」、「理」便成了詩的基點與主幹，至若聲音、語辭、形式等詩歌藝術的本體因素，反倒無關緊要了。杜荀鶴〈自敘〉更以「寧為宇宙閑吟客，怕作乾坤竊祿人。詩旨未能忘救物，世情奈值不容真。平生肺腑無言處，白髮吾唐一逸人」自許。評論他人作品在〈讀友人詩〉中亦主張：「君詩通大雅，吟覺古風生。外卻浮華景，中含教化情」（《全唐詩》卷 608）的政教內涵。這種論詩主張，甚至在實際創作並無教化內容的詩人中，也得到反映，如吳融在為貫休詩作序時既稱其「多以理勝」、「旨歸必合於道」，又進而概括「夫詩之作，善善則頌美之，惡惡則風刺之，苟不能本此二道，雖甚美，猶土偶不主於氣血，何所尚哉」，〔註 18〕似乎詩中除美、刺二端外即別無他物；顧雲在《唐風集・序》主張：「」潤國風，廣王澤」的前提下，具體要求詩歌「能使貪者廉，邪臣正，父慈子孝，兄良弟悌，人倫之紀備矣」。〔註 19〕從以上主張的思想與文字而言，幾乎已是邇之事父，遠之事君，厚人倫，美教化，移風俗等之儒家詩教經典的直接翻版。

作為儒家政教文學觀念發展進程，與歷史走向中的一個階段，唐末五代詩教思想，除沉澱著儒學經典文化精神基因外，還顯然聯結著對於自身具有直接啓發意義的時代近因，這就是興盛於元和時代，以元、白諷諭詩為主要標誌的功利文學思想及其表現方式。白居易在唐末成為許多詩人尊奉的對象，就是由這一思潮所推崇造成的。

就儒家政教文學思想，在不同時代環境中的階段性特點而言，唐末詩壇教化觀又與元和功利文學思想，有著相當的差異。元、白所謂「諷諭」之詩，皆不僅負載著具體的社會現實內容，而且體現出強烈

〔註 17〕羅隱：《羅隱集校注》，潘慧惠校注，杭州：浙江古籍出版社，1995 年 6 月，頁 578。

〔註 18〕貫休：《禪月集》，見《叢書集成初編》，北京：中華書局，1985 年北京第 1 版，第 2239 冊。

〔註 19〕杜荀鶴：《杜荀鶴文集》，上海：上海古籍出版社，1994 年，頁 1。

的自體投入心態。與此形成鮮明對比，唐末五代文人，生活於社會危機總爆發的衰亂時代，在對時政的淡漠、消沉甚或抨擊、否定的心態中，其發揚儒家詩教，時而表現爲對一種救世良方的虛幻空想，有時則表現爲以一種旁觀姿態，對現實政治的否定與批判，因而在實質上，唐末五代政教文學觀固然褪去了實用性色彩，但卻在整體上更爲接近儒家詩教的經典意義，構成另一種較爲純粹的思想淵源的繼承。也正因如此，唐末文人指陳時弊，又在很大程度上恢復了元和之前，儒家復古思想的空言明道之色彩。然而，就唐末五代詩壇總體而言，諷刺詩的作品，在數量上，也許並未構成一個主要的創作方向，部分文人囿於時勢，大多置身政壇之外，對時弊的揭露，表現爲旁觀者的指陳性之態度，反而越加凸顯那些唐末五代諷刺詩人，自身投入性的救弊補失之積極精神。

唐末五代諷刺詩人「身入閭閻，目擊其事，直與疾病之在身者無異」，〔註 20〕表面上作品是直書其事，但卻通過對人物心裡的刻畫和詩人的議論說理，激發讀者的感情共鳴，將熾熱之感情蘊藏於深刻描寫和冷靜的評論之中，寓情於事，寄情於理。詩中出現的人物，描述之景象，往往呈現兩極化；既有老嫗、寡婦、蠶婦、卒妻等孤苦伶仃、衣不蔽體、食不果腹的貧苦形象，例如：杜荀鶴最具代表性的〈山中寡婦〉詩云：

> 夫因兵死守蓬茅，麻苧衣衫鬢髮焦。
> 桑柘廢來猶納稅，田園荒後尚徵苗。
> 時挑野菜和根煮，旋斫生柴帶葉燒。
> 任是深山更深處，也應無計避征徭。（《全唐詩》卷 692）

此詩刻劃出這位山中寡婦的形象，她是當時苦難百姓的一個縮影，詩人不下斷語，卻任憑事實證明。不僅使人看到了一個山中寡婦的苦難，也讓人想像到和山中寡婦同命運的更多人的苦難。從更大的範

〔註 20〕劉熙載著，薛正興點校：《劉熙載文集》，南京：江蘇古籍出版社，2000 年 12 月，頁 105。

圍，更深的程度上揭露了殘酷的剝削，刻畫了主題。杜荀鶴另一首〈蠶婦〉詩云：

粉色全無飢色加，豈知人世有榮華。

年年道我蠶辛苦，底事渾身著苧麻。（《全唐詩》卷693）

蠶婦臉上全無粉色，卻呈現著因飢餓而日益增加的憔悴，整年無休止地勞動，卻仍得忍受飢餓，詩人控訴醜惡不合理的社會現實，表達了憤怒的抗議和質問。齊己〈苦熱行〉詩云：

離宮劃開赤帝怒，喝出六龍奔日馭。

下土熬熬若煎煮，蒼生惶惶無處處。

火雲崢嶸焚泬寥，東皋老農腸欲焦。

何當一雨蘇我苗，爲君擊壤歌帝堯。（《全唐詩》卷847）

從冷熱寒暑到天氣的變化，都可看出作者的心，與人民息息相關，人民的苦難，就是詩人的焦慮，人民的炎熱或寒冷，就是詩人的憂煩。

又有錦衣玉食、笙歌酒池、顢頇驕橫、恬不知恥的貴族公子醜惡行徑，例如：鄭谷對於上位者之驕奢淫逸，有深刻之描述，其〈錦〉二首之一云：

布素豪家定不看，若無文彩入時難。

紅迷天子帆邊日，紫奪星郎帳外蘭。

春水濯來雲雁活，夜機挑處雨燈寒。

舞衣轉轉求新樣，不問流離桑柘殘。（《全唐詩》卷675）

此詩諷刺整個上層貴族驕奢淫逸之頹風，將達官貴人的豪奢淫逸與貧苦百姓的辛勞饑寒，作了鮮明的對比，一方是舞衣旋轉，香風陣陣，仙樂飄揚；另一方卻是雨夜挑機，青燈螢螢，饑寒交迫。韋莊〈貴公子〉詩云：

大道青樓御苑東，玉欄仙杏壓枝紅。

金鈴犬吠梧桐月，朱鬣馬嘶楊柳風。

流水帶花穿巷陌，夕陽和樹入簾櫳。

瑤池宴罷歸來醉，笑說君王在月宮。（《全唐詩》卷695）

「瑤池宴罷歸來醉」，述說著貴公子的縱情享樂，抨擊唐末五代豪門貴族崇尚奢靡，貴族公子們恣意玩樂，過著醉生夢死的生活。貫休〈富貴曲二首之一〉云：

有金張族，驕奢相續。瓊樹玉堂，雕牆繡轂。紈綺雜雜，鐘鼓合合。美人如白牡丹花，半日只舞得一曲。樂不樂，足不足，爭教他愛山青水綠。(《全唐詩》卷 826)

對貴公子驕奢淫樂描述批評之外，更進一步對整個貴族特權奢侈墮落的生活加以揭露，詩人刻畫出貧富不均，苦樂懸殊的社會現實，深得元、白「新樂府」的精神內涵。

更有昏君庸相、貪官污吏及權貴軍閥等的凶殘面目。例如：曹鄴〈官倉鼠〉詩云：

官倉老鼠大如斗，見人開倉亦不走。

健兒無糧百姓飢，誰遣朝朝入君口。(《全唐詩》卷 592)

用鮮明的語言對貪官污吏作了辛辣的諷刺，是誰把官倉裏的糧食供奉到老鼠嘴裏？官倉鼠不就是吮吸人民血汗的貪官污吏；詩人有意地引導讀者去探索造成這一不合理現象的根源，把矛頭指向了最高統治者。羅隱對於依附權貴的庸碌之輩，進行了有力的針砭，其〈鷹〉詩云：

越海霜天暮，辭韜野草乾。

俊通司隸職。嚴奉武夫官。

眼惡藏蜂在，心粗逐物殫。

近來脂膩足，驅遣不妨難。(《全唐詩》卷 659)

羅隱剖析那些爬上高位既得利益者，那些司隸、武夫在「脂足」之後，就不肯盡職，諷刺社會上，那些大擺架子的庸臣官僚。貫休對貧富懸殊的現實社會悲憤不已，他認爲酷吏的巧取豪奪，是根本原因，對酷吏魚肉百姓，不顧民生疾苦的行徑進行揭露，其〈酷吏詞〉云：

霰雨灂灂。風號如斸。有叟有叟。暮投我宿。吁歎自語。云太守酷。如何如何。掠脂斡肉。吳姬唱一曲。等閒破紅束。韓娥唱一曲。錦段鮮照屋。寧知一曲兩曲歌。曾使千人萬人哭。不惟哭。亦白其頭。飢其族。所以祥風不來。和氣不復。蝗乎螟乎？東西南北。(《全唐詩》卷 825)

詩人揭露了地方官吏的殘酷，而貪得無饜的酷吏就如侵害百姓的蝗蟲和盜賊，沉重的賦稅使得民不聊生。

綜上所述，首先，唐末五代諷刺詩人觸物感事而傳其心意，聚焦於重點的塗抹，選材典型事件，具體描寫世態炎涼、世事變遷，從不同的角度，描繪了帝王朝廷內明爭暗鬥，群魔亂舞的不堪畫面，道盡人性的醜陋、人生的悲哀、社會的黑暗以及國家的頹敗，呈現了晚唐五代政治黑暗、社會動盪、軍閥混戰等光怪陸離的歷史圖卷，展示了當時走向衰朽的歷史軌跡，揭示了時代演變的歷史根源。其次，對於唐末五代綺靡頹廢的文風，無疑掀起到了摧陷以及廓清的積極作用，在唐末五代灰暗蕭瑟的氛圍之中，無疑是：「別有一種精神」。〔註21〕第三，就人生痛苦、社會罪惡的暴露、諷世勸俗、及開悟君臣而言，積極方面，它糾舉政治缺失，使平民百姓之痛苦得以上達，規諷昏君，勸戒貪臣，救濟民病，佐助教化，以詩歌作爲批判之利器，諫諍之工具，雖令執政者聞之扼腕切齒，卻達到勸善懲惡之美刺功能。消極方面，它指出社會敗象，道出改革聲音，即使是微弱的，或未被當政者所採納，但至少能「洩導」人情，對後世產生啓示、警惕之作用。這種哀怨、憤怒，實乃唐末五代詩歌生命力之所在，故其思想精神是偉大的，其詩篇之道德價值更是永垂不朽。最後，雖然唐末五代諷刺詩人其現實主義詩風，隨著唐王朝的滅亡而消沈，但是在北宋詩文革新運動中，蘇舜欽、歐陽修、蘇軾等人，進一步發揮詩歌美頌怨刺之作用，並局部地繼承了詩歌與實際生活聯繫的現實主義精神，故其影響是深遠的。

第三節　議論說理，開創詩風

詩中用理語，發議論，古已有之。《詩經》中偶爾也有些議論的詩句，如〈大雅・文王〉中的「於緝熙敬止」，「宜鑒於殷，駿命不易」

〔註21〕許學夷：《詩源辨體》，北京：人民文學出版社，1998年，卷30，頁284。

等。有些議論由於深刻入理，所以被常常引用，如〈鄭風‧將仲子〉：「人之多言，亦可畏也」。

《詩經》中鮮見直接議論的理語，而是寓理趣於言志抒情、記事寫物之中。《楚辭》則以抒情爲主，漢代辭賦興盛，詩歌衰微。「東京二百載，惟有班固〈詠史〉，質木無文」。〔註 22〕班固的〈詠史詩〉是最早的五言詩，但因其多直說而元文采，所以被鍾嶸列在下品。在詩史上以理語人詩有過幾次發展，鍾嶸《詩品‧序》云：

> 永嘉時，貴黄、老，稍尚虛談，於時篇什，理過其辭，淡乎寡味。爰及江表，微波尚傳，孫綽、許詢、桓、庾諸公詩，皆平典似《道德論》，建安風力盡矣。

永嘉時，黃、老之學盛行於世，詩人受其影響，出現了玄言詩。東晉風氣更盛，詩作中多表現老、莊哲理，玄言詩在詩壇佔據了主導地位。但這種玄言詩，只重視說理，不重視修辭，平典恬淡，無詩味可言，完全喪失了建安詩歌的「風力」。鍾嶸對這種詩風強烈不滿，隨著綺靡侈麗詩風興起，玄言詩的影響就消退了。南北朝時期詩風雖有輕視內容的傾向，但在藝術表現方面卻逐步發展成熟，形式漸趨完美。唐朝是我國古典詩歌的鼎盛時期，大批優秀詩人創作了眾多優秀作品，使古典詩歌的美學特徵，得到了充分地發展和顯現。

詩中可不可以發議論？許多詩論家對此發表了不同的意見。宋代嚴羽，對當時那種「以議論爲詩」所造成的弊端，有深刻的認識，所作的批評也最深入，其《滄浪詩話‧詩辨》云：

> 夫詩有別材，非關書也；詩有別趣，非關理也。然非多讀書，多窮理，則不能極其至。所謂不涉理路，不落言筌者，上也。詩者，吟詠情性也。盛唐諸人惟在興趣，羚羊掛角，無跡可求。故其妙處，透徹玲瓏？不可湊泊，如空中之音，相中之色，水中之月，鏡中之象，言有盡而意無窮。近代諸公，乃作奇特解會，遂以文字爲詩，以才學爲詩，以議

〔註 22〕鍾嶸：《詩品》，台北：地球出版社，1994 年，頁 1～3。

論爲詩。夫豈不工？終非古人之詩也。蓋於一唱三歎之音，有所歉焉。〔註23〕

這段話表明嚴羽對詩歌的藝術特點，有深刻之認識。詩者吟詠性情，以發抒情感爲主，故不尙說理，論詩的人，多持此論。嚴羽強調詩「吟詠情性」的特徵，反對以議論爲詩，所謂以「文字」、「才學」、「議論」爲詩，均各有所指，歸於指斥當時詩人的弊病，訴之理性。而未主於情，欠缺了一唱三歎之效果。而「不涉理路，不落言筌」，並不是否定理和言的作用，這從嚴羽對歷代詩的評論和比較中可以觀察得知。再細入深究，詩不宜說理，其實不然，以詩的起源而論，即有主於理的詩，袁枚云：

或云：「詩無理語」，予謂不然。大雅：「於緝熙敬止，不聞亦式，不諫亦入。」何嘗非理語？何等古妙？文選：「寡欲罕所缺，理來情無存。」唐人：「廉豈活名具，高宜近物情。」陳后山訓子云：「勉汝言須記，逢人善即師。」文文山詠懷云：「疎因隨事直，忠故有時愚。」又；宋人：「獨有玉堂人不寐，六箴將曉獻宸旒。」亦皆理語？。〔註24〕

袁枚所言應是極有根據的，詩有主於理的一面，自詩經迄於現代，不乏其例，因爲人有理性的一面，故能接受有說理之詩。詩歌既是表達作者的感觸情思，便應同時包涵情感與理性兩方面，中國最早對詩歌的定義是「詩言志」，其中「志」是指個人的志趣懷抱，也就是個人的情感與思維。故以抒情方式寫個人情感，以議論方式表達個人思想，可說是自然而然的。王夫之〈薑齋詩話〉云：

謝太傅於毛詩取「訏謨定命，遠猷辰告」以此入句如一串珠，將大臣經營國事之心曲，寫出次第，故與「昔我往矣，楊柳依依，今我來思，雨雪霏霏。」同一達情之妙。〔註25〕

〔註23〕嚴羽：《滄浪詩話》，見何文煥、丁福保編《歷代詩話統編》，北京：北京圖書館出版社，2003年5月，第1冊，頁444。

〔註24〕袁枚：《隨園詩話》，北京：人民文學出版社，1999年6月，卷3，頁94。

〔註25〕王夫之：《薑齋詩話》，見何文煥、丁福保編《歷代詩話統編》，北京：

此引《世說新語》中的一個故事爲例。謝安問弟子，《詩經》中那幾句詩寫得最好，謝玄以寫景又具備高度抒情作用的，「昔我往矣，楊柳依依。令我來思，雨雪霏霏」四句寫景之句爲佳。謝安則以議論式的句子「訏謨定命，遠猷辰告」二句爲最佳，因爲這兩句評論大臣經營國事故之用心。」

詩宜抒情，不宜說理，偏偏有極多而傳流不朽的說理詩。在說理詩當中，更有議論詩，完全是「眞心直說」，多沒有透過比興的手法，更少寓理成趣，卻能激動人心，爭相傳誦，猶如文中有說理的議論文一般。然而唐末五代諷刺詩，這一類詩歌中的別調，正如異草奇花，珍禽怪獸，既然創造了，產生了，又如何能取消呢？又何必加以排斥？這類主議論的詩，沈德潛《說詩晬語》論之云：

> 人謂詩主性情，不主議論，似也而不盡然，試思二雅中何處無議論？杜老古詩中〈奉先詠懷〉、〈北征〉、〈八哀〉諸作，近體中〈蜀相〉、〈詠懷〉、〈諸葛〉諸作，純乎議論。但議論須帶情韻以行，勿近傖父面目耳！戎昱〈和蕃〉雲：「社稷依明主，安危託婦人。」亦議論之佳者。〔註26〕

沈氏以詩經的大小雅和杜甫詩爲例證，指出議論詩所在多有，不止古詩爲然，即近體中的絕句和律詩亦有之，但是他提出了議論詩的寫作法則：「須帶情韻以行，勿近傖父面目。」勿近傖父面目，在避免庸俗鄙下之見和詞句，這是所有詩歌創作的通則，除了以俗爲雅一類外，詩是不能犯這一毛病，否則容易乾澀無味，呈現庸夫俗子的面貌。換言之，議論既不是概念的描述，也不是憑空發論，而是要透過它來傳達作者的思想、感情，讓人瞭解作者的精神面貌，詩中的議論必須不能破壞詩的美感，也就是要能和形象結合，以詩的語言進行。至於「須帶情韻以行」，如果「情韻」係指詩的韻味則可，如果是指要有

北京圖書館出版社，2003年5月，第4冊，頁22。

〔註26〕沈德潛：《說詩晬語》，見何文煥、丁福保編《歷代詩話統編》，北京：北京圖書館出版社，2003年5月，第4冊，頁682。

情感而形成「情韻」的話，則混淆了抒情和說理、議論的範圍，因議論詩是主於理的。

議論詩之所以爲人激賞，除了聲律押韻等形式上的因素，在內容上應與議論文一樣，主於見識和裁斷，形成論點，或者深中人心，有同一的感受；或者出人意外，有拍案驚奇的痛快；或者意深詞婉，有橄欖餘味般耐得住咀嚼。唐末五代諷刺詩常以議論行之，詩人「以詩議政」，對於時弊有深刻的揭露和解析。他們以理性的態度進行批評，而以形象化語言爲表現手段，也就是所謂「帶情韻以行」。諷刺詩中的話不論是借古諷今、藉物以諷，或者是反映民生疾苦，直言諷刺的作品，都可以見到這種作法。

議論在詩歌之中大量出現，正是唐末五代諷刺詩的重要特色，張高評認爲：

> 「以議論爲詩」，除了能有效擴大詩歌之表達功能外，還能使詩歌具有古文的馳騁自如、談說的議論風發；讀者在接受主觀、感性、體驗、直覺之形象比興作品之餘，又能欣賞客觀、理性、思辨、分析之哲理議論詩歌，詩歌之鑑賞，如此方稱圓滿完足。〔註27〕

唐末五代諷刺詩中的議論，是詩人以詩歌作爲手段，反映社會現實並表達個人評論及判斷。詩人們不是直觀或直覺的意見，而是以理性邏輯思考爲基礎。就表現技巧而言，議論的進行須帶情韻以行，故或由景物興發而寓議論於其中，或以敘事爲前導而議論繼之，或人物故事與議論緊密結合，所興起之議論大都以形象化之語言作爲表現手段。

唐末五代諷刺詩中的議論，大多以形象化的描寫爲基礎，其表達具備了詩趣詩味，如錢鍾書所言：

> 乃不泛說理，而狀物態以明言，不空言道，而寫器用之載道，拈形而下者，以明形而上者，使寥廓無象者，託物以起興，恍惚無朕者，著跡而如見。譬之無極太極，結而爲

〔註27〕張高評：〈宋詩之新變與代雄〉，台北：洪葉文化出版社，1995年，頁209。

> 兩儀四象，鳥語花香，而浩蕩之春寓焉，眉梢眼角，而芳悱之情傳焉，舉萬殊之一殊，以見一貫之無不貫，所謂理趣也者此也。〔註28〕

因「議論須帶情韻以行」，〔註29〕所發的議論要充滿感情，而且要有韻味，不能言盡意止，一覽無餘，唐末五代諷刺詩人在深入觀察後，充份表達了詩人的批判、抨擊之意見。張高評認爲：

> 或即物以寓意，扣緊景物詳加唱歎議論；或因物以及人事，展開議論，寄託感慨；或詠物以抒慨，略寫景物，而發以議論，諷世疾俗爲主；或借端發慨，廣化深化主題，往往成爲「旁入他意」之警策，「言此意彼」之沈鬱頓挫。〔註30〕

張氏在論宋詩「以議論爲詩」時，認爲要使「以議論爲詩」理趣有餘，而不墮理障，其法有四，而觀此四法，與唐末五代諷刺詩中運用議論之情形卻不謀而合，其情意之表達痛切、激烈，無可避免地以議論入詩，逕開宋代「議論入詩」之門徑，議論在諷刺詩中大量被運用，且也有傑出之表現，於此可見，唐末五代，是中國詩史上一個特殊的時代，「瓜分豆剖」的社會現實，並沒有使詩歌毀滅，反倒是造就了一種不同於初唐、盛唐、中唐的獨特詩風，這種詩風且有著很強的影響力與延續性。宋初半個多紀的詩風，從整體上看，是在唐末五代詩風的延續和籠罩之中。其中諷刺詩大量議論之情形，已開宋人議論之先聲，也可說是唐詩過渡到宋詩中的一座橋梁。

詩尚抒情，但詩中之情經過理性的過濾，多少含有理的因素，只是不直露而已。詩也不完全排斥議論說理，大多輔抒情以行，起某種點醒的作用，這在古體歌行中較爲常見。但是中國詩歌史上，也有向理性傾斜的時代，宋詩之重理就是一個典型。紀昀認爲：「宋人以議

〔註28〕錢鍾書：《談藝錄》，台北：藍燈文化事業公司，1987年，頁270。

〔註29〕沈德潛：《説詩晬語》，見何文煥、丁福保編《歷代詩話統編》，北京：北京圖書館出版社，2003年5月，第4冊，頁682。

〔註30〕張高評：《宋詩之新變與代雄》，台北：洪葉文化出版社，1995年，頁202。

論爲詩，漸流粗獷，故馮氏有史論之譏。然古人亦不廢議論，但不著色相耳！」〔註31〕「不著色相」即指議論寫得含蓄，有著鮮明生動形象和情趣的藝術結晶。反之，「著色相」則是顯露，是抽象空洞，難以捉摸的東西，流於粗獷。唐末五代諷刺詩作，寓議論於敘事之中，形象鮮明，並以率眞見長，情韻兼勝，留有餘地，所以警策動人，也別饒幽致。

後人在評論宋詩特點時，常有以「好議論」爲其弊者，明代屠隆《由拳集・文論》即說：「宋人好以詩議論。夫以詩議論，即奚不爲文而爲詩哉？」〔註32〕「以議論爲詩」的主要含義，是指詩歌議論化。事實上，以議論入詩並非自宋人開始。從《詩經》至班固、左思、杜甫、白居易、韓愈等人，都擴展了詩歌議論的範圍。到了宋代，談史論政、談詩論藝的詩，比唐詩更有進展，而且更有成績，他們把習慣於狀物、敘事、抒情、感懷、言志的詩，帶到另一個新的疆域，這是宋詩發展的必然趨勢，也是宋人在重視詩歌的社會功能時，所必須發展的途徑之一。

「多議論」與其說是宋詩缺點，還不如說是宋詩的特點來得客觀。其形成原因固然是多方面的，然在學習唐人而力求創建自己的時代風格，是主要因素之一。蔣士銓認爲：「唐宋皆偉人，各成一代詩，變出不得已，還會實迫之。格調苟沿襲，焉用雷同詞？宋人生唐後，開闢眞難爲。」〔註33〕古典詩歌的主要型態，至唐末五代已難再有所作爲，宋初一批詩人意欲繼承唐詩，結果只能學步效顰，嚴羽《滄浪詩話・詩辨》指出：「國初之詩尚沿襲唐人。」〔註34〕這似乎已成爲定論。但這還只是一個較爲籠統的說法，有必要進一步分析。宋初詩

〔註31〕紀昀批點：《瀛奎律髓》，台北：佩文書社，1960年8月，頁20。
〔註32〕屠隆：《由拳集》，台北：藝文印書館，1989年1月11版，卷32。
〔註33〕蔣士銓：《忠雅堂集校箋》，上海：上海古籍出版社，1993年12月，卷13，頁986。
〔註34〕嚴羽：《滄浪詩話》，見何文煥、丁福保編《歷代詩話統編》，北京：北京圖書館出版社，2003年5月，第1冊，頁443。

歌同樣有不同支派。這些支派側重於取法唐詩中的不同體派，概括來說，有白體、西昆體、晚唐體這三大支派。「白體」詩人主要有李昉、徐鉉、王禹偁等，尤以王禹偁爲突出之代表。所謂「白體」，是指效慕白居易詩而形成的平易淺切詩風及酬答唱和之風。其次在宋初詩壇，「晚唐體」詩人也是頗活躍的一個支派，這派詩人主要有林逋、寇準、魏野、魯三交及九僧等。這派這派詩人欲改變「白體」末流那種過於淺俗的詩風，捕捉山水物象而加意鍛煉，卻又迥然不同於「西昆體」那種輕白描而重用事的寫法。宋初詩壇上的一個重要支派是「西昆體」，這派詩歌盛行於宋初六十餘年的最後階段。這詩派的形成以《西昆酬唱集》爲標誌，由他們的唱酬詩集進而形成詩派，其代表人物是楊億、劉筠、錢惟演。然而，需加以指出，作爲從「唐音」到「宋調」之間的過渡，宋初詩歌也並非僅是對唐詩的回復與沿襲，同時也蘊蓄著宋詩的發展趨勢，萌生著新的時代風格的種子。

北宋中期，社會、文化都發生深刻的變化。經過宋初六十餘年的休養生息，從宋仁宗當政始，宋代進入了發展興盛階段。北宋中葉，儒學復興，但實際上與傳統儒學有著很大之不同，具備了新的時代內容，社會的發展也帶來了各種矛盾與衝突，士大夫階層對於社會民生有著很強烈的責任感，關注、批評時政的現實精神，也很自然地投注於詩歌寫作之中。儒家的政教詩學又成爲創作的主流。而詩文革新運動，也正於這種背景之上興起。一些有識見、有才華的詩人，不甘於依傍前人，蹈襲模仿，因此從題材、用字、用典、表現手法以及句法等方面，力求異於唐末五代詩人，另闢蹊徑，繆鉞指出：「宋人欲求樹立，不得不自出機杼，變唐人之所已能，而發唐人之所未盡。」〔註 35〕宋人發現，蘊蓄議論、說理的詩篇，前代雖已有之，但這條幽微的道路，仍然大有拓展前景。於是，蘇舜欽、梅堯臣、歐陽修謹慎地摸索於前，蘇軾更是大刀闊斧地地開闢邁進，王安石勇敢地馳騁於後，黃

〔註 35〕繆鉞：《詩詞散論》，台北：台灣開明書店，1956 年 10 月，頁 17。

庭堅等則放心大膽地追隨。唐末五代詩風以及宋初的西昆體詩風等，明顯地不適應這種時代的需要，理所當然地要遭到革除與批判。而眞正的宋詩風貌即在此期形成，以恢復騷雅爲己任，這種看似復古的作法，卻又蘊含著獨特風貌的宋詩，改變了唐詩重情韻重意象的風格特徵，成就了宋詩以文爲詩，以才學爲詩，以議論爲詩，縱橫開闔，議論深遠，而氣勢磅礴的特色。而其中的領柚人物是一代文宗歐陽修，歐陽修反對「西崑體」，倡導詩文革新，堅持風騷傳統，主張詩歌創作要有現實意義。其詩風樸實自然，於議論中蘊含著濃烈的感情，平易流暢之中又極富情韻的含蓄之美，形象中隱喻著深邃的哲理。歐陽修的詩學理論與創作實踐，使宋詩進入了成熟的峰巔。

唐末五代諷刺詩在表達上較多訴諸議論言理之手法，也因此直接開啓了宋代詩歌議論化，引發了「宋調」。許學夷指出：

> 晚唐人既變而爲輕浮纖巧，已復厭其所爲，又欲盡去鉛華，專尚理致。於是意見日深，議論愈切，故必至於鄙俗村陋耳。此上承元和而下啓宋人，乃大變而大敝矣。〔註36〕

許氏指出其遞嬗之軌跡，誠屬有識之見，但認爲「鄙俗村陋」、「大敝」則恐未必如此。錢鍾書認爲：「宋詩多以筋骨思理見勝」，〔註37〕宋人好言理，信非虛語，但宋人的「言理」，並不一定直接以「議論化」的形態出現，而往往是在寫景抒情中表達某種對人生的思考與理解。宋人並非不寫景，相反的，寫景之作相當多，但在寫景之中，詩人往往力圖表達某種思想見解，宋代大量的「理趣詩」顯示了這一特點。

對人生意義的領悟，對哲理世界的體認，「意」的精警透闢，是宋詩的另一個突出特徵。宋人不以含蓄蘊藉爲審美旨歸，而以識度超卓、不同俗見，透闢直接而呈現出力道之美，若欲欣賞那種如藍田日

〔註36〕許學夷：《詩源辨體》，北京：人民文學出版社，1998年，卷32，頁308。

〔註37〕錢鍾書：《談藝錄》，台北：藍燈文化事業公司，1987年，頁2。

暖，良玉生煙，可望而不可置於眉睫之前的朦朧詩境，唐詩中隨處可尋，但若要得到一種心靈的叩擊、智慧的啓迪、精神的昇華，似乎只有漫步於宋詩之林。「一陂春水繞花身，花影妖嬈各占春。縱被春風吹作雪，絕勝南陌碾作塵。」（〈北陂杏花〉《全宋詩》卷 45）〔註 38〕王安石借杏花的意象，寫出了那種不爲任何摧折所動的堅定信念。「百囀千聲隨意移，山花紅紫樹高低。始知鎖向金籠聽，不及林間自在啼。」（〈畫眉鳥〉《全宋詩》卷 58）歐陽修後兩句出於議論，籠中的金絲雀，就算是有亮麗的羽毛，甘美的食物，卻還是比不上悠遊林間，自由自在啼鳴的快樂，寫出了自由的可貴。「寺裏山因花知名，繁英不見草縱橫。栽培剪伐須勤力，花易凋零草易生。」（〈題花山寺壁〉《全宋詩》卷 10）培育鮮花，剪除惡草，蘇舜欽詩中之意何等鮮明。這些詩作，都美在立意之警策，熔鑄之凝煉，使人讀後，難以忘懷，甚至強勁的震撼人們的心弦。詩中容許議論說理，只不過詩中的議論必須寓於情、融於景、依於事，詩中的理必須趨於妙、入於神、富於趣。使得議論無害於抒情，抒情包含哲理，發人深省的哲理與耐人尋味之詩意相融合，構成了所謂的「理趣」。

詩中的議論和哲理，是詩人於生活中，經過思慮之沉澱以及睿智地思索的眞知灼見，能深刻揭示社會生活之本質，並賦予作品積極的思想內涵。這種理性力量與鮮明生動的形象和豐富的情韻相結合，不但曉人以理，動人以情，並賦予美感之產生，宋詩以立意警策、深闢爲佳，而不欲使詩人之意包藏在意象朦朧之中，這是一種超越審美外觀的內在眞實，也正是宋詩之成就所在。宋詩風格之形成，多得力於唐末五代諷刺詩歌以議論入詩、詩中言理、通俗化之詩風影響。錢鍾書《宋詩選註・序》論宋代詩風之形成就認爲：「（宋人）把唐人修築的道路延長了，疏鑿的河流加深了。」〔註 39〕所言甚爲允當。

〔註 38〕傅璇琮主編：《全宋詩》，北京：北京大學古文獻研究所，1991 年，頁 2。

〔註 39〕錢鍾書：《宋詩選註》，台北：書林出版公司，1990 年，頁 11。

第四節　白話入詩，俚俗淺近

唐末五代政治腐敗昏亂，黨派傾軋爭鬥，學而優則仕的幻想破滅，使文人們傳統的政治抱負和社會責任感，遭受慘重打擊，逐漸轉向自憐自傷，由眼前景牽動心中事，於是客觀上使文士們更親近了民間和世俗，民俗文化直接影響著唐末五代文人們的價值觀、倫理觀和審美觀。檢視唐代的詩歌和作家，在反映民俗民風方面，以唐末五代的數量爲最多。

唐朝到晚期雖然在政治上逐步走向衰落，但經濟並未停頓且持續發展。通向西域的絲綢之路依然繁盛，東南一帶的經濟仍在局部的安寧中發展，揚州、蘇州、杭州、成都等城市，受戰亂的影響較小，甚至比初、盛唐時更爲繁榮。《舊唐書・食貨志》記載，武宗會昌「戶增至四百九十九萬五千一百五十一」。人口的急劇增長，使城市化速度明顯加快，都市濟優渥繁盛，替心理失衡、失落而彷徨的下層文人，提供了切入世俗的豐厚沃土，詩人們在繁華錦繡的都市中遊宴唱和，在一定程度上有力地促進了詩歌趨向俗化的傾向。

諷刺詩到了唐末五代，越有通俗淺近的傾向，不論是致力於古體詩，或是專擅近體的詩人，都很少書寫長篇詩作，擅長白描，不喜雕琢，少用典故。雖然，不同作家其作品風格不盡相同，但整體而言，唐末五代主要諷刺詩人的作品，都具備樸質曉暢，明白盡意的作風。其文字直露無隱、淺顯通俗，在唐末五代詩壇形成一種時尚與趨勢。明代胡震亨認爲：

> 「一將功成萬骨枯」，是疏語，「可憐無定河邊骨」，是詞語，又如「公道世間唯白髮」、「只有春風不世情」、「爭似堯階三尺高」、「劉項原來不讀書」等句，攙入議論，皆僅去張打油一間。〔註40〕

揭示了這類作品近於「打油」的淺俗語言特徵；胡應麟亦云：「盛唐

〔註40〕胡震亨：《唐音癸籤》見周維德集校《全明詩話》，濟南：齊魯書社，2005年6月，卷10，頁3655。

絕句，興象玲瓏，句意深婉，無工可見，無跡可尋，中唐遽減風神，晚唐大露筋骨，可並論乎」。〔註 41〕雖然立足於「興象」、「深婉」而褒貶之義甚明，但在客觀上卻指出了唐詩語言特徵上，逐漸趨向白話的演變軌跡。而且，唐末五代以創作主體的詩人，主要由崛起寒門而進入政壇的士大夫階層所組成，因此，大多仍然受到俗文化的士大夫階層的審美影響，詩歌趨俗化的審美傾向，正是這種大時代背景下文人與社會審美理想、審美方式和審美價值判斷的緊密結合，也是唐末五代社會人文的趨俗化在文學中的反映。那麼，唐末五代詩歌語言的淺顯通俗，則在俗文化基點與大眾結合，當時以創作主體的詩人，即多由沉淪民間的類似平民所組成，因此，詩歌呈現通俗的平民意識。

唐初由王梵志、王績、「四傑」等爲代表的通俗詩風，直接或間接地影響中唐元、白倡導的平易、通俗化的主張，更影響了唐末五代皮日休、杜荀鶴、羅隱、韋莊、鄭谷、貫休、齊己、聶夷中等現實主義的諷刺詩篇，使得質樸的通俗詩逐漸發展成爲一種壯闊的文學運動。諷刺詩人抒發閭閻中人民之心聲，代匹夫匹婦言語，其使用俚俗淺近之言，正可以貼切傳達庶民心意。劉勰《文心雕龍・神思》曰：「然後使元解之宰，尋聲律而定墨；獨照之匠，窺意象而運斤。」〔註 42〕詩歌意境通過意象構建，意象則是通過語言來創造。諸如：羅隱「采得百花成蜜後，爲誰辛苦爲誰甜。」〈蜂〉（《全唐詩》卷 662）、聶夷中「我願東海水，盡向杯中流」〈飲酒樂〉（《全唐詩》卷 636）之類晚唐通俗詩，語言活潑自然，所選擇的意象盡爲常見而淺切之物，其口語化、世俗化十分明顯，足見唐末五代詩人與世俗的相融關係。所以詩人們從生活中提煉詩歌語言，將通俗之語化爲神奇，措辭避免隱晦、艱澀，用語通俗流暢，予人新鮮明晰之感。茲以杜荀鶴、羅隱、聶夷中爲例

〔註 41〕胡應麟：《詩藪》見周維德集校《全明詩話》，濟南：齊魯書社，2005 年 6 月，內篇卷 6，頁 3566。

〔註 42〕劉勰：《文心雕龍注》，台北：台灣開明書店，1971 年 5 月台 9 版，卷 6，頁 1。

說明之。

杜荀鶴出身下層，對社會弊端和人民的遭遇有深切的理解，又其運用通俗平易的語言寫近體詩，大多數詩作明白曉暢，樸質生動，少用事，多白描，而且不避俗語。「晚唐詩人，有佳句而多俗言者，杜彥之荀鶴是也。」〔註 43〕杜荀鶴〈將入關安陸遇兵寇〉「已是數程行雨雪，更堪中路阻兵戈。幾州戶口看成血，一旦天心卻許和。」（《全唐詩》卷 692）；〈自敘〉「寧爲宇宙閒吟客，怕作乾坤竊祿人。詩旨未能忘救物，世情奈值不容眞。」（《全唐詩》卷 692）；〈贈李鐔〉「祗殘三口兵戈後，纔到孤村雨雪時。著臥衣裳難辦洗，旋求糧食莫供炊。」（《全唐詩》卷 692）；〈涇溪〉「涇溪石險人兢慎，終歲不聞傾覆人。卻是平流無石處，時時聞說有沈淪。（《全唐詩》卷 693）；〈自江西歸九華〉「他鄉終日憶吾鄉，及到吾鄉值亂荒。雲外好山看不見，馬頭歧路去何忙。無衣織女桑猶小，闕食農夫麥未黃。許大乾坤吟未了，揮鞭回首出陵陽。（《全唐詩》卷 692）以上詩句有些是律詩中的聯語，讀來卻無格律的拘束，這是格律詩散文化和通俗化的表現。杜荀鶴的諷刺詩幾乎都是此種通俗曉暢的風格，反映時事的詩作如〈亂後逢村叟〉（《全唐詩》卷 692）、〈山中寡婦〉（《全唐詩》卷 692）、〈田翁〉（《全唐詩》卷 693）、〈蠶婦〉（《全唐詩》卷 693）、〈旅泊遇郡中叛亂示同志〉（《全唐詩》卷 692）、〈傷硤石縣病叟〉（《全唐詩》卷 693）、〈再經胡城縣〉（《全唐詩》卷 693）等詩，皆具備通俗化的傾向，語言淺俗，情感眞切，針貶時事，具有積極之意義。

羅隱詩風平易自然，善於提煉通俗語言，使其某些一詩句成爲後人喜用的諺語。如「一年兩度錦江遊，前值東風後值秋。芳草有情皆礙馬，好雲無處不遮樓。山將別恨和心斷，水帶離聲入夢流。今日因君試回首，澹煙喬木隔綿州。」〈魏城逢故人〉（《全唐詩》卷 660），「家國興亡自有時，吳人何苦怨西施。西施若解亡吳國，越國亡來又

〔註 43〕余成教《石園詩話》，見蔡鎮楚編《中國詩話珍本叢書》第 18 冊，北京：北京圖書館出版社，2004 年 12 月，頁 240。

是誰。」〈西施〉（《全唐詩》卷 656）；「志士不敢道，貯之成禍胎。小人無事藝，假爾作梯媒。解釋愁腸結，能分睡眼開。朱門狼虎性，一半逐君回。」〈錢〉（《全唐詩》卷 695）；「盡道豐年端，豐年事若何。長安有貧者，爲端不宜多。」〈雪〉（《全唐詩》卷 695）；「不論平地與山尖，無限風光盡被占。采得百花成蜜後，爲誰辛苦爲誰甜。」〈蜂〉（《全唐詩》卷 662）等。這些淺俗的語句在羅隱的諷刺詩爲數甚多，有些詩句至像俗諺般，後來被小說、戲曲所採用而廣泛流傳，如「今朝有酒今朝醉，明日愁來明日愁」〈自遣〉（《全唐詩》卷 656）竟成爲人們的口頭禪了。

聶夷中的詩，以質樸無華、明白自然的語言譏刺時弊。「種花滿西園，花發青樓道。花下一禾生，去之爲惡草。」〈公子家〉（《全唐詩》卷 636）；「二月賣新絲，五月糶新穀。醫得眼前瘡，剜卻心頭肉。我願君王心，化作光明燭。不照綺羅筵，只照逃亡屋。〈詠田家〉（《全唐詩》卷 636）；「父耕原上田，子斸山下荒。六月禾未秀，官家已修倉。〈田家，二首之一〉（《全唐詩》卷 636）以上作品均屬短篇，對社會弊端和矛盾反映尖銳深刻，詩風樸質簡潔。

唐末五代諷刺詩的淺俗，首先表現爲語言的趨俗，最典型的是以口語俗字入詩。例如：羅隱「今朝有酒今朝醉，明日愁來明日愁。」〈自遣〉（《全唐詩》卷 636）；李山甫「世亂奴欺主，年衰鬼弄人。」〈自歎拙〉（《全唐詩》卷 636）；馮道：「但知行好事，莫要問前程。」〈天道〉（《全唐詩》卷 636）；貫休「爲人無貴賤，莫學雞狗肥。」〈白雪曲〉（《全唐詩》卷 636）；黃損「家肥生孝子，霸圖有餘臣。」〈讀史〉（《全唐詩》卷 636）；徐寅「身閑不厭頻來客，年老偏憐最小兒。」〈北園〉（《全唐詩》卷 636）等，流傳後世，成爲婦孺皆知的熟悉語句。又如貫休「今朝鄉思渾堆積，琴上聞師大蟹行。」〈聽僧彈琴〉（《全唐詩》卷 636）；齊己「叮嚀與訪春山寺，白樂天眞也在麼。」〈送僧歸洛中〉（《全唐詩》卷 636）等，有意模仿禪師間對答的語氣，顯現了淺俗之特色。以口語入詩，雖不是自唐末五代始，但至唐末五代時，已發展爲大量的口語被運用至詩歌中。口語的淺顯俗直有助於表達之眞切，成爲諷刺詩人抒懷寫意經常使用之方式。

唐末五代諷刺詩歌，淺切曉暢，明白如話，極少用典，又少用比興，既少深隱之比喻，亦少迂迴委婉之筆法，往往是直抒所見、所感。例如：貫休〈樵叟〉（《全唐詩》卷 828）：「樵父貌飢帶塵土，自言一生苦寒苦。擔頭擔個亦赤瓷甖，斜陽獨立濛籠塢。」白描的手法使人物形象躍然紙上。反映百姓勞苦如可朋〈耕田鼓詩〉（《全唐詩》卷 849）：「農舍田頭鼓，王孫筵上鼓。擊鼓兮皆爲鼓，一何樂兮一何苦。上有烈日，下有焦土。願我天翁，降之以雨。令桑麻熟，倉箱富。不飢不寒，上下一般。」諷刺衰頽士風如齊己〈君子行〉（《全唐詩》卷 847）：「苟進不如此，退不如此，亦何必用虛僞之文章，取榮名而自美。」等，皆採用白活、口語，描寫透闢，故言雖淺近，而及於理。又如吟詠傳統節序，徐弦〈九日落星山登高〉（《全唐詩》卷 756）：「秋暮天高稻穗成，落星山上會諸賓。黃花汎酒依流俗，白髮滿頭思古人。巖影晚看雲出岫，湖光遙見客垂綸。風煙不改年長度，終待林泉老此身。」齊己〈庚午歲九日作〉（《全唐詩》卷 646）：「門底秋苔嫩似藍，此中消息興何堪。亂離偷過九月九，頭尾算來三十三。雲影半晴開夢澤，菊花微暖傍江潭。故人今日在不在，胡雁背風飛向南。」其一淺切而另一俚俗，說明詩人追求通俗化的程度並不盡相同。又如徐鉉是五代宋初白體詩人中存詩最多，且有特色的主要作者，作詩追求淺切而不喜雕琢，其〈送王四十五歸東都〉（《全唐詩》754）：「海內兵方起，高筵淚易垂。憐君負米去，借此落花時。想憶看來信，相寬指後期。殷勤手中柳，此是向南枝。」此詩是徐鉉名作之一，將別離之情寫得清淺明白，婉切可諷，充分達到字句通俗而風神不俗的藝術效果。

唐末五代諷刺詩人，往往喜歡以數字爲對句，藉以達到淺俗的效果。運用數字成對，造成詩歌之整齊性，稱爲數字對。凡數字如半、一、二、三、四、五、六、七、八、九、十、百、千、萬等。或代表數量之詞，如孤、兩、雙、群等與詞結合成具有數量性名詞之對仗，即為數字對。故不論數字之大小、多寡，均顯示出量化效果，呈現了多采多姿的情形。以羅隱詩歌為例：

一種為祥君看取，半禳災沴半年豐。〈甘露寺看雪上周相公〉

一竿如有計，五鼎豈須烹。〈雪霽〉

一榻偶依陳太守，三年深憶楠先生。〈安陸贈徐礪〉

一枝晴復暖，百囀是兼非。〈鶯聲〉

霸主卷衣才二世，老僧傳錫已千秋。〈秦望山僧院〉

價輕猶有二，足刖已過三。〈寄洪正師〉

三署履聲通建禮，九霄星彩映明光。〈送陸郎中赴闕〉

平生四方志，此夜五湖心。〈思故人〉

一竿如有計，五鼎豈須烹。〈雪霽〉

四海霍光第，六宮張奉營。〈使者〉

霜鱗共落三門浪，雪鬢同歸七里灘。〈酬章處士見寄〉

八族未來誰北拱，四兇猶在莫南巡。〈湘妃廟〉

九州似鼎終須負，萬物為銅只待熔。〈淮南送李司空朝覲〉

十年此地頻偷眼，二月春風最斷腸。〈逼試投所知〉

半夜秋聲觸斷蓬，百年身事算成空。〈西京道中〉

樓移庾亮千山月，樹待袁宏一扇風。〈途中獻晉州孟中丞〉

一二三四五六七，萬木生芽是今日。〈京中正月七日立春〉

重言虛有位，孤立竟無成。〈感舊〉

野迥雙飛急，煙晴對語勞。〈燕〉

冷疊群山闊，清涵萬象殊。〈秋日富春江行〉

以上列舉二十首為例證，在羅隱詩歌中「數字對」運用廣泛，在這些數目字中，有些是實數，有些是虛數。所以「一竿」對「五鼎」、「群山闊」對「萬象殊」、「重」對「孤」、「千山月」對「一扇風」、「雙」對「對」、「四海」對「六宮」等，羅隱運用單對雙、多對多、一對多、多對一之數字對，用以表現其詩作活潑而不呆板之韻律與節奏，達到

了淺俗的效果。〔註44〕

詩家忌直露，可是卻有極多極好的「直露」佳詩，因爲人在痛極、恨極、憤極，甚至愛極之時，發而爲詩，自必求一瀉爲快，那種激動跳躍而又抑壓不住的情志，如同瀑布懸流一般，只求快淋漓地表露出來。沈德潛認爲：「諷刺之詞，直詰易盡，婉道無窮」。〔註45〕就諷刺詩實際創作的藝術效果而言，沈氏此語並非定理。寄情於「直詰」，在具有強烈諷刺力道的同時，同樣會有震盪心靈的審美藝術效果。隨著唐末五代，中央集權一步步的削弱，來自下層的文人，對於現實的絕望，於是在反映現實、諷刺現實之同時，往往扯下了儒家詩歌溫文儒雅的面貌，使得諷刺之方式更直露，對象更直接，而語言也更俚俗淺近。唐末五代諷刺詩歌是那個時代社會的陰影在詩人心靈上的投映，也是詩人們對社會環境所做的回應，雖然它不很崇高，但十分眞實、深遠。冷眼觀世，直接面對人生，揭穿了眞世相，道出人人心中之所思所感，引起廣泛共鳴；同時因其追求淺易簡明，所以爲民眾所喜聞樂道。既傳誦於當時，亦揚名於後世，產生了廣泛的社會效應，深入民間，成爲口耳相傳的成語、熟語。

自中唐、晚唐出現，並一直延續到宋代的「俗」文學中，可以清晰地梳理出唐末五代詩歌，趨俗化的流變脈絡。唐末五代詩的趨俗化是初、盛唐世俗詩脈絡的延伸，達到了唐詩世俗化的高潮，對各種詩體文體都產生了強勁的滲透，並對宋初文學產生直接影響。張高評認爲：

> 中唐至宋初的詩歌風格，遂向通俗化轉變，審美情趣亦趨向於「化俗爲雅」，宋代詩人乃因勢利導，以通俗化之氣質融會典雅之詩歌，爲達成詩歌之復雅崇格而努力。〔註46〕

宋代文學可謂是中國文學史上，文人創作向世俗文化的過渡階段，而

〔註44〕黃致遠：《羅隱及其詩研究》，台北：中國文化大學中國文學研究所碩士論文，2003年12月，頁170～173。

〔註45〕沈德潛：《說詩晬語》，見何文煥、丁福保編《歷代詩話統編》，北京：北京圖書館出版社，2003年5月，第4冊，頁682。

〔註46〕張高評：《宋詩特色研究》，吉林：長春出版社，2002年5月，頁382。

宋代的尚俗風氣，亦絕非一蹴可幾。在這個過程中，不可忽視唐末五代詩趨俗化，是其極爲重要的一環。這種趨俗化的審美特質，不但極大地豐富了唐代文學的整體風貌，更爲唐宋文學的轉型和健康發展，奠定了堅實的根基。

綜上所述，唐末五代諷刺詩的實用功能性高過其藝術性，詩人們敢於直言抗爭，對於腐敗的政治、和混亂的社會現實，有直率的揭露和抨擊。故諷刺詩價值是多方面的，其影響更是深遠而廣闊。

一、庶人議政，眞實紀事：唐末五代諷刺詩人仍秉持著知識份子的良心及道德勇氣，以詩議政，批評現實，發揮「處士橫議」的精神，這些詩作表現了唐末五代詩人的良心和道德勇氣，記錄了當代歷史，可以當作「詩史」來閱讀。

二、刺美時政，勸善懲惡：諷刺詩多直露盡意，而少含蓄婉約，多採用直陳的手法，使情感毫不掩抑地渲洩，雖與當時特殊的時代背景有關，但部份作品有筋骨太露之缺失，缺乏詩的含蓄之美。

三、議論說理，開創詩風：唐末五代諷刺詩人喜作議論，擅長在詩中表達其哲理性之思考。且詩中議論非憑空而發，多能與形象化的描繪結合，議論中呈現卓越的見解，使諷刺之意更淋漓盡致。

四、白話入詩，俚俗淺近：唐末五代諷刺詩人，有通俗化、口語化傾向，詩中長於白描，極少用典，不作雕飾，且化俗爲雅，明白曉暢，達到了「老嫗能解」，通俗的詩風與詩人，對廣大下層民眾的關懷能緊密結合。

而宋詩的主要特點，劉大杰認爲：「大多集中在多議論、言理不言情、詩體散文化、俚俗而不典雅。」〔註47〕在唐末五代諷刺詩中，都已經明顯地呈現，在詩歌作品中，很容易看到宋詩的特色，是唐詩

〔註47〕劉大杰：《校正本中國文學發展史》，台北：華正書局，1976年12月，頁651。

過渡到宋詩變革中的先聲。若將詩歌分為唐音和宋調，晚唐諷刺詩在表現手法上，更接近於宋詩，具有承先啓後的關鍵地位。

第八章　結　論

唐代是中國古典詩歌的鼎盛時期，歷代以來對此大多持肯定態度，而少有異議。明代馮時可〈唐詩類苑序〉云：

> 愚謂詩至於唐，緣情綺靡之功始爲大備，猶服之有九章，食之有八珍，酒之有五齋，豈可執茹毛衣皮、匏樽坏飲以誚其失古耶？夫《三百篇》非以字句古也，貴在旨溫厚而聲不上。漢、魏非聲律高也，貴在氣渾龐而調不下。唐人之妙在能不失《三百篇》之旨，而務完漢、魏之氣，且又藻潤以晉、宋之剩馥，梁、陳之餘妍，故作者雲合，愈出愈變，愈變愈奇，抑之沉九淵而不卑，揚之亙九天而不亢，神情俱際，氣貌並玄。至於歌、行、律、絕，暢古開今，即使屈、宋操觚，蘇、李授簡，能掩其秀而奪其色乎？〔註1〕

認爲唐詩繼承了《詩經》以來歷代詩歌的優點，在集大成的基礎上，而有發展及創新。詩的各種體裁至唐代已經完備，詩的藝術風格更是美不勝收，而詩的作者遍及社會各個階層，而且作者都有一些佳作傳世。唐詩的成就，確實超過其前代，而又爲後人所難以望其項背。

諷刺詩是中國自《詩經》以來一脈相承的文學傳統，中國最早的諷諭理論如〈毛詩・大序〉所言：「治世之音安以樂，其政和；亂世

〔註1〕張之象：《唐詩類苑》，上海：上海古籍出版社，2006年4月，頁28～29。

之音怨以怒，其政乖；亡國之音哀以思，其民困。」〔註2〕說明了詩和政局的關係，也確立了諷刺詩爲政治服務的基本性質和功能，此後歷代諷刺詩都與詩序的宗旨或原則相關。

詩歌風格的形成，由時代環境所孕育，時代的好尚、風氣，影響著詩歌發展。劉勰《文心雕龍・時序》云：「故知歌謠文理，與世推移；風動於上，而波震於下者。」〔註3〕精準地說明了時代對文學創作有普遍的影響。但唐末五代的歷史背景與文化，皆迥異於以往，對於不同時代的文學作品，用同一標準去評價、衡量是不客觀的。唐末五代詩歌自有其特殊風貌。鍾惺認爲：「看晚唐詩，但當采其妙處耳，不必問其某處似初、盛與否也。亦有一種高遠之句，不讓初、盛者，而氣韻幽寒，骨響崎嶔，即在至妙中，使人讀而知其爲晚唐。」〔註4〕幽寒、崎嶔，其詩歌藝術美是多采多姿的。唐末五代諷刺詩人的悲傷感慨，不僅侷限於個人，較偏重於國家社會，呈現王朝末期的「衰颯」之氣，那種無可奈何的悵惘、落寞，對於盛衰興亡的深沈思考，對世事無常的人生感慨，人生末路的悲哀以及王朝覆滅的慨歎。詩人指出造成種種不合理現象的普通規律，也指出國家興衰存亡的歷史定律，試圖爲奄奄一息的局勢，謀求生存之道。在多次理想的幻滅，那種破敗氛圍中養育出來的淒美，一種蕭瑟的情韻，若因此批評爲「衰颯」之氣，而抹煞其反映時代社會風貌的特有價值，進而否認其獨特的藝術魅力，是淺薄而不理性的。葉燮認爲：

> 論者謂晚唐之詩，其音衰颯。然衰颯之論，晚唐不辭;若以衰颯爲貶，晚唐不受也。夫天有四時，四時有春秋，春氣滋生，秋氣肅殺，滋生則敷榮，肅殺則衰颯，氣之候不同，

〔註2〕《詩經》，見《十三經注疏》，台北：藝文印書館1981年1月，第2冊，頁16。

〔註3〕劉勰：《文心雕龍注》，台北：台灣開明書店，1971年5月台9版，卷九，頁24。

〔註4〕鍾惺：《唐詩歸》，見《續修四庫全書》集部，上海：上海古籍出版社，1995年，第1590冊，卷33頁219。

非氣有優劣也。〔註5〕

承認晚唐的風格是衰颯，但不以衰颯爲貶，正如花一樣，春花有春花之豔，秋花有秋花之美，實各有其美，無從評其優劣。唐末五代政治社會儘管衰落，但文學藝術等許多方面卻有進一步的發展，陸侃如認爲：「在詩史上，這是一個光榮的時代，而在唐代的歷史上，卻是一個不光榮的時代。」〔註6〕故文學作品的成就高低，不必然與時代盛衰成正比，這種評斷是頗爲恰當的。對唐末五代被忽視已久的諷刺詩人及其詩作，應受到公正的評價，並恢復其應有之地位。

諷刺詩的創作源遠流長，《詩經》民歌，和「緣事而發」漢民歌樂府，是先民生活感受最眞實的反映，至唐代杜甫寫作關懷國事民生的寫實詩篇，元、白等詩人繼之，以富於人道關懷的寫實精神，繼續開發新樂府的主題和內容，唐末五代諷刺詩在中唐新樂府之後，繼承「文章合爲時而著，歌詩合爲事而作」的創作原則，皮日休、黃滔、吳融等人提出「善善則頌美之，惡惡則諷刺之」的詩歌理論，主張詩歌之創作當有助於教化，有利於世道人心，強調詩歌的社會功能，堅持陳子昂、李白、杜甫、元結、自居易、元稹以來，一脈相承的詩學傳統，配合著詩歌諷刺理論，唐末五代詩人大量的寫作關懷民瘼，針貶時弊的諷刺詩，元白諷諭詩在主題和技巧上已經達到很高的成就，唐末五代詩人吸納前人的經驗後再行突破，轉出新風格，故不論在主題、內容、形式、技巧等方面都開創新局，使諷刺詩更向前邁進發展。

諷刺詩在唐末五代大量出現，與時代背景有關，混亂腐敗的時代刺激了諷刺詩的寫作，君王荒逸，宦官專擅，強藩割據，中央政府毫無實權可言。朝政紊亂使國勢更加衰敗，經濟窮竭，使社會更加蕭條，百姓深受苛稅雜徵煎熬，各地大小民變不斷，混亂動盪刺激著詩人，

〔註5〕 葉燮：《原詩》，見何文煥、丁福保編《歷代詩話統編》，北京：北京圖書館出版社，2003年5月，第5冊，外篇，頁62。

〔註6〕 陸侃如、馮沅君：《中國詩史》中，北京：人民文學出版社，1956年，頁457。

成爲詩人筆下重要的主題。且唐代言論自由，知識份子勇於議政與進諫的精神，在一定程度上也鼓勵了唐末五代諷刺詩的寫作。

唐末五代雖未出現「大家」，但「名家」輩出，杜荀鶴被宋代嚴羽所看好，將「杜荀鶴」體、「李商隱」體、「杜牧體」，列於唐末五代鼎足而三者。如羅隱、韋莊、韓偓被後人尊爲唐末五代的「華岳三峰」；〔註 7〕唐末五代作家作品數量眾多，名篇佳句不可勝數，例如：羅隱「今朝有酒今朝醉，明日愁來明日愁。」〈自遣〉（《全唐詩》卷 636）；李山甫「世亂奴欺主，年衰鬼弄人。」〈自歎拙〉（《全唐詩》卷 636）；馮道：「但知行好事，莫要問前程。」〈天道〉（《全唐詩》卷 636）；貫休「爲人無貴賤，莫學雞狗肥。」〈白雪曲〉（《全唐詩》卷 636）等，皆質樸無華，明白而自然。

唐末五代諷刺詩人進行批評的情形和心態，宜以「庶人議政」一詞加以概括。他們大多數沉淪下僚，際遇坎坷，他們全面思考唐末五代國勢衰敗的原因，以及社會問題癥結之所在，因此有關政治、軍事、經濟及社會問題，都是他們關心的話題。詩人批評諷刺的對象，囊括了各個層面，觀察入微，剖析深刻，具有史識，能夠反映現實，呈現當代最眞實的面貌。

在時代背景下滋生、蔓延的刺時、憤世的情緒，卻也形成一種涵蓋廣泛的精神氛圍，普遍滲入文人心理，並時時顯現於創作實踐中。當時「曹鄴、劉駕、聶夷中、蘇拯、皮、陸之徒，相繼有作，風流益盛。其辭旨之含郁委宛，雖不必盡如杜陵之盡善無疵，然其得詩人詭諷之義則均焉」。〔註 8〕唐末直至五代，文人們創作批評現實的詩作，來諷刺現實政治的黑暗，採取的諷刺手法，涵蓋兩大類，一方面藉由詠史、詠物構成的比興意象，以自然景物象徵社會人情，以日常生活隱喻社會政治，或以歷史人事隱喻現實情形，達到「借物以諷」、「以

〔註 7〕聶安福：《韋莊集箋注》，上海：上海古籍出版社，2002 年 4 月，頁 3。
〔註 8〕胡震亨：《唐音癸籤》見周維德集校《全明詩話》，濟南：齊魯書社，2005 年 6 月，卷 15，頁 3737。

古諷今」的效果，形成婉曲的諷刺。另一方面，則是以直陳的方式，直接面對社會政治黑暗面，毫不隱諱的直抒胸中的憤懣之氣，採取「直言以刺」尖銳而直接的諷刺手法。唐末五代諷刺詩人，雖具有才能抱負，卻際遇困頓，他們生活於社會中，在飽經戰亂的顛沛疏離，親身經歷過一般百姓所遭遇之痛苦，因此詩人們能清楚地認識政治、社會之嚴重危機，一針見血地指陳時弊，並深切同情廣大的平民百姓。諷刺詩歌不只是在洩導人情，同時也在記錄歷史，爲時代作見證，將個人生命憂傷與國家興衰存亡緊密地聯繫，深刻地反映出亂離時代廣大人民的生活感情。故欲了解唐末五代詩壇的整體風貌，不可忽視描寫眞實，情感沉痛的諷刺詩。

唐末五代重要的諷刺詩人，大多出身平民，懷抱淑世理想，卻迫於黑暗的政治現實，雖未能一展抱負，面對亂世，也未因挫折隱遁，這些未能進入中央政權，卻又關懷國事、社會民生的詩人，便以詩來關切政治，反映民生疾苦，以詩達到議政之效果。唐末直至五代，文人們以創作批評現實的詩作，來諷刺現實政治的黑暗，由於這些詩人大多出身平民，在仕途上又備嚐艱辛，際遇坎坷，因此對社會狀況有深切的體認，對人民的痛苦有感同身受的同情，發而爲詩，能夠切中時弊，是晚唐社會的觀察者和記錄者。

唐末陸龜蒙、皮日休繼承杜甫、韓愈的傳統，使「以文爲詩，以議論爲詩，以才學爲詩」主張，達到一個新的高潮，對啓迪宋詩特色起了不可忽視的作用。〔註 9〕羅隱、韋莊、韓偓、鄭谷等人莫不由唐入五代，他們的詩歌創作必然對五代宋初詩風有所影響。如宋初，鄭谷詩「其詩極有意思，亦多佳句，但其格不甚高。以其易曉，人家多以教小兒，余爲兒時猶誦之。」〔註 10〕歐陽修「兒時猶誦之」。宋初

〔註 9〕 李鋒：〈唐詩與宋詩的橋梁——陸龜蒙詩歌藝術初探〉，上海：《華東師範大學學報》，1987 年，第 1 期。

〔註 10〕 歐陽修《六一詩話》，見何文煥、丁福保編《歷代詩話統編》，北京：北京圖書館出版社，2003 年 5 月，第 1 冊，卷 15，頁 158。

盛行的「白體」與羅隱、杜荀鶴等人，對白居易通俗詩風的發展是密切相關的，是唐末五代詩風的延續。然而，在宋代以後，唐末詩人的文學地位低落，即使是羅隱、韋莊、韓偓、鄭谷、吳融、貫休、齊己等這些成就較高的詩入，也只是偶爾被獨具慧眼者讚揚。他們常常被忽視，甚至遭受武斷的否定。

事實上，唐末五代詩歌對後代文人創作多有影響。以宋代爲例：鄭谷的詩廣泛流傳於宋初社會各階層，晏殊的名詞〈浣溪沙〉不僅意思沿襲鄭谷〈和知己秋日傷懷〉一詩，而且還套用該詩「去年天氣舊亭台」句子。柳永的詞〈望遠行〉化用鄭谷的詩〈輦下冬暮詠懷〉和〈雪中偶題〉。〔註 11〕李清照的名詞〈如夢令〉「昨夜雨疏風驟」就化自韓偓〈懶起〉「昨夜三更雨，今朝一陣寒。海裳花在否，側臥捲簾看」（《全唐詩》卷 683）。她的另一首詞〈點絳唇〉「蹴罷鞦韆」也化自韓偓的〈偶見〉。在「詩莊詞媚」的認知下，宋代文人不僅在詞的創作上受到唐末五代詩歌的影響，而且在詩歌創作上，也受到唐末五代詩歌的影響。如范仲淹的〈釣台詩〉「世祖功臣三十六，雲台爭及釣台高」，就是羅隱〈嚴陵灘〉詩句「世祖升遐夫子死，原陵不及釣臺高」（《全唐詩》卷 663）的反其意而用之。

宋代及宋代以後的文人，所以對唐末五代詩歌常大加貶斥，一方面，是客觀上唐末五代詩人，其詩歌創作有著許多缺失與弊端。另一方面，則是後代批評者之主觀偏見。後世的文學批評者大多以「詩必盛唐」爲標準來評論詩歌之優劣，認爲盛唐之後的詩歌創是江河日下。其次，唐末五代詩人，處於王朝替代之際，某些詩歌創作往往被指責爲「亡國之音」而加以鄙視，明代王世貞認爲：「不知僖、昭困蜀、鳳時，溫、李、許、鄭輩得少陵、太白一語否？有治世音，有亂世音，有亡國音，故曰聲音之道與政通也。」〔註 12〕第三，唐末五代

〔註 11〕趙昌平《趙昌平自選集》，桂林：廣西師範大學出版社，1997 年，頁 199～200。

〔註 12〕王世貞：《藝苑卮言》，見周維德集校《全明詩話》，濟南：齊魯書社，

由於政治昏暗，社會動亂，文人詩歌中常有憤激不平之氣，因此這些詩作常被指責爲偏激直露，不懷符合「溫柔敦厚」的詩歌傳統。

唐末五代詩歌，儘管有一些缺失，但不能一筆抹殺其價值，以往某些偏見的批評實不足爲取。面對大環境的混亂，劇變之中的唐末五代諷刺詩作者，思想上抱持著「經世濟民」的實用理念，希望藉助於詩歌以達到救助人民，裨補時政之目的，題材內容則以反映現實，關心時事、同情百姓，悲天憫人爲主，詩歌創作是眞情流露，故應以詩歌本身的時代意義及藝術特色作爲衡量標準。「歌謠文理，與世推移」，〔註13〕一個時代有一個時代的社會風俗、審美趣味和創作傾向，而「文律運周，日新其業，變則其久，通則不乏。」〔註14〕自中唐以來，詩歌創作便形成了意必求新、詞必己出之趨勢，因此唐末五代諷刺詩歌自有其不可抹殺之處。且影響及於後代，宋代詩歌繼唐詩之後而爲詩國又一座高峰，宋詩之變於唐，主要在於體現了宋代特定的文化精神，從而展示出獨特的風貌。王珂認爲：

> 元代民間戲曲的興起也爲諷刺詩開闢了一個新紀元，戲臺上很多丑角人物插科打渾的常常是自嘲的諷刺詩，嘲世的詩也常常出現在戲臺上。……文體的解放（散曲），導致了創作的自由，諷刺手法增多，諷刺的辛辣程度也有提高。……到了明清，由於市民文化的勃興，精英文化的代表文人，特別是科舉場上失利的才子文人的媚俗，在日常生活中出現雅俗大合流現象。市民生活的審美情趣得到前所未有的重視，諷刺詩的道路更漸廣闊，諷刺手法被廣泛用於詩歌創作中，在戲曲、小說創作中也大量使用，特別是在散曲中廣泛運用。無論是文人的詩歌或者民歌，都可以見到大膽的嘲人嘲己的諷刺之作。〔註15〕

2005年6月，卷4，頁1928。

〔註13〕劉勰：《文心雕龍注》，台北：台灣開明書店，1971年5月台9版，卷9，頁23。

〔註14〕同前註，卷6，頁18。

〔註15〕王珂：〈論中西諷刺詩的文體特徵及差異〉，福州《陽山學刊》，2004

元代戲曲，明、清之詩歌、小說及戲曲等文學作品，在創作上，皆大量運用諷刺手法。

綜上所述，唐代詩歌達到前所未有的顚峰狀態，綻放出炫目盪魂，撼人心魄的瑰麗光采，且其餘光持久不去，宋詩繼唐詩輝煌之後，如何在唐詩已有基礎上擷芳汰蕪，推陳出新，創作出具有唐詩迷人之風味，而又能樹立自己獨特格調之詩歌，期望能與唐詩並駕齊驅，便成爲宋初詩人所面對之嚴肅課題。

另外，從文學本身發展而言，它絕不能離開歷史發展的軌跡，特別是與它相連的前代風氣影響。宋代詩歌由於處在唐詩盛況之後，似乎一切好詩，到唐都已被做完，清代蔣士銓在其《忠雅堂集》卷十三〈辨詩〉中感歎：「宋人生唐後，開闢眞難爲，一代只數人，餘子故多疵。」〔註16〕宋初的詩壇，即籠罩在唐末五代詩風，其所具體呈現的，亦是唐末五代詩風的延續。在唐詩與宋詩交替的過程中，唐末五代諷刺詩人擔負起過渡時期橋梁的角色。劉大杰在談論宋詩的特點認爲：

> 大多集中在「多議論」、「言理不言情」、「詩體散文化」、「俚俗而不典雅。」這幾點上。這種情形，雖不能說宋代詩人都是如此，但那幾位代表詩人，如歐陽修、王安石、蘇東坡、黃山谷和那些道學家的作品，或此或彼、或濃或淡，總帶著這些傾向。〔註17〕

緣於時代環境的制約與浸染，唐末五代諷刺詩所表現的特質，迥異於初唐，也有別於盛唐、中唐。不以氣象雄渾取勝，而以寫情淒惻擅長，有其特殊時代風味，及其優於前代的韻致。唐末五代詩是唐詩的繼承和發展，是唐、宋詩風轉變的橋梁，是文風遞進過程中的接棒者；它

年1月，第17卷，第1期，頁31。

〔註16〕蔣士銓：《忠雅堂集校箋》，上海：上海古籍出版社，1993年12月，卷13，頁986。

〔註17〕劉大杰：《校正本中國文學發展史》，台北：華正書局，1976年12月，頁651。

是一代文學的尾聲，是「歷史、現實、文化上的反思和總結。」，〔註18〕卻也孕育著宋代文學的先聲，標誌著宋代文學主流的萌芽，具備承先啓後的橋梁功能。

唐末五代詩歌如源泉之四通八達，不可測其涯，在糟粕、精華並存，如江流夾泥沙而下，「雖格致卑淺，然謂其非詩，則不可；今人作詩，雖句語軒昂，但可遠聽，其理則不可究。」〔註19〕唐末五代詩雖格致卑淺，然謂其非詩則不可。許學夷認爲：「晚唐諸子體格雖卑，然亦是一種精神所注，……若格雖初、盛而庸淺無奇，則又奚取焉！孟子曰：『五穀者，種之美者也；苟爲不熟，不如荑稗，以此論詩，則有實得矣。」〔註20〕所謂「一種精神所注」，正是唐末五代詩歌的藝術價值所在。詩歌的園地應是百花齊放，葉燮認爲：

> 盛唐之詩，春花也：桃李之穠華，牡丹芍藥之妍豔，其品華美貴重，略無寒瘦儉薄之態，固足美也。晚唐之詩，秋花也：江上之芙蓉，籬邊之叢菊，極幽豔晚香之韻，可不爲美乎？夫一字之褒貶以定其評，固當詳其本末，奈何不察而以辭加入，又從而貶之乎？〔註21〕

可知唐末五代諷刺詩歌之價值，既和唐代詩歌一脈相承，又與宋代詩歌水乳交融，孕育著宋代文學的先聲，標誌著宋代文學主流的萌芽，上承下啓，地位十分重要。由於歷代學者多略而不論，忽略此一事實，遂使中國詩歌發展之研究，至此攔腰截斷，而有撲朔迷離之憾。本論文探討之諷刺詩，僅是唐末五代詩壇整體詩歌之一部分，但求拋磚引玉，以進一步開闊唐末五代詩歌研究之範疇。

〔註18〕霍然：《唐代美學思潮》，高雄：麗文文化事業出版公司，1993年10月，頁367。

〔註19〕魏慶之：《詩人玉屑》，上海：上海古籍出版社，1978年，頁359。

〔註20〕許學夷：《詩源辯體》，上海：人民文學出版社，1987年，卷30頁284。

〔註21〕葉燮：《原詩》，見何文煥、丁福保編《歷代詩話統編》，北京：北京圖書館出版社，2003年5月，第5冊，外篇下，頁62。

參考書目

（依著者姓氏筆劃順序排列）

一、書　籍

1. 《四部叢刊》電子版，台北：書同文數位化技術公司 2001 年。
2. 《詩經》，見《十三經注疏》，台北：藝文印書館 1981 年 1 月。
3. 《詩經》，台北：台灣古籍出版公司，2001 年 10 月。
4. 《論語》，見《十三經注疏》，台北：藝文印書館 1981 年 1 月。
5. S・鮑爾斯，H・金蒂斯撰，王佩雄等譯：《美國經濟生活與教育改革》，上海：上海教育出版社，1990 年 12 月。
6. Werner Sollors :“Theme”as a Theme, 收錄 Werner Sollors ed., The Return of Thematic Criticism。
7. 丁福保編：《清詩話》，台北：明倫出版社，1971 年 12 月。
8. 丁福保輯：《歷代詩話續編》，北京：中華書局，1997 年 3 月。
9. 丁福保輯：《續歷代詩話》，台北：藝文印書館，1983 年。
10. 丸山學著，郭虛中譯：《文學研究法》，台北：商務印書館，1966 年。
11. 小川環樹著，陳師志誠譯：《論中國詩》，香港新界：香港中文大學出版社，1997 年。
12. 于慎行：《讀史漫錄》，濟南：齊魯書社，1996 年 8 月。
13. 中國文學史研究委員會執筆：《新編中國文學史》（二），高雄：復文書局，出版年不詳。
14. 丹納著；傅雷譯：《藝術哲學》，合肥：安徽人民出版社，1994 年。

15. 元稹：《元稹集》，北京：中華書局，2000 年 6 月。
16. 尤袤：《全唐詩話》，見何文煥輯《歷代詩話》，北京：中華書局，1997 年 3 月。
17. 方回《瀛奎律髓》見《四庫全書》，台北：台灣商務印書館，1986 年。
18. 王士禎：《五代詩話》，北京：人民文學出版社，1989 年 12 月。
19. 王士禎：《池北偶談》，台北：台灣商務印書館，1976 年。
20. 王夫之：《薑齋詩話》，見何文煥、丁福保編《歷代詩話統編》，北京：北京圖書館出版社，2003 年 5 月。
21. 王水照：《唐宋文學論集》，濟南：齊魯書社，1984 年。
22. 王世貞等撰：《古今詩話叢編》，台北：廣文書局，1971 年。
23. 王世貞：《藝苑卮言》，見周維德集校《全明詩話》，濟南：齊魯書社，2005 年 6 月。
24. 王充：《論衡》，見《叢書集成初編》，北京：中華書局，1985 年北京第 1 版。
25. 王立：《中國古典文學十大主題》，台北：文史哲出版社，1994 年。
26. 王仲犖：《隋唐五代史》，上海：上海人民出版社，1988 年 6 月。
27. 王仲鏞：《唐詩紀事校箋》，成都：巴蜀書社，1998 年 8 月。
28. 王定保：《唐摭言》，見《叢書集成初編》，北京：中華書局，1985 年北京第 1 版。
29. 王洪：《中國古代詩歌歷程》，北京：朝華出版社，1993 年。
30. 王重民等輯錄：《全唐詩外編》，台北：木鐸出版社，1983 年 6 月。
31. 王雲五主編：《羅昭諫集》見《四庫全書珍本三集》，台北：台灣商務印書館，1983 年。
32. 王運熙、王國安：《漢魏六朝樂府詩》，台北：萬卷樓圖書公司，1990 年 10 月。
33. 王運熙、楊明：《隋唐五代文學批評史》，上海：上海古籍出版社，1994 年 10 月。
34. 王運熙、顧易生：《中國文學批評史》，上海：上海古籍出版社，1985 年。
35. 王壽昌：《小清華園詩談》，上海：古籍出版社，1983 年。
36. 王壽南：《隋唐史》，台北：三民書局，1986 年 12 月。
37. 王漁洋：《香祖筆記》，北京：中華書局，1965 年。

38. 司空圖：《詩品》見《筆記小說大觀》第 38 編之 2，台北：新興書局，1985 年。
39. 司馬光：《司馬溫公文集》，台北：台灣商務印書館，1967 年 3 月。
40. 司馬光：《資治通鑑》，北京：中華書局，1997 年 11 月。
41. 永瑢：《四庫全書總目》，北京：中華書局，1997 年 7 月。
42. 田汝成：《西湖遊覽志餘》，台北：木鐸出版社，1982 年 6 月。
43. 白居易《白氏長慶集》，北京：北京圖書館出版社，2003 年 5 月。
44. 皮日休、陸龜蒙等著：《松陵集》，見《四庫全書珍本》，台北：台灣商務印書館，1982。
45. 皮日休：《皮子文藪》，蕭滌非整理，北京：中華書局，1959 年 6 月。
46. 任海天：《晚唐詩風》，黑龍江教育出版社，1998 年 3 月。
47. 成偉鈞等主編：《修辭通鑒》，北京：北京青年出版社，1991 年。
48. 朱光潛：《文藝心理學》，見《朱光潛全集》合肥：安徽教育出版社，1987 年 8 月。
49. 朱光潛：《詩論》，合肥：安徽教育出版社，1999 年 1 月。
50. 朱光潛：《談文學》，台北：聖天堂出版公司，2001 年 7 月。
51. 朱自清：《詩言志辯》，台北：漢京文化事業有限公司，1983 年 1 月。
52. 朱金城：《白居易集箋校》，上海・上海古籍出版社，1988 年 12 月。
53. 朱熹：《四書集注》，台北：世界書局，1991 年 1 月。
54. 江國貞：《司空表聖研究》，台北：文津出版社，1985 年 7 月。
55. 艾略特著，杜國清譯：《艾略特文學評論選集》，台北：田園出版社，1969 年。
56. 吉爾伯特・哈特著，萬書元譯《論諷刺》，南寧：廣西人民出版社，1990 年 5 月。
57. 何文煥輯：《歷代詩話》，北京：中華書局，1997 年 3 月。
58. 何文煥、丁福保編《歷代詩話統編》，北京：北京圖書館出版社，2003 年 5 月。
59. 何光遠：《鑒誡錄》，見《叢書集成初編》，北京：中華書局，1985 年北京第 1 版。
60. 余成教：《石園詩話》，見蔡鎮楚編《中國詩話珍本叢書》北京：北京圖書館出版社，2004 年 12 月。

61. 余恕誠：《唐詩風貌》，合肥：安徽大學出版社，1997 年。
62. 吳文治編：《宋詩話全編》，南京：江蘇古籍出版社，1998 年 12 月。
63. 吳任臣：《十國春秋》，台北：世界書局，1986 年，四庫全書薈要本。
64. 吳在慶：《唐五代文史叢考》，南昌：江西人民出版社，1995 年 10 月。
65. 吳汝煜、胡可先：《全唐詩人名考》，上海：江蘇教育出版社，1990 年 8 月。
66. 吳汝煜主編：《唐五代詩人交往詩索引》，上海：上海古籍出版社，1993 年 5 月。
67. 吳庚舜、董乃賓主編：《唐代文學史》，北京：人民文學出版社，1995 年 12 月。
68. 吳宓：《文學與人生》，北京：清華大學出版社，1993 年 8 月。
69. 吳喬：《圍爐詩話》見《清詩話續編》，上海：古籍出版社，1999 年 6 月。
70. 呂思勉：《隋唐五代史》，台北：九思出版公司，1977 年。
71. 李之亮：《羅隱詩集箋注》，長沙：岳麓書社，2001 年 8 月。
72. 李曰剛：《中國文學流變史》，台北：文津出版社，1987 年 2 月。
73. 李定廣：《唐末五代亂世文學研究》，北京：中國社會科學出版社，2006 年 7 月。
74. 李昉等編：《太平廣記》，台北：明倫出版社，1971 年。
75. 李國炎等編著：《新編漢語辭典》，長沙：湖南出版社，1988 年 8 月。
76. 李慈銘：《越縵堂讀書記》，上海：上海書店出版社，2000 年 7 月。
77. 李師德超：《詩學新編》，台北：五南圖書出版公司，1995 年。
78. 李調元編：《函海叢書》台北：宏業書局 1972 年。
79. 李調元編：《全五代詩》，成都：巴蜀書社，1992 年。
80. 李誼校注：《韋莊集校注》，成都：四川省社會科學院出版社，1986 年。
81. 李澤厚：《美的歷程》，台北：三民書局，2002 年。
82. 杜松柏：《詩與詩學》，台北：五南圖書出版公司，1998 年 9 月。
83. 杜荀鶴：《杜荀鶴文集》，上海：上海古籍出版社，1994 年。
84. 沈師惠英：《唐代青樓詩人及其作品究》，台北：天工書局，2001 年。

85. 沈德潛：《唐詩別裁》，見《歷代詩別裁集》，杭州：浙江古籍出版社，1998年5月。
86. 沈德潛著，霍松林校注：《說詩晬語》，北京：人民文學出版社，1979年。
87. 沈德潛：《說詩晬語》，見何文煥、丁福保編《歷代詩話統編》，北京：北京圖書館出版社，2003年5月。
88. 沈謙：《修辭學》，台北：國立空中大學，1991年2月。
89. 汪秀霞：《韓偓的詩文及其生平》，台北：弘道文化事業有限公司，1979年6月。
90. 汪德振：《羅隱年譜》，上海：商務印書館，1937年3月。
91. 辛文房：《唐才子傳》，徐明霞校注，瀋陽：遼寧教育出版社，1998年3月。
92. 阮忠：《唐宋詩風流別史》，武漢：武漢出版社，1997年。
93. 阮閱輯：《增修詩話總龜》，台北：台灣商務印書館，1979年。
94. 周必大：《二老堂詩話》，見《歷代詩話統編》，北京：北京圖書館出版社，2003年5月。
95. 周振甫：《詩詞例話》，台北：長安出版社，1983年10月。
96. 周振甫：《詩詞例話卷——欣賞與閱讀》，台北：五南圖書出版公司，1994年5月。
97. 周祖譔主編：《中國文學家大辭典—唐五代卷》，北京：中華書局，1992年 9月。
98. 孟瑤：《中國文學史》，台北：大中國圖書公司，1974年8月。
99. 季羨林主編：《20世紀中國文學研究·隋唐五代文學研究》，北京：北京出版社，2001年12月。
100. 屈原：《楚辭注釋》，武漢：湖北人民出版社，1999年。
101. 竺家寧：《漢語詞彙學》，台北：五南圖書公司，1999年。
102. 邱燮友：《散文結構》，台北：福記文化圖書有限公司，1985年。
103. 金聖歎：《聖歎選批唐才子詩》，台北：正中書局，1987年3月。
104. 阿瑟·波拉德著，謝謙譯：《論諷刺》，北京：崑崙出版社，1992年。
105. 俞陛雲：《詩境淺說》，上海：上海書店，1984年。
106. 祖保全：《司空表聖詩文集箋校》，合肥：安徽大學出版社，2002年。
107. 祖保全：《司空圖的詩歌理論》，台北：國文天地雜誌社，1991年。
108. 祖保全：《司空圖詩文研究》，合肥：安徽教育出版社，1998年 12

月。

109. 冒春榮：《葚原詩說》，見《清詩話續編》，上海：上海古籍出版社，1999 年 6 月。
110. 姚鉉：《唐文粹》，台北：世界書局，1972 年 2 月。
111. 柳晟俊：《唐詩論考》，北京：中國文學出版社，1994 年。
112. 洪亮吉：《北江詩話》，見《叢書集成初編本》，北京：中華書局，1985 年 1 月。
113. 洪順隆：《六朝詩論》，台北：文津出版社，1985 年 3 月。
114. 洪邁：《容齋詩話》，見吳文治主編《宋詩話全編》，南京：江蘇古籍出版社，1998 年 12 月。
115. 紀昀等總纂：《四庫全書》，台灣：台灣商務印書館，1986 年。
116. 紀昀：《欽定四庫全書總目提要》整理本，北京：中華書局，1997 年 1 月。
117. 紀昀批點：《瀛奎律髓》，台北：佩文書社，1960 年 8 月。
118. 胡仔：《苕溪漁隱叢話》，見《叢書集成初編》，北京：中華書局，1985 年 1 月。
119. 胡國瑞：《詩詞賦散論》，上海：上海古籍出版社，1992 年。
120. 胡雲翼：《唐詩研究》，台北：台灣商務印書館，1967 年。
121. 胡震亨：《唐音癸籤》，見周維德集校《全明詩話》，濟南：齊魯書社，2005 年 6 月。
122. 胡應麟：《詩藪》，見周維德集校《全明詩話》，濟南：齊魯書社，2005 年 6 月。
123. 范況：《中國詩學通論》，台北：台灣商務印書館，1995 年 5 月。
124. 范坰：《吳越備史》，見《叢書集成初編本》，北京：中華書局，1991 年。
125. 范祖禹：《唐鑒》，上海：上海古籍出版社，1984 年 10 月。
126. 計有功：《唐詩紀事》，見《四部叢刊正編》，台北：台灣商務印書館，1979 年。
127. 韋莊：《韋莊集校注》，李誼校注，成都：四川省社會科學院出版社，1986 年 1 月。
128. 唐松波、黃建霖主編：《漢語修辭格大辭典》，北京：中國國際廣播出版社，1994 年。
129. 夏征農主編：《辭海》，上海：上海辭書出版社，1999 年。

130. 夏瞿禪：《韋端己年譜》，台北：世界書局，1980 年。
131. 夏敬觀：《唐詩説》，台北：河洛圖書出版社，1975 年。
132. 孫光憲：《北夢瑣言》見《四庫全書薈要本》，台北：世界書局，1986 年。
133. 孫琴安：《唐詩選本六百種提要》，西安：陝西人民教育出版社，1987 年 9 月。
134. 徐師芹庭：《修辭學發微》，台北：中華書局，1974 年 8 月。
135. 徐鵬：《書目答問補正》，上海：上海古籍出版社，2001 年 7 月。
136. 晁公武：《郡齋讀書志》，見《四部叢刊廣編》，台北：台灣商務印書館，1981 年。
137. 班固：《漢書》，台北：中華書局，1966 年。
138. 翁方綱：《石洲詩話》，見《清詩話續編》，上海：上海古籍出版社，1999 年。
139. 袁行霈編著：《中國文學史綱要》，北京：北京大學出版社，1986 年 11 月。
140. 袁行霏：《中國詩歌藝術研究》，北京：北京大學出版社，1996 年。
141. 袁枚：《隨園詩話》，北京：人民文學出版社，1999 年 6 月。
142. 袁樞：《通鑑紀事本末》，北京：中華書局，1965 年 1 月。
143. 袁閭琨主編：《全唐詩廣選新注集評》，瀋陽：遼寧人民出版社，1994 年 8 月。
144. 馬東田主編：《唐詩分類大辭典》，成都：四川辭書出版社，1992 年 8 月。
145. 馬端臨：《文獻通考》，台北：台灣商務印書館，1987 年。
146. 高步瀛：《唐宋詩舉要》，高雄：復文圖書出版社，1990 年 6 月。
147. 屠隆：《由拳集》，台北：藝文印書館，1989 年 1 月。
148. 崔富章、李大明主編：《楚辭集校集釋》，武漢：湖北教育出版社，2003 年 5 月。
149. 崔瑞德（twitchett denis crispin）編：《劍橋中國隋唐史》，北京：中國社會科學出版社，1990 年 12 月。
150. 張之象：《唐詩類苑》，上海：上海古籍出版社，2006 年 4 月。
151. 張師仁青：《駢文析論》，台北：中華書局，1994 年 10 月。
152. 張步雲：《唐代詩歌》，合肥：安徽教育出版社，1990 年。
153. 張思齊：《宋代詩學》，長沙：湖南人民出版社，2000 年 11 月。

154. 張建業、李勤印：《中國文學史》，台北：文津出版社，1986 年。
155. 張春興、楊國樞：《心理學》，台北：三民書局，1970 年 9 月。
156. 張高評：《宋詩之新變與代雄》，台北：洪葉文化出版社，1995 年。
157. 張高評：《宋詩特色研究》，吉林：長春出版社，2002 年 5 月。
158. 張唐英：《蜀檮杌》，杭州：杭州出版社，2004 年。
159. 張健：《文學概論》，台北：五南圖書公司，民國 1988 年 11 月。
160. 張興武：《五代十國文學編年》，北京：人民文學出版社，2001 年 10 月。
161. 曹鄴：《曹鄴詩注》，梁超然注，上海：上海古籍出版社，1985 年。
162. 梁啓超：《中國歷史研究法》，台北：里仁書局，1994 年 12 月。
163. 梁實秋：《文學因緣》，台北：時報文化出版事業有限公司，1986 年 12 月。
164. 許學夷：《詩源辨體》，北京：人民文學出版社，1998 年。
165. 許總：《唐詩史》，南京：江蘇教育出版社，1994 年 6 月。
166. 許總：《唐詩體派論》，台北：文津出版社，1994 年　。
167. 貫休：《禪月集》見《叢書集成初編》，北京：中華書局，1985 年北京第 1 版。
168. 郭玉恆主編：《中國古代文學史長編・隋唐五代卷》，上海：北京師範學院出版社 1993 年 11 月。
169. 郭紹虞：《中國文學批評史》，台北：明倫出版社，1972 年 9 月。
170. 郭紹虞：《語文通論》，上海：上海書店，1991 年。
171. 郭紹虞編：《清詩話續編》，上海：上海古籍出版社，1999 年 6 月。
172. 郭慶藩：《莊子集釋》見《古典學術叢刊新編》，台北：莊嚴出版社，1984 年 10 月。
173. 陳元龍輯：《歷代賦彙》，北京：北京圖書館出版社，1999 年 11 月。
174. 陳伯海、朱易安編：《唐詩書錄》，山東：齊魯書社，1988 年 12 月。
175. 陳伯海：《唐詩學引論》，上海：知識出版社，1990 年 11 月。
176. 陳伯海主編：《唐詩論評類編》，濟南：山東教育出版社，1993 年。
177. 陳伯海編：《唐詩彙評》，杭州：浙江教育出版社，1995 年 5 月。
178. 陳尚君：《唐代文學叢考》，北京：中國社會科學出版社，1997 年 10 月。
179. 陳尚君輯校：《全唐詩補編》，北京：中華書局，1992 年 10 月。
180. 陳致平：《中華通史》，台北：黎明出版社，1974 年 4 月。

181. 陳振孫：《直齋書錄解題》，見《叢書集成初編》，北京：中華書局，1985 年北京第 1 版。
182. 陳寅恪：《元白詩箋證稿》，台北：里仁書局，1982 年。
183. 陳寅恪：《唐代政治史述論稿》，台北：里仁書局，1994 年 8 月。
184. 陳望道：《修辭學發凡》，上海：上海教育出版社，1997 年。
185. 陶元藻：《全浙詩話》，見《續修四庫全書》，上海：上海古籍出版社，1995 年。
186. 陸永峰：《禪月集校注》，成都：巴蜀書社，2006 年 8 月。
187. 陸侃如、馮沅君：《中國詩史》北京：作家出版社，1995 年 7 月。
188. 陸時雍：《詩鏡總論》，見《四庫全書》，台北：台灣商務印書館，1983 年。
189. 陸龜蒙：《甫里先生文集》，宋景昌、王立群點校，開封：河南大學出版社 1996 年 9 月。
190. 陶元藻：《全浙詩話》見《續修四庫全書本》，上海：上海古籍出版社，2002 年 3 月。
191. 陶岳：《五代史補》，上海：上海書店，1994 年。
192. 傅庚生：《中國文學欣賞舉隅》，台北：萬卷樓圖書公司，2002 年 12 月。
193. 傅璇琮主編：《唐才子傳校箋》，北京：中華書局，1987 年 5 月。
194. 傅璇琮：《唐五代文學編年史》，瀋陽：遼海出版社，1998 年。
195. 傅璇琮：《唐代科舉與文學》，台北：文史哲出版社，1994 年。
196. 傅璇琮：《唐代詩人叢考》，北京：中華書局，1980 年 1 月。
197. 傅璇琮主編：《唐代文學編年史》，瀋陽：遼海出版社，1998 年 12 月。
198. 傅璇琮等編：《唐五代人物傳記資料綜合索引》，台北：文史哲出版社，1993 年 12 月。
199. 傅璇琮主編：《全宋詩》，北京：北京大學古文獻研究所，1991 年。
200. 嵇哲：《中國詩詞演進史》，台北：莊嚴出版社，1981 年 9 月。
201. 彭定求等編：《全唐詩》，北京：中華書局，2003 年 7 月。
202. 游國恩：《中國文學史》，台北：五南出版社，1990 年。
203. 覃召文：《禪月詩魂》，北京：三聯書店，1995 年 8 月。
204. 賀裳：《載酒園詩話》，見《清詩話續編》，上海：上海古籍出版社，1999 年 6 月。

205. 黃師水雲：《六朝駢賦研究》，台北：文津出版社，1999 年。

206. 黃永武：〈詠物詩的評價標準〉，《古典文學》第 1 輯，台北：學生書局，1979 年。

207. 黃永武：《字句鍛鍊法》，台北：台灣商務印書館，1995 年 3 月。

208. 黃志高：《羅隱詩風究析》，台北：學海出版社，1981 年 5 月。

209. 黃慶萱：《修辭學》，台北：三民書局，1994 年 10 月。

210. 楊世民：《唐詩史》，重慶：重慶出版社，1996 年 10 月。

211. 楊良弼等撰：《古今詩話續編》，台北：廣文書局，1993 年。

212. 楊倫：《杜詩鏡銓》，上海：上海古籍出版社，1998 年 2 月。

213. 楊慎：《升庵詩話》，見何文煥、丁福保編《歷代詩話統編》，北京：北京圖書館出版社，2003 年 5 月。

214. 楊載：《詩法家教》，見何文煥、丁福保編《歷代詩話統編》，北京：北京圖書館出版社，2003 年 5 月。

215. 楊蔭深：《中國文學家列傳》，台北：台灣中華書局，1978 年 7 月。

216. 萬曼：《唐詩敘錄》，北京：中華書局，1980 年 11 月。

217. 葉慶炳：《中國文學史》，台北：廣文書局，1966 年 11 月。

218. 葉燮：《汪文摘謬》，見《叢書集成續編》，上海：上海書店，1994 年。

219. 葉燮：《原詩》，見何文煥、丁福保編《歷代詩話統編》，北京：北京圖書館出版社，2003 年 5 月。

220. 董季棠：《重校增訂修辭析論》，台北：文史哲出版社，1994 年 10 月。

221. 董誥等編：《全唐文》，北京：中華書局，1987 年 2 月。

222. 詹瑛：《唐詩》見《中國古典文學基本知識叢書》，台北：國文天地雜誌社，1990 年 3 月。

223. 雍文華：《羅隱集》，北京：中華書局，1983 年 12 月。

224. 廖國棟：《建安辭賦之傳承與拓新》，台北：文津出版社，2000 年 9 月。

225. 廖蔚卿：《六朝文論》，台北：聯經出版事業公司，1985 年 9 月。

226. 管世明：《讀雪山房唐詩序例》，見《清詩話續編》，上海：上海古籍出版社，1999 年 6 月。

227. 聞一多：《唐詩雜論》，上海：上海古籍出版社，1998 年。

228. 臺靜農主編：《百種詩話類編》，台北：藝文印書館，1974 年 5 月。

229. 趙永紀編：《古代詩話精要》，天津：天津古籍出版社，1989 年 9 月。
230. 趙永紀：《詩論：審美感悟與理性把握的融合》，桂林：廣西師範大學出版社，1999 年 6 月。
231. 趙翼：《二十二史箚記》，台北：世界書局，1980 年 8 月。
232. 齊己：《白蓮集》，見《四部叢刊正編》，台北：台灣商務印書館，1979 年。
233. 齊裕焜、陳惠琴：《鏡與劍——中國諷刺小說史略》，台北：文津出版社，1995 年 9 月。
234. 劉大杰：《校正本中國文學發展史》，台北：華正書局，1976 年 12 月。
235. 劉克莊：《後村詩話》，見吳文治編《宋詩話全編》，南京：江蘇古籍出版社，1998 年 12 月。
236. 劉拜山、富壽蓀評解：《唐人千首絕句》，上海：上海古籍出版社，1985 年。
237. 劉昫等編：《舊唐書》，台北：鼎文書局，1992 年。
238. 劉堅、江藍生主編：《唐五代語言詞典》，上海：上海教育出版社，1997 年 11 月。
239. 劉開揚：《唐詩論文集續集》，上海：上海古籍出版社，1987 年 5 月。
240. 劉開陽：《唐詩通論》，台北：木鐸出版社，1983 年。
241. 劉熙載著，薛正興點校：《劉熙載文集》，南京：江蘇古籍出版社，2000 年 12 月。
242. 劉勰：《文心雕龍》，台北：台灣開明書店，1971 年 5 月。
243. 撰人不詳：《宣和畫譜》，見《叢書集成初編》，北京：中華書局，1985 年。
244. 歐陽修：《新唐書》，北京：中華書局，1981 年 11 月。
245. 歐陽修：《歐陽文忠公集》，見《四部叢刊正編本》，台北：台灣商務印書館，1979 年。
246. 歐陽修：《六一詩話》，見何文煥、丁福保編《歷代詩話統編》，北京：北京圖書館出版社，2003 年 5 月。
247. 潘慧惠：《羅隱集校注》，杭州：浙江古籍出版社，1995 年 6 月。
248. 蔣士銓：《忠雅堂集校箋》，上海：上海古籍出版社，1993 年 12 月。
249. 蔡宗陽：《修辭學探微》，台北：文史哲出版社，2001 年 4 月。
250. 鄭玄：《詩譜序》，台北：世界書局，1984 年。

251. 鄭谷：《鄭谷詩箋注》，嚴壽澂等校注，上海：上海古籍出版社，1991年5月。
252. 鄧小軍：《唐代文學的文化精神》，台北：文津出版社，1993年。
253. 魯迅：《魯迅雜文全集》，河南：河南人民出版社，1994年12月。
254. 蕭統：《文選》，台北：藝文印書館，1989年1月第11版。
255. 蕭滌非：《漢魏六朝樂府文學史》，台北：長安出版社，1981年11月。
256. 蕭滌非等：《唐詩鑑賞集成》，台北：五南圖書出版公司，1990年9月。
257. 蕭麗華：《唐代詩歌與禪學》，台北市：東大書局，1997年。
258. 錢仲聯等編：《中國文學大辭典》，上海：上海辭書出版社，2000年。
259. 錢侗：《崇文總目輯釋》，續修四庫全書本，上海：上海古籍出版社，1997年。
260. 錢穆：《中國近三百年學術史》，台北：世界書局，1991年1月。
261. 錢穆：《國史大綱》，台北：聯經出版事業公司，1998年5月。
262. 錢鍾書：《宋詩選註》，台北：書林出版公司，1990年。
263. 錢鍾書：《管錐編》，北京：中華書局，1979年。
264. 錢鍾書：《談藝錄》，台北：藍燈文化事業公司，1987年。
265. 霍然：《唐代美學思潮》，高雄：麗文文化事業出版公司，1993年10月。
266. 鮑倚雲：《退餘叢話》，見《叢書集成續編》，台北：新文豐書局，1989年。
267. 龍沐勛：《中國韻文史》，台北：樂天出版社，1970年。
268. 薛居正：《舊五代史》，台北：台灣中華書局，1981年6月。
269. 薛雪：《一瓢詩話》，見何文煥、丁福保編《歷代詩話統編》，北京：北京圖書館出版社，2003年5月。
270. 謝楚發：《散文》，北京：人民文學出版社，1994年。
271. 韓偓：《韓內翰別集》，見《四庫全書》，台北：台灣商務印書館，1983年。
272. 謝榛：《四溟詩話》，見周維德集校《全明詩話》，濟南：齊魯書社，2005年6月。
273. 鍾惺：《唐詩歸》，見《續修四庫全書》集部，上海：上海古籍出版社，1995年。

274. 鍾嶸：《詩品》，台北：地球出版社，1994 年。
275. 鄺師健行編選：《香港中國古典文學研究論文選粹（1950～2000）詩詞曲篇》，南京：江蘇古籍出版社，2002 年 4 月。
276. 聶夷中：《聶夷中詩析注》，任三杰析注，太原：山西人民出版社，1987 年 11 月。
277. 聶安福：《韋莊集箋注》，上海：上海古籍出版社，2002 年 4 月。
278. 繆鉞：《詩詞散論》，台北：台灣開明書店，1956 年 10 月。
279. 魏慶之：《詩人玉屑》，上海：上海古籍出版社，1978 年。
280. 羅仲鼎：《藝苑卮言校注》，濟南：齊魯書社，1992 年月 7 月。
281. 羅竹風主編：《漢語大辭典》，漢語大辭典出版社，1999 年。
282. 羅宗強：《隋唐五代文學思想史》，上海：上海古籍出版社，1986 年 1 月。
283. 羅宗濤等著：《中國詩歌研究》，台北：中央文物供應社，1985 年 6 月。
284. 羅香林：《唐代文化史研究》，上海：上海文藝出版社，1989 年。
285. 羅根澤：《中國文學批評史》，上海：上海書店，2003 年 1 月。
286. 羅根澤：《晚唐五代文學批評史》，台北：台灣商務印書館，1996 年。
287. 羅隱：《甲乙集》，見《四部叢刊正編》，台北：台灣商務印書館，1979 年 10 月。
288. 譚優學：《唐詩人行年考》，成都：四川人民出版社，1981 年。
289. 譚優學：《唐詩人行年考續編》，成都：巴蜀書社，1987 年 8 月。
290. 嚴羽：《滄浪詩話》，見何文煥、丁福保編《歷代詩話統編》，北京：北京圖書館出版社，2003 年 5 月。
291. 嚴壽澂、黃明、趙昌平：《鄭谷詩箋注》，上海：上海古籍出版社，1991 年 5 月。
292. 蘇雪林：《唐詩概論》，台北：台灣商務印書館，1988 年 4 月 5 版。
293. 顧炎武：《日知錄》，台北：明倫書局，1979 年。
294. 顧懷三：《補五代史藝文志》，見《叢書集成新編》，台北：新文豐出版社，1985 年。

二、學位論文

1. 王盈芬：《皮日休的詩歌研究》，高雄：國立中正大學中國文學研究所碩士論文，1994 年 6 月。

2. 田啓文：《晚唐諷刺小品文探析——以羅隱、皮日休、陸龜蒙三家爲論》，台北：國立台灣師範大學國文研究所博士論文，2000 年 6 月。
3. 田道英：《釋貫休研究》，成都：四川大學博士論文，2002 年。
4. 呂惠貞：《元稹及其詩研究》，台北：國立台灣大學中國文學研所碩士論文，1993 年 6 月。
5. 李致洙：《陸游詩研究》，台北：國立台灣大學中文研究所博士論文，1990 年 6 月。
6. 李堯：《晚唐諷刺詩論》，合肥：安徽師範大學碩士論文，2006 年 5 月。
7. 宋麗娟：《五代人論唐代文學研究》，鄭州：鄭州大學碩士論文，2005 年 5 月。
8. 金龍雲：《杜甫寫實諷刺詩歌研究》，台北：國立台灣師範大學國文研究所碩士論文，1981 年 6 月。
9. 高大鵬：《唐詩演變之研究》，台北：國立政治大學中國文學研究所博士論文，1985 年 6 月。
10. 胡稚嵐：《吳融生平及其詩作研究》，臺中：逢甲大學中國文學研究所碩士論文，2004 年 6 月。
11. 韋秀芳：《韋莊詩歌研究》，合肥：安徽師範大學碩士論文，2003 年 5 月。
12. 張慧梅：《羅隱諷刺文學研究》，臺中：東海大學中國文學研究所碩士論文，1985 年 6 月。
13. 張豔輝：《論吳融的詩兼論晚唐士人隱逸的離合》，西北大學碩士論文，2004 年 6 月。
14. 許周會：《杜荀鶴及其詩研究》，台北：國立政治大學中國文學研究所碩士論文，2000 年 6 月。
15. 陳鵬：《唐末文學研究——以羅隱、韋莊、韓偓爲中心》，武漢：武漢大學碩士論文，2004 年 5 月。
16. 曾進豐：《晚唐社會詩、風人體之研究》，台北：國立台灣師範大學國文研究所博士論文，2000 年 6 月。
17. 游佳容：《晚唐五代敘事詩研究》，嘉義：國立中正大學中國文學研究所碩士論文，2003 年 6 月。
18. 黃致遠：《羅隱及其詩研究》，台北：中國文化大學中國文學研究所碩士論文，2003 年 12 月。
19. 趙春蘭：《詩僧齊己及其白蓮集之研究》，香港：香港新亞研究所文學組博士論文，2006 年 6 月。

20. 廖振富：《唐代詠史之發展特質》，台北：國立台灣師範大學國文研究所碩士論文，1989 年 6 月。
21. 廖雪蘭：《評述花間集暨其十八作家》，台北：中國文化大學中國文學研究所碩士論文，1978 年 6 月。
22. 劉幸怡：《晚唐諷刺詩研究》，臺南：國立成功大學中國文學研究所碩士論文，1998 年 6 月。
23. 劉明宗：《宋初詩風體派發展之研究》，高雄：國立高雄師範大學國文研究所博士論文，1994 年 6 月。
24. 潘志宏：《晚唐三家詠史詩研究》，新竹：國立清華大學文學研究所碩士論文，1992 年 6 月。
25. 蔡旻眞：《鄭谷及其詩研究》，台中：國立中興大學文學研究所碩士論文，2000 年 8 月。
26. 蔡芳定：《唐代文學批評研究》，台北：國立台灣師範大學國文研究所博士論文，1990 年 6 月。
27. 蔡靖文：《韓偓詩新探》，嘉義：國立中山大學中國文學研究所碩士論文　1998 年 6 月。
28. 賴玉樹：《晚唐五代詠史詩之美學意識研究》，台北：中國文化大學中國文學研究所博士論文，2003 年 6 月。
29. 謝燿安：《齊己詩研究》，高雄：國立高雄師範大學國文系碩士論文，2000 年 6 月。
30. 韓怡星：《韓偓其人其詩》，浙江：華東師範大學碩士論文，2004 年 7 月。
31. 關龍艷：《司空圖的詩世界》，黑龍江：黑龍江大學碩士論文，2002 年 7 月。
32. 關雪瑩：《鄭谷詩歌論稿》，長春：吉林大學碩士論文，2006 年 4 月。

三、單篇和期刊論文

1. David Lattimore 撰・陳次雲譯：〈用典和唐詩〉見《國外學者看中國文學》，台北：中華化復興運動推行委員會主編，侯健編輯，1992 年 12 月。
2. 勾承益：〈晚唐雜文的社會背景〉，成都《成都大學學報》社會科學版第 4 期，1987 年。
3. 王文龍：〈論羅隱詩的諷刺藝術〉見《唐代文學論叢》，西安：陝西人民出版社 1987 年 4 月第 6 輯。

4. 王定璋：〈骨氣渾成，境意卓異：論貫休和他的詩歌〉，西寧《西南民院學報（人文社會科學版）》，第 2 期。
5. 王茂福：〈末世志士的吶喊與低吟——皮陸派詩人的理論與創作〉，寧夏《寧夏大學學報（人文社會科學版）》，2001 年。
6. 王珂：〈論中西諷刺詩的文體特徵及差異〉，福建《福建師範大學陰山學刊》第 17 卷第 1 期，2004 年 1 月。
7. 王春梅：〈司空圖悖論人生在詩文中的體現〉，河南《濟源職業技術學院學報》，2006 年 6 月第 5 卷第 2 期。
8. 王海平：〈論中晚唐詩趨俗化的審美流變〉，《學術論壇》，2002 年第 3 期。
9. 王煜：〈論元結與羅隱〉見《中國文化月刊》，臺中：東海大學中國文化月刊社，1988 年 4 月 102 期。
10. 王曉祥、劉霞：〈晚唐詩壇的現實主義流派〉，《棗莊師專學報》，1996 年 2 月。
11. 田啓文：〈羅隱其人其學〉，台北《長庚護專學報》，2001 年 7 月。
12. 朱學東：〈賢聖無他術圓融只在吾——唐末五代詩僧貫休詩論探微〉，長沙《運城高等專科。
13. 學校學報》，2002 年 8 月第 20 卷第 4 期。
14. 宋爾康：〈聶夷中詩歌淺論〉，開封《河南大學學報》社會科學版，1996 年 7 月第 36 卷第 4 期。
15. 宋爾康：〈劉駕詩歌淺論〉，開封《河南大學學報》社會科學版，2001 年 11 月第 41 卷第 6 期。
16. 余美雲：〈傑出的諷刺文學家羅隱〉海口：《海口南海大學學報》，1988 年 1 月。
17. 余恕誠：〈晚唐兩大詩人群落及其風貌特徵〉，《安徽師大學報》，1996 年第 24 卷第 2 期。
18. 吳在慶：〈韓偓貶官前後的心態及對其詩歌創作的影響〉，《寧夏社會科學》，2003 年 3 月，第 2 期。
19. 吳長庚：〈論羅隱的詩〉，上饒《上饒師專學報》，1983 年第 4 期。
20. 吳長庚：〈羅隱諷刺詩藝術小議〉，上饒《上饒師專學報》，1984 年第 1 期。
21. 李曰剛：〈晚唐淺俗派詩之現實與大眾化〉，台北《台北國文學報》，1974 年 6 月第 3 期。

22. 李軍：〈羅隱詠物詩論〉見《學術論壇》江蘇：鹽城工學院學報編輯部，2002 年第 1 期。
23. 汪中：〈新聲清綺晚唐詩談李商隱、杜牧、溫庭筠〉，台北《孔孟月刊》1981 年 7 月第 19 卷第 11 期。
24. 周小龍：〈唐代的詠史詩〉，武昌《中南民族學院學報》，1993 年 6 月。
25. 周介民：〈古代中國第一詩僧齊己〉，長沙《湖南城市學院學報》，2006 年 3 月第 27 卷第 2 期。
26. 周勛初：〈芳林十哲考〉，《唐代文學研究》第 2 輯，廣西：廣西師範大學出版社，1990 年。
27. 林啓興：〈羅隱的「十第不舉」與晚唐科舉〉，北京《北京師範大學學報》社會科學版，1994 年第 2 期。
28. 林繼中：〈由雅入俗：中晚唐文壇大勢〉見《人文雜誌》，西安：陝西人民出版社，1990 年第 3 期。
29. 侯迺慧：〈唐代懷古詩研究〉，見《中國古典文學研究》，台北：中國古典文學研究會，2000 年 6 月，第 3 期。
30. 洪順隆：〈六朝題材詩系統論〉，魏晉南北朝文學國際學術研討會抽印本，南京：南京大學中文系，1995 年 11 月。
31. 袁文麗：〈論晚唐詩歌的沖淡玄遠〉，太原《山西師大學報》，哲學社會科學版，1999 年 4 月。
32. 袁行霈：〈中國古典詩歌的多義性〉，北京《北京大學學報》，1983 年第 2 期。
33. 高林廣：〈陸龜蒙詩學思想略論〉，內蒙古：《集寧師專學報》，2000 年第 3 期。
34. 高林廣：〈簡論皮日修的詩歌理論〉，《語文學刊》，1998 年第 6 期。
35. 張艷輝：〈淺論吳融詩〉，吉林《齊齊哈爾大學學報》，哲學社會科學版，2004 年 1 月。
36. 梁祖平：〈晚唐詠史詩繁盛原因初探〉，銀川《寧夏教育學院銀川師專學報》，1996 年 2 月。
37. 許總：〈論唐末社會心理與詩風走向〉，長春《社會科學戰線》，1997 年 1 月。
38. 陳志誠：〈晚唐人對李杜韓白的看法和評價〉見《唐代文學研究》第 3 輯，廣西師範大學出版社，1992 年 8 月。
39. 陳金吉：〈多爲二雅詩出語有性靈——讀曹鄴詩〉，貴州《貴州文史叢刊》。

40. 陶慶梅：〈新時期晚唐詩歌研究述評〉，南京《南京師大學報》，1999年7月，第4期。
41. 彭庭松：〈生活轉折與創作轉型——試論皮日休創作差異形成的原因〉，浙江《中南大學學報（社會科學版）》，2003年10月，第9卷第5期。
42. 彭劍青：〈淺談羅隱詩歌的諷刺藝術〉，西寧《青海民族學院學報》，1987年3月。
43. 賀利：〈論晚唐詩人的憂鬱情結〉，內蒙古《內蒙古社會科學》（漢文版），2004年9月，第25卷第9期。
44. 黃弗同：〈論典故——詩歌語言研究〉，武漢《華中師院學報》第四期，1979年。
45. 楊永安：〈羅隱思想述評〉，《隋唐五代史管窺雜稿》，香港：先鋒出版社，1987年9月。
46. 楊恩成：〈論唐代詠史詩〉，西安《陝西師大學報》，1990年1月。
47. 楊劍：〈司空圖：在濟世與歸隱的夾縫中〉，合肥《安徽師大學報》，1992年，第4期。
48. 楊樹藩：〈羅隱〉見《中國歷代思想家》，台北：台灣商務印書館，1978年。
49. 雍文華：〈談羅隱詩文的諷刺藝術〉見 《古典文學知識》，南京：古典文學知識編輯部，1988年4月。
50. 雍文華：〈羅隱詩歌的現實主義〉，見《唐代文學論叢》第5輯，西安：陝西人民出版社，1986年4月。
51. 趙俊：〈晚唐思想界三傑〉，北京：《中國社會科學院研究生學報》，1999年，第6期。
52. 臧清：〈論唐末詩派的形成及其特徵——以咸通十哲爲例〉，《文學評論》第5期，廣西：廣西師範大學出版社，1997年。
53. 齊益壽：〈談六朝詠史詩的類型〉，台北《中華文化復興月刊》，1977年4月第10卷第4期。
54. 劉秀芬：〈誰識傷心鄭都官，蒼蒼煙雨遍江蘺——試論晚唐巨擘鄭谷及其詩歌〉，河南《鄭州大學學報》哲學社會科學版，2004年1月，第37卷，第1期。
55. 劉則鳴：〈羅隱詩的哲理化傾向〉，呼和浩特《內蒙古大學學報》，2000年1月第32卷第1期。
56. 劉暢：〈簡論《讒書》中的「故事新編」〉，見《古典文學知識》，南京：古典文學知識編輯部1999年第2期。

57. 劉學鍇：〈李商隱詠史詩的主要特徵及其對古代詠史詩的發展〉，見《中國古代、近代文學研究》，北京：中國人民大學書報資料中心，1993 年。

58. 潘慧惠：〈論羅隱及其詩文〉見《文史哲》，濟南：山東人民文學出版社，1995 年第 1 期。

59. 蔣祖怡：〈詩人羅隱的諷刺藝術〉，Hamburg《歐華學報》，1987 年 1 月第 2 期。

60. 鄧魁英：〈論羅隱和他的《讒書》〉，《文學遺產》，南京：江蘇古籍出版社，1981 年 1 期。

61. 謝宇衡：〈宋詩臆說〉見《文學遺產》，南京：江蘇古籍出版社，1986 年第 3 期。

62. 鍾祥：〈末代風騷——論晚唐詩人鄭谷的詩〉，開封《河南大學學報（社會科學版）》1996 年，3 月第 36 卷第 2 期。

63. 釋明復：〈貫休禪師生平的探討〉，台北：《華岡佛學學報》，1983 年 7 月，第 6 期。

64. 顧建國：〈以俗爲雅枯筆寫眞——「荀鶴體」詩簡論〉，江蘇《淮北煤師院學報（社會科學版）》1995 年，第 4 期。